KB104720

"여러분은 전 세계에서 모였습니다. 그중에는 전혀 상상도 안 가는 생활을 보냈던 이도 있겠지요.

하지만 여기는 마법대학이고 여러분은 이곳의 학생이 되었습니다. 그렇게 되었으면 마법대학의 학생으로서 규칙을 지켜야만 합니다."

무직전생

이세계에 갔으면
최선을 다한다

⑱

글 **리후진 나 마고노테**　일러스트 **시로타카**　옮긴이 **한신남**

無職転生　～異世界行ったら本気だす～ 18

©Rifujin na Magonote 2018
First published in Japan in 2018 by KADOKAWA CORPORATION, Tokyo.
Korean translation rights arranged with KADOKAWA CORPORATION, Tokyo.

이 책의 한국어판 저작권은 일본 KADOKAWA CORPORATION과의 독점 계약으로
(주)학산문화사에 있습니다.
저작권법에 의해 한국 내에서 보호를 받는 저작물이므로 불법 복제와 스캔 등을 이용한
무단 전재 및 유포 시 법적 제재를 받게 됨을 알려 드립니다.

CONTENTS

제18장   청년기   부하편

제1화	일의 일례	32
제2화	주워 온 고양이	58
제3화	입학식과 학생회장	85
제4화	연구 진전	112
제5화	가정 붕괴의 조짐	135
제6화	창업	159
제7화	사내 벤처	182
제8화	다시 돌디어 마을로	213
제9화	말린 고기 절도 사건	242
제10화	또 한 명의 노예 전편	262
제11화	또 한 명의 노예 후편	288
제12화	다음 싸움	320

"세상에는 용서받는 일과 용서받지 못하는 일이 있다."

It's decided whether a person permits or doesn't permit.

글 : 루데우스 그레이랫

옮김 : 진 RF 매곳

일기

루데우스 그레이랫

삼가 인사드립니다, 파울로 님

시간의 흐름도 빨라서 아슬라 왕국의 소란으로부터 약 1년 반이 경과했습니다.

저도 스무 살이 되었고, 동생들도 곧 열네 살입니다.

저는 올스테드가 주는 일을 하면서 단련을 계속하고 있습니다.

올스테드는 뭐든지 알고 있지만, 교사로서는 별로 우수하지 않은 모양입니다. 남에게 뭔가를 가르치는 데에 잘 맞지 않는 거겠지요. 뿐만 아니라 마력도 쓰지 않기 때문에 시범을 보여주지 않습니다. 주문이나 요령 같은 것은 가르쳐 주지만, 그 자신이 천재인 탓인지 저로서는 좀처럼 이해하기 어려운 것이 많습니다.

하지만 저도 우수한 학생은 못되나 봅니다. 하나를 가르치면 열을 아는 머리는 제게 없습니다. 생전의 지식이 남아 있기 때문에 그걸 살리는 이해는 빠르지만, 습득하는 마술이 성급, 왕급으로 올라가면 생전의 지식을 통한 이해도 그렇게 간단하지 않습니다.

예를 들자면 불의 성급 마술인 '섬광염(플래시 오버)'은 아주 넓은 범위에 순간적으로 불길을 퍼뜨리는 마술입니다. 이른바 빛을 이용하여 열을 발생시키는 마술, 베기○마… 라는 느낌인데, 아무래도 별로인 모양입니다. 일단 나름대로 연구해서 그럴 듯한 마술을 쓸 수 있게 되었지만, 올스테드는 고개를 갸웃거렸습니다.

올스테드는 마술만이 아니라 지식도 가르쳐 주었습니다.

각 유파나 마술사와의 싸움에 관한 지식입니다. 검신류는 이런 움직임이 많으니까 일단 이걸 조심하고 그 다음에 이렇게 한다. 불을 특기로 삼는 마술사는 이런 연계나 혼합 마술을 써오는 일이 많으니까 이 마술로 상쇄한다. 검사와 마술사가 동시에 있을 경우, 이런 연대가 많으니까 이쪽은 이렇게 대응한다. 말하자면 인간과의 싸움에 관한 지식이네요.

저는 공격력이 높은 데다가 마술 종류가 풍부하고 예견안도 가지고 있으니까 혼란을 일으키면서 몰아붙인 후 상대의 선택지를 좁히고 일격필살을 넣는 스타일이 잘 맞는다…라고 합니다.

지금까지와 별로 다름없습니다만, 의식적으로 하는 것과 그렇지 않은 것은 크게 다르겠지요.

에리스를 상대로 모의훈련을 하면서, 때로는 실피, 노른이나 아이샤에게 가르치는 것으로 제 안에 뿌리를 내리게 한다.

그런 사이클을 계속한 덕분인지 불과 바람의 공격 마술을 성급. 치유 마술, 해독 마술을 성급. 신격 마술을 중급까지 습득하기에 이르렀습니다.

1년의 성과치고 좋은 편이겠지요.

물론 마법진은 아직 잘 그리지 못하고, 소환 마술에도 손을 대지 못해서 과제는 많습니다.

다양한 마술을 쓸 수 있지만, 앞으로도 게으름 피우지 않고 열심히 할까 합니다.

아무튼 저도 조금은 강해졌겠죠.

훈련의 보람이 있었는지 올스테드의 일은 순조롭습니다.

그렇긴 해도 아슬라 왕국에서의 사건 이후로 대단한 일은 없었습니다.

어느 미궁에 가서 길을 잃은 모험가를 구한다든가, 어느 숲에 가서 마물에게 잡아먹히게 된 상인을 구한다든가, 어느 상회에 가서 노예가 된 소년을 사들여서 어디에 판다든가.

뭐, 잡일이라고 할까, 사람을 구하는 일뿐입니다만, 저는 열심히 일하고 있습니다.

기본적으로는 그렇게 구한 사람이 나중에 올스테드에게 힘이 된다고 합니다.

예를 들어서 저번에 구한 타르 치라는 호빗족 여도적 같은 경우, 그녀 자신은 아무것도 하지 않지만 그녀의 아들은 장래에 어새신 길드의 수령이 된다고 합니다. 그리고 그가 암살하는 사람이 올스테드에게 해가 되는 인물이라고 합니다.

물론 장래에 올스테드에게 방해가 되는 그 인물을 올스테드가 직접 죽여도 상관없습니다.

하지만 사전에 손을 쓰면 올스테드는 그 시간에 다른 일을 할 수 있고 마력도 온존할 수 있습니다. 과거를 바꾸어서 미래의 수고를 더는 거지요.

미래에 일어나는 '결전'에 올스테드가 얼마나 만전의 상태로 임하게 되는가. 그것이 열쇠가 되는 모양입니다. 올스테드는 기나긴 루프로 '일찍 죽는 인물이 살아남을 경우 무엇을 이루는가'를 알고 있습니다. 장래에 '자신에게 도움이 되는 사건을 일으키는 인물'을 만드는 것으로 모든 시대에서 효율 좋게 움직일 수 있다는 이야기입니다.

난수조정이나 플래그 작성의 작업과도 비슷하네요.

하는 일은 동료 만들기의 일종입니다만.

그런고로 올스테드는 기본적으로 도와주지 않습니다. 저와는 다른 장소에서 다른 일을 하고 있습니다. 그만이 할 수 있는 중요한 플래그를 세웁니다.

인신의 방해는 별로 없습니다. 적어도 제가 단독으로 행동할 때는 전혀 없습니다.

올스테드를 방해하는 것을 보면, 그가 하는 임무 쪽이 인신에게 치명적인 것이겠지요.

실제로 올스테드와 함께 움직일 때도 몇 번 있었는데, 그때는 인신의 사도가 한두 명 나타났습니다. 신기하게도 세 명이 동시에 나오는 경우는 없었기 때문에, 어쩌면 뒤에서 한 명이 따로 움직이는 걸지도 모릅니다.

지금으로서는 확인할 방법이 없어서 불안합니다.

이런 일만 해도 괜찮을까. 인신에게 공세를 펴야 하는 게 아닌가. 그렇게 물어보자, 올스테드가 가볍게 고개를 내저으며 말했습니다.

"일기에 따르면 인신이 바꾸려는 미래는 아직 멀었다."

그때까지는 대비를 하라고 합니다.

인신이 바꾸려는 미래. …제 예상으로는 다음에 전면적인 대결이 일어나는 것은 크리프가 될 거라고 생각합니다. 일기에 따르면 저는 크리프를 잃었습니다. 어쩌면 거기에 인신이 관여된 거겠죠. 아직 단정할 수는 없지만요.

올스테드도 중요한 부분을 말해 주지 않는 경우가 많습니다.

아무튼 저는 그렇게 한 달 동안 일을 하고 사무소로 돌아와서 보고하고 2~3일 동안 집이나 친구에게 얼굴을 비추고, 5~10일 동안의 짧은 휴일을 훈련에 소비하고 또 일에 복귀한다.

그런 생활을 반복하고 있습니다.

그렇죠, 일 이야기가 나와서 말인데.

그것과 관련해서 전부터 생각했던 것을 몇 가지 도입해 보았습니다.

일단은 사무소입니다.

마법도시 샤리아 교외의 오두막… 마도갑옷을 만든 장소를 사무소로 삼았습니다만, 앞으로 거점으로 이용하기에는 불편해서 개축했습니다. 1층짜리 건물입니다만, 수면실이나 회의실, 자료실을 설치했으니까 어느 정도 머물거나 작전 회의를 하기 편해졌습니다.

회의나 행동의 자료를 남긴다…는 점은 조금 불안하지만, 어디의 누가 무엇을 하고 누구를 살리면 미래에 어떤 영향을 미치는가 하는 내용이 너무 막대해서 제가 다 기억하지 못하니까 어쩔 수 없습니다.

무기고도 따로 만들어두었습니다.

마도갑옷이나 기타 제가 쓸 만한 마도구, 마력부여품을 놔두는 장소입니다.

마도갑옷은 일단 소형화에 성공했습니다만… 거기에 대한 자세한 이야기는 생략하지요.

무기고에는 일에 쓰는 마도구나 마력부여품이 대량으로 비치되어 있습니다.

이걸 훔쳐가면 평생 놀고먹을 수 있을 정도지요. 일단 저밖에 안 쓰니까, 문은 흙 마술로 접착해 두었습니다만, 도둑이 들까 무섭습니다. 올스테드에게는 필요 없는 것일지도 모르지만, 회사의 비품은 똑바로 관리해야만 합니다.

역시 관리인 같은 존재가 필요하네요.

그것만이 아닙니다.

사무소의 메인이 되는 곳은 지하실. 저의 흙 마술로 만들어낸, 미궁이라고 해도 좋을 만한 거대한 지하실입니다. 지하에는 방이 스무 개가 있고, 각각의 방에는 전이마법진이 있습니다.

그곳으로 들어가면 세계 각국의 주요 장소로 전이할 수 있…게 될 예정입니다.

전이마법진은 아직 다섯 개밖에 설치하지 않았습니다. 아슬라 왕국, 미리스 신성국, 대삼림, 왕룡왕국, 마대륙 남부. 이것뿐입니다.

다섯 개밖에 없는 것은 마법진을 만들려면 현지에도 전이마법진을 설치해야만 하기 때문이지요.

그리고 올스테드는 사람이 없는 곳에는 좀처럼 가지 않습니다. 사람이 많은 장소에는 전이마법진을 설치하기 어렵습니다. 그런 이유로 아직 숫자는 적습니다.

물론 앞으로 늘릴 예정입니다.

자, 파울로 님. 제 일 이야기 같은 건 재미없어서 듣고 싶지 않겠지요.

그러니까 슬슬 기대하시던 이야기로 들어갑니다. 아이들, 당신의 손자들에 대해 이야기하지요.

일단 제 장녀. 루시 그레이랫.

그녀는 무럭무럭 성장하고 있습니다. 얼마 전에 세 살 생일을 맞은 루시는 걸음마도 잘하게 되어서 집 안을 마구 뛰어다니게 되었습니다.

말도 꽤 많이 배웠고, 에리스의 영향인지 목소리도 크기 때문에 집 안은 시끌시끌합니다.

또 최근에는 실피가 인간어와 마술을 가르치는 모양입니다. 세 살부터 시작하는 영재교육이란 걸까요. 실피는 교육열이 대단한 걸까요…. 삼각형 안경을 끼면 저와의 밤의 레슨이 풍부해지는 걸까요.

뭐, 실피 이야기는 넘어가고, 루시 이야기로 돌아가서.

역시 저와의 접점이 적었던 탓인지, 가끔씩 집에 돌아오면 놀란 얼굴을 보일 때가 있습니다. '이 녀석 누구야?'라는 얼굴입니다. 아주 슬프네요. 하지만 실피가 "아빠야, 인사해야지."라고 하면 "어서 오세요, 아빠."라고 말해 줍니다.

잡아먹고 싶을 정도로 귀엽지만, 그 직후에 '아빠가 뭐더라?'라는 얼굴을 한 뒤에 실피의 뒤로 숨어 버립니다.

아주 슬픕니다.

이러면 분명히 장래에 아버지로 존경받지 못하겠지요.

제가 선택한 길이라고 해도 슬퍼지네요.

그런 루시를 한 번 올스테드에게 데려간 적이 있습니다. 루시에게 올스테드의 저주는 통할까. 인신의 말은 사실일까. 그렇게 생각하며 데려갔습니다.

결론부터 말하자면 루시에게 저주는 통하지 않았습니다.

올스테드와 처음 만난 루시는 눈을 반짝였습니다. 그 은발에 손을 뻗고 "아빠! 아빠"라고 소리쳤습니다. 당신이 제 아버지였나요! 라고 말하는 듯한 태도였습니다.

저는 그 자리에서 올스테드를 죽여 버릴까 했습니다.

거짓말입니다, 죄송합니다. 그렇게 강한 살의는 품지 않았습니다. 다만 역시 좀 재미없어졌지요, 예.

평소 실피의 백발에 익숙한 루시에게 비슷한 머리색을 가진 올스테드는 친근하게 비친 걸지도 모릅니다. 일단 올스테드라는 이름을 가르쳐 주자 "오스테, 오스테!"라며 이름을 기억했습니다. 네이티브한 발음입니다.

올스테드는 제 씁쓸한 표정을 곁눈질하면서 루시를 어깨에 태워 주었습니다.

루시는 올스테드의 머리를 잡아뽑듯이 붙잡았습니다.

제가 "머리 잡아당기면 안 돼."라고 말하자, 올스테드는 "괜찮다, 내 용성투기는 이 정도로 꿈쩍도 않는다."라는 재미있는 대답을 해 주었습니다.

그도 제 딸이 따르는 것이 싫지 않은 눈치입니다. 당연하지요, 이렇게 귀여우니까.

하지만 이래선 인신의 말에도 신빙성이 늘었습니다. 제 자손과 올스테드가 함께 모이면 인신을 쓰러뜨린다는 그것 말입니다.

거기에 대해 올스테드에게 말해 보자,

"인신의 말은 신용하지 마라."

라며 무서운 얼굴로 노려보았습니다.

물론 전면적으로 신용하는 건 아닙니다.

하지만 전부 거짓말도 아닌 듯합니다. 저 좋을 대로 하는 생각일지도 모르지만요.

저도 최근 올스테드의 기분이 좋을 때와 나쁠 때를 이해하게 되었습니다만, 루시와 노는 올스테드는 꽤 기분 좋아 보였습니다.

역시 자기를 따르는 상대는 귀엽겠지요.

뿐만 아니라 비슷비슷한 루프 중에서 새로운 요소와 만나는 것은 기쁘겠지요. 지금까지 그의 루프 횟수를 생각하면 그 마음을 이해하고도 남습니다. 저도 부하로서 올스테드에게 재미있는 매일을 전하고 싶습니다.

아, 이야기가 엇나갔군요.

'아이들'이라고 말했듯이 록시도 출산했습니다.

눈이 많이 오는 날이었습니다.

아직 사무소가 완성되지 않은 무렵, 타이밍 좋게 임무를 끝내고 돌아온 저를 올스테드가 맞아주었습니다. 사장이 직접 맞아주는 일은 그리 드물지도 않습니다.

당시의 오두막은 방이 하나밖에 없었고, 제 임무도 올스테드에게 보고하는 것까지였으니까요.

올스테드도 자기 일을 마치고 다음 일까지 시간이 있을 때면 기다려주는 일이 많았습니다.

그날도 평소처럼 보고를 할까 할 때, 그는 말했습니다.

"슬슬 때가 되지 않았나?"

입을 열자마자 한 그 말.

대체 무슨 때인지는 생각할 것도 없었습니다. 저도 일하면서 계속 안절부절못했으니까요. 설마 올스테드가 그런 말을 할 줄은 몰랐습니다만….

하지만 저도 사람.

"보고는 나중에 하면 된다."

그 말이 나왔기에 "그럼 그렇게 하겠습니다."라고 말하고 사무소를 나와, 제설차처럼 눈을 헤치며 집으로 돌아왔습니다.

돌아오니 록시는 만삭. 출산 직전이었습니다.

이틀만 귀환이 늦었으면 저는 출산에 함께할 수 없었겠지요.

"아아, 루디…. 괜찮은 걸까요. 정말로 제가 아이를 낳을 수 있는 걸까요."

제가 돌아왔을 때 록시는 가여울 만큼 흥분하였습니다.

새파란 얼굴로 몇 번이나 "괜찮을까요, 무리일지도 몰라요."라면서 제 손을 놓지 않았습니다. 저를 낳을 때의 어머니도 그런 느낌이었을까요. 그때의 저는 '록시는 걱정도 많긴' 정도밖에 생각하지 않았습니다.

─하지만 록시의 불안은 적중했습니다.

출산은 난산이었습니다.

태아의 어깨가 걸렸다는 모양입니다. 이른바 견갑난산이라는 거지요.

원인은 모릅니다. 록시의 몸이 작은 탓일까요.

미굴드족의 연령으로는 충분히 적령기입니다만, 혼혈인 아이라면 몸도 커서 사이즈 비율을 생각하면 이른 출산일지도 모릅니다.

인간인 저 때문이었을 가능성이 큽니다.

모자 모두 위험한 상태…는 되지 않았습니다.

이미 숙련된, 좋은 솜씨를 가진 리랴에 천재인 아이샤.

또한 제가 눈속을 헤치고 치료원에서 데려온 의사와 조산사도 있어서 파티 편성은 완벽합니다.

아이샤는 실피의 출산을 도운 덕분인지 아주 차분했습니다.

대처는 막힘없이 이루어지고, 누구 하나, 무엇 하나 실수가 없었습니다.

그리고 록시는 아이를 낳았습니다. 제왕절개가 아닌, 어머니나 아이 중 누구를 잃는 일도 없이 무사히 아이를 낳았습니다.

태어난 것은 딸이었습니다. 루시와 비교하면 다소 클까요.

비만이라고 할 정도는 아닙니다만, 조금 얼굴이 통통해 보였습니다.

누구를 닮았을까….

"눈매는 록시와 똑같고, 입가는 루디랑 똑같아."

라는 것이 실피의 말입니다. 통통한 얼굴은 저와 록시를 섞은 듯합니다.

뭐, 저와 록시의 아이니까 그러지 않으면 곤란하지만요.

"여자라면 라라…였지요."

그녀에게는 라라라는 이름을 붙였습니다.

라라 그레이랫입니다.

태어나고 조금 지난 후에 판명된 사실입니다만, 그녀는 록시와 같은 머리색깔이었습니다. 예쁜 청색의 머리입니다. 미굴드족의 상징이라고 할 수 있는 색깔이지요.

그걸 보고 록시와 실피는 복잡한 얼굴을 하였습니다. 저는 처음에 두 사람이 왜 그런 얼굴을 하는지 몰랐습니다. 록시의 머리는 예쁘고, 라라는 여자애. 참 귀여운 애로 자랄 것이라고 믿어 의심치 않았습니다.

하지만 실피가 가르쳐 주었습니다. 머리색깔이 다르다는 이유로 괴롭힘당하는 일도 있다고.

여기 마법도시에는 인간 이외의 종족도 많이 살고 있습니다.

그렇기는 해도 역시 제일 많은 것은 인간. 그리고 인간과 외모가 크게 다르면 괴롭힘 당하는 경우도 있습니다.

어머니에게 물려받은 머리색깔이 라라에게 재난이 될지, 괴롭힘을 당하는 원인이 될지. 지금은 아직 모릅니다. 다만 저로서는 가족들끼리 잘 도와가고 싶다는 마음입니다.

여담입니다만, 록시와 비슷한 때에 엘리나리제도 출산했습니다.

정말이지 익숙한 느낌으로 쉽게 낳았습니다.

크리프에게서 "슬슬 태어날 때가 되었다."라는 이야기를 들은 뒤에 만났을 때에는, 엘리나리제는 평소처럼 날씬한 몸으로 아이를 안고 있었습니다. 그녀도 출산의 베테랑이겠죠.

이미 열 번 이상 경험한 일이고.

그리몰 가의 첫 아이는 남자였습니다.

크라이브라는 이름을 받은 아이를 보면서 엘리나리제는 "후계자를 낳았어요!"라며 크게 기뻐했습니다.

후계자.

저는 딱히 후계자가 남자일 필요는 없다고 생각합니다. 루시든 라라든제 뒤를 이어서 올스테드를 돕고 싶다면 막을 생각은 없습니다.

저주도 안 통하는 모양이고.

하지만 엘리나리제의 말에 촉발된 사람이 있었습니다.

에리스입니다.

그녀는 그때까지 저와 함께 일에 종사하였습니다. 올스테드 코퍼레이션의 파견사원이라는 느낌일까요. 제 곁에 있으며 저의 전위, 저의 검이 되어서 눈앞에 나타나는 적을 척척 쓰러뜨렸습니다.

하지만 엘리나리제의 말을 듣고 '다음은 내 차례야!'라고 말하듯이 일할 때도 사정없이 저를 착취하게 되었습니다. 생겨도 이상하지 않다고 할까, 생기지 않는 게 이상할 정도로 저는 그녀에게 당했습니다. 그때마다 저는 유린당하는 소녀의… 아니, 그건 생략하지요.

아무튼 운이 나쁜 건지 그녀는 좀처럼 자식복이 없었습니다.

에리스도 불안했던 모양입니다.

귀가한 뒤에 밤이면 밤마다 실피와 의논하는 모습이 자주 보였습니다.

그런 고민을 제게 알리기 싫은 모양인지 자세한 내용은 숨겼지만 "더 해야 할까…."같은 무시무시한 발언을 들은 적이 있습니다.

이 이상 당하면 골수까지 뽑히고 코피도 더 안 날 지경이 될 겁니다.

그렇다고 해도 아내의 불안을 없애는 것도 남편의 역할이겠죠.

그렇게 생각하며 저도 힘써 보았습니다.

가진 지식을 총동원하고 오기○식을 도입하고 식생활에 신경 쓰거나 훈련을 삼가는 등… 이런저런 노력을 하였습니다. 그녀의 불안을 없애기 위한 것이라는 말을 하긴 했지만…. 분투하지 않았던 것은 아니지요.

한때 어머니도 불임 때문에 고민하셨다고 들었습니다. 아버지도 그 불안을 없애기 위해 이렇게 분투하셨을까요. 당시에는 매일처럼 애쓰셨지요. 그렇게 태어난 노른도 지금은 씩씩하게 학교를 다니고 있습니다.

…노른 이야기는 일단 접어두고.

노력의 보람이 있었을까, 에리스도 무사히 임신했습니다. 훈련을 줄이고 바로 다음달의 일입니다.

아무래도 그녀가 매일 하는 거친 훈련이 원인이었던 모양입니다.

날거나 뛰거나 때리거나 차거나. 아이란 강한 법이라서 생길 때는 생기지만, 에리스의 경우는 그 빈도가 보통 사람의 몇 배입니다. 수정란이 착상하지 못하고 미끄러졌다고 해도 이상하지 않습니다.

그런고로 에리스는 파견을 그만두었습니다.

저와 함께 일을 나갈 수 없어졌지만, 그래도 만족한 모양이었습니다.

부푼 배를 쓰다듬으면서 에헤헤 웃는 에리스. 어렸을 적부터 그녀를 아는 몸으로서는 참 감개무량합니다. 그 에리스가 이렇게 훌륭해졌다니….

돌아가신 필립이나 사울로스도 나무 뒤에서 울고 계시겠지요.

참고로 임신 사실이 알려진 것은 지금으로부터 한 달 정도 전의 일입니다.

지금은 임신 4개월.

입덧 탓도 있어서 최근에는 얌전하게 있나 봅니다. 다음 일이 끝나고 돌아오면 임신 5개월일까요.

안정기에 들어가서 또 격렬한 운동을 시작하지 않을까 조금 걱정입니다.

당시를 아는 사람으로서 길레느에게도 편지를 보냈습니다.

길레느도 지금은 힘들겠죠. 왜냐하면 오랫동안 와병 중이던 아슬라 국왕이 붕어하셨기 때문입니다. 아리엘이 곧 왕이 됩니다.

제1왕자 그라벨이 마지막 저항을 하는 모양입니다만, 사소한 정도.

아리엘에게 패배의 요소는 없는 듯합니다.

하지만 앞으로 2~3년은 싸움이 계속될 것 같다고 하니까, 아리엘의 호위를 맡은 길레느가 한가해질 일은 없겠죠. 아이가 태어난 뒤에 아슬라 왕국 방면으로 갈 일이 있으면 찾아가 볼 생각입니다만.

참고로 에리스 말인데, 아이 이름은 남자 이름밖에 생각하지 않는 모양입니다. 그래서 제가 몰래 여자 이름을 생각해두기로 했습니다. 아들이든 딸이든 건강한 아이를 낳아준다면 저로서는 족합니다.

아내와 아이 쪽은 그런 느낌입니다.

일에 훈련에 가정에… 아이를 잘 돌봐줄 수 없는 것을 빼더라도 충실한 일상을 보내고 있다고 할 수 있겠죠.

마지막으로.

제니스 어머니의 기억에 대한 것입니다. 아직 돌아올 기색이 없습니다. 감정 등도 어느 날을 경계로 변화가 멈추었습니다. 말도 거의 하지 않습니다.

올스테드에게 이것저것 물어보았습니다만, 치료법으로 짚이는 게 없다고 합니다.

그가 모른다면 역시 치료법은 없다고 봐야 할까요….

뭐, 올스테드도 루프 중에서 제니스가 폐인이 되는 건 처음이라는 모양이니까, 어쩌면 그가 모를 뿐이지 치료를 위한 마력부여품도 있을지 모릅니다.

포기하지 않고 찾아볼까 합니다. 아무튼 천천히 갈 수밖에 없다고 생각합니다.

아버지.

당신은 예전에 미리스 신성국에서 저를 꾸짖으셨습니다.

어머니 문제를 소홀히 하고 여자 걱정이나 하냐고 말이죠.

그런 생각은 없습니다만, 어머니 문제를 뒷전으로 한 지금 상황을 부디 용서해 주세요.

앞으로도 최대한 노력하려고 합니다.

아들 올림

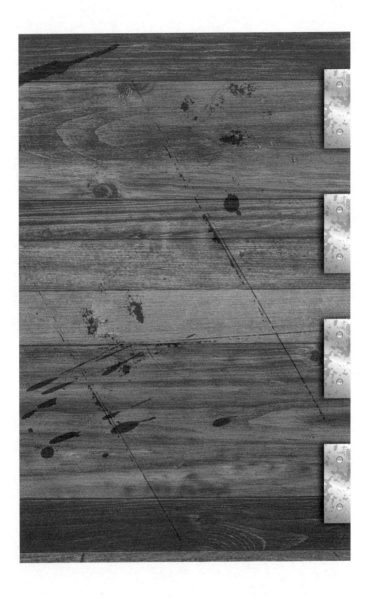

나는 일기장을 타악 소리 내어 덮었다.

누구에게 보내는 것도 아닌, 편지 같은 일기. 하지만 이런 것을 쓰면서 내 안에 결의가 생겨난 날이기도 하다. 그런 결의는 큰 모티베이션이 되어 내 몸을 움직여 준다.

"좋아, 갈까."

오늘도 의욕 넘치는 모습으로 일어섰다. 내가 향하는 곳은 마법진.

오늘도 일이 시작된다.

제18장

청년기

부하편

제1화 일의 일례

안젤리크 카렌트테일. 통칭 안제.

그녀는 왕룡왕국의 서쪽 끝, 밀림지대에 가까운 장소에 위치한 작은 마을에서 태어났다.

안제는 약제사인 양친에게서 약제사 교육을 받으며 자랐다. 양친은 그녀가 성인이 되기 전에 마물의 습격으로 죽었지만, 이 마을에서는 그리 드문 일도 아니다. 그녀는 평범하게 슬퍼하고 마을 사람들의 도움으로 장례식을 치른 뒤, 그대로 양친의 집과 직업을 이었다.

그런 안제에게 친구라고 부를 만한 사람이 한 명 있었다.

팜 하인드라.

근처에 사는 사냥꾼 집안에서 태어난 그녀 역시 안제와 마찬가지로 성인이 되기 전에 어머니를 병으로, 아버지를 마물의 습격으로 잃었다. 아니, 더 정확하게 말하자면 숲속까지 약의 재료를 채취하러 가는 안제의 양친을 호위하러 갔다가 죽었다. 즉, 팜의 아버지는 안제의 양친을 제대로 지켜내지 못했던 것이다.

그로 인해 팜은 안제에게 미안한 마음을 품고 있었고, 안제도 한때 팜을 미워했던 적이 있었다.

하지만 몇 차례의 충돌 끝에 화해했다. 지금은 마을에서 모두가 아는 단짝이었다.

그런 두 사람도 올해로 스무 살이다.

"아아, 어디 좋은 남자 없나…."

그렇게 중얼거린 것은 팜. 잘 손질한 털가죽 상의에 딱 달라붙는 가죽 바지.

두꺼운 가죽으로 만든 부츠를 신고, 허리에는 손도끼를, 어깨에는 화살통과 장궁을 메고 있었다.

산적 같은 차림이고 전체적으로 더럽기는 하지만, 야무진 얼굴의 미인이라고도 할 수 있다.

"적어도 이런 곳에는 없어."

대답한 것은 안제. 약제사인 그녀도 역시 움직이기 편한 바지에 가죽 상의.

허리에는 나이프만이 아니라 손도끼도 차고 있었다. 차이가 있다면, 안제는 커다란 바구니를 메고 있는 정도일까. 바구니 안에는 약초나 나무열매가 반쯤 담겨 있었다.

두 사람은 숲속에 있었다.

약제사인 안제가 약을 만들기 위한 재료를 모으는 중이다.

"역시 부자가 좋아. 미남이지만 세상을 모르고 여자에게도 익숙하지 않은 느낌. 손을 잡으면 얼굴이 새빨개지는 거야."

"나는 보통이면 돼. 돈은 없어도 좋으니까 그냥 마음씨 착한 사람이 좋아."

"안제는 꿈이 없어!"

"팜은 현실을 봐야지."

두 사람이 사는 마을에는 그리 젊은 남자가 없다.

아니, 있기는 있는데 대부분이 기혼자다.

마을에 미리스 교도는 그리 많지 않지만, 마을의 규정에 따라서 촌장 이외에는 두 명 이상의 아내를 둘 수 없게 되어 있다. 그리고 현재 촌장은 이미 쉰 살 가까운 나이에 이미 다섯 명의 아내를 두었다.

새 아내를 맞는 일은 없겠지.

"현실이라고 해도 결혼할 수 있을 만한 건 도칠 녀석 정도잖아."

촌장의 아들 도칠은 두 사람과 동갑인 스무 살이다. 물론 태어났을 때부터 정해진 상대와 이미 결혼하여 아들도 낳았다.

그런 그가 슬슬 촌장이 된다는 이야기도 있었다.

그러면 두 번째 아내를 들이겠지. 마을의 관습으로는 촌장으로 임명될 때 둘째 아내를 들인다. 현재 마을에는 그게 누구일까 하는 이야기가 파다했다.

기혼 남자에 비해 미혼 여성이 많다.

"아니, 도칠은 나를 아내로 데려가지 않을걸."

"팜은 예전부터 도칠을 마구 괴롭혔으니까."

"아니, 어쩌면 옛날의 앙갚음으로 지명할지도? 밤에 갚아 주마, 라는 느낌!"

"아냐, 도칠은 아직도 팜을 무서워해."

나이가 비슷한 이들은 어렸을 적부터 곧잘 같이 뒤엉켜 놀았다.

비슷한 또래의 아이들은 일곱 명이었는데, 팜이 그중 대장이었다. 당시에 도칠은 팜 때문에 자주 울었다.

안제도 그중 한 명으로, 장래에 이 중의 누구와 맺어질까 하는 막연한 생각을 했는데, 그런 일은 없었다. 그중 세 명은 마을을 나갔고, 도칠과 여자 셋만 남았다.

도칠은 여자 셋 중 한 명과 약혼한 상태였고 그대로 결혼.

안제와 팜만 남았다.

"하지만 안제는 기회가 있어. 예쁘잖아."

"아니, 그렇지 않아. 약제사는 우리 마을에서 나 혼자잖아. 결혼하면 이 일을 계속할 수 없어. 다들 곤란하잖아."

"그런가⋯. 하지만 이번에 그것에 대한 사례라는 형식도 있을지도."

"아하하, 그럼 좋겠네."

안제는 웃으며 말했다.

하지만 그녀는 속으로 전혀 다른 생각을 하고 있었다.

'결혼이라⋯. 왕자님이 와주지 않았어⋯.'

친구에게는 현실을 보라고 말했지만, 안제 자신은 어렸을 적에 음유시인에게 들은 어떤 이야기를 동경하고 있었다.

파랑머리의 작은 모험가의 이야기다. 홀로 여행을 하여서 미리스 대륙부터 중앙대륙까지 가서 순식간에 A랭크가 된 모험가.

그 이야기를 들었을 때 안제는 가슴이 뛰었다.

하지만 그때는 아직 머나먼 세계의 이야기라고 생각하고 있었다.

그렇게 생각할 수 없게 된 것은 10년 전의 일이었다.

어느 날, 어느 모험가가 불쑥 마을에 나타났다. 그 모험가는 밀림지대를 통과하여 웨스트포트까지 이동하려는 도중에 안제가 사는 마을에 들른 거라고 했다.

파랑머리의 작은 모험가.

마녀 같은 모자에 하얀 로브, 긴 지팡이와 네모난 가방. 그녀는 음유시인에게 들었던 그 외모를 하고 있었다. 머나먼 세계의 이야기가 현실에 나타난 것이다.

하루 동안만 마을에 머문 그녀는 당시에 아직 열 살이었던 안제와 아이들에게 자신의 여행 이야기를 들려주었다.

공상의 산물이었을 터인 인물이 들려주는 실재 이야기였다.

아이들은 미궁의 보스와의 싸움에 눈을 빛냈지만, 안제는 미궁을 여행한 목적인 '멋진 남자를 찾아서 미궁에 들어간다'는 부분에 가슴이 뛰었다. 결국 그 모험가는 목적을 이루지 못하고 미궁을 공략했지만, 그때의 기억은 이후의 안제에게 큰 영향을 끼쳤다.

그 이야기를 들은 날부터 안제의 마음속에서 모험가의 이야기는 확실한 동경으로 변했다.

동경은 때로 안제를 망상의 바다로 데려간다.

갑자기 마물의 습격을 받아 위기에 빠진 나, 그때 멋지게 구하러 나타나는 왕자님! 그리고 나는 사례로 그 사람에게 내 몸을 주고….

'꺄아!'

그렇게 몸을 떠는 것으로 끝이다.

동경은 동경. 망상은 망상. 그렇게 입맛에 맞는 일이 일어나지 않는다는 사실은 안제도 잘 알고 있다.

결혼 이야기에 망상하는 일은 있어도, 결국은 꿈. 동경할 뿐이다.

지금 안제는 확실히 현실을 보고 있다.

5년 전, 양친의 죽음으로 외톨이가 되었기에 싫더라도 현실을 볼 수밖에 없어졌다.

"안제, 조심해. 여기부터는 그녀석의 영역이니까."

"응, 알고 있어."

숲 안쪽에 있는 동굴 근처까지 왔을 때, 안제는 발을 멈추고 바구니를 내려놓았다.

이번에 두 사람은 어느 약의 재료를 찾으러 왔다. 이브리 병이라고 불리는, 이 지역에 도는 병의 특효약을 만드는 재료다.

"도칠을 구해야지."

"응."

현재 촌장의 아들 도칠은 이브리 병을 앓고 있다.

이브리 병이란 발병하면 고열을 내고 온몸에 발진이 일어나며, 열흘내로 약을 먹지 않으면 죽는 병이다.

그래도 특효약이 있고, 중급 해독 마술로 고칠 수 있고, 사람들 사이에 전염되지도 않는다.

그렇기 때문에 도회지 사람들은 그리 위험하게 보지 않는 병이다.

하지만 안제의 마을에서는 지극히 치사율이 높은 병으로 두려움을 샀다.

여기서 중급 해독 마술사가 사는 곳까지는 아무리 애써도 왕복 열흘 이상 걸리기 때문이다.

그녀들의 소꿉친구이자 다음 촌장인 도칠이 그런 병에 걸렸다.

게다가 이 병은 안제와 팜의 양친도 죽인 병이다.

팜의 어머니가 이브리 병에 걸려서 안제의 양친과 팜의 아버지가 그걸 치료하려고 약의 재료를 찾아 산에 들어갔다가… 죽었다.

두 사람과 적지 않은 인연이 있는 병이다.

그런 병이 소꿉친구에게 독니를 들이대려고 한다. 두 사람이 특효약의 재료를 찾으러 가지 않을 리가 없었다.

"……."

두 사람은 신중하게 발을 옮겼다.

약의 재료는 이 앞에 있는 절벽 기슭에 피는 인트꽃이다. 1인분이니까 그리 많은 양이 필요한 것도 아니다.

꽃잎 대여섯 장. 그것만 있으면 한 명을 구하기에 충분한 양이다.

"…꿀꺽."

마른침을 삼키며 발을 옮기는 두 사람의 시야가 갑자기 트였다.

숲속에 갑자기 뻥 뚫린 광장 같은 장소로 나왔다. 광장 전체에 핀 푸른 꽃.

인트꽃의 군생지다.

"……꿀꺽."

그 아름다운 광경을 봐도 두 사람의 얼굴은 풀어지지 않았다.

안제는 떨리는 손을 인트꽃으로 가져가서 그 꽃잎을 땄다.

다음 순간.

"쿠어어어어어어어어!!!!"

천둥 같은 울음소리가 울렸다.

"안제, 도망쳐!"

팜이 외쳤다. 하지만 이미 안제의 다리는 그 포효에 굳어 있었다.

"안제! 얼른!"

팜은 다시 외치면서 장궁을 들고 화살통에서 화살을 하나 뽑아서 메겼다.

"!"

그 녀석은 광장 안쪽에 있는 절벽 위에서 나타났다.

적자색 피부를 가지고 몸길이가 10미터는 될 듯한 거대한 도마뱀.

이 숲의 주인. 이브리 리자드.

날개가 없는 파충류인 녀석은 베가리트 대륙에 생식하는 거대한 도마뱀과 비슷한 마물이다.

그 도마뱀이 왜 '이브리' 리자드라고 불리는가. 그건 그 도마뱀이 생식하는 지역 근처에는 반드시 이브리 병이 만연하기 때문이다. 그리고 반드시 특효약이 되는 인트꽃 근처에 영역을 두기 때문이다.

어느 학자는 바로 이 이브리 리자드가 이브리 병을 퍼뜨린다는 주장을 내놓았다. 이브리 병을 퍼뜨리고 그 병을 고치는 꽃을 따러 오는 상대를 포식한다는 소리다.

진위 여부는 확실치 않다.

하지만 마을에서는 이미 5년이나 이브리 병과 이 이브리 리자드로 골머리를 앓았다.

안제의 양친도, 팜의 아버지도 모두 이 녀석에게 죽었다.

"아아아아아압!"

팜이 스스로에게 기합을 넣으려고 고함을 지르며 화살을 날렸다.

화살은 똑바로 이브리 리자드에게 날아가서 따악 소리를 내며 비늘에 꽂혔다.

바로 그 순간 이브리 리자드도 움직였다. 도마뱀붙이처럼 빠른 속도로 절벽을 내려왔다.

팜의 화살 정도야 가렵지도 않은 모양이었다.

"안제! 부탁이니까 일어서! 도망쳐!"

팜의 목소리에 안제는 간신히 일어났다.

도망쳐야 해! 어서! 그런 초조함이 안제의 다리를 둔하게 만들었다.

비틀거리면서 간신히 뛰기 시작했다. 팜도 그걸 보고 도주하기 시작했다.

하지만 이미 늦었다.

"크오오오오오오!"

엄청난 속도로 육박하던 이브리 리자드는 팜에게 달려들어서, 주르륵 이빨이 돋은 입으로 그 다리를 물었다.

"꺄아아아아아!"

팜은 인형처럼 하늘에 쳐들렸고, 소녀라고 생각할 수 없는 비명을 지르며 휘둘리다가 인트꽃 군생지로 떨어졌다.

안제는 그걸 보았다. 공중에 있는 팜과 눈이 마주쳤다. 팜의 절망적인 표정을 보았다. 그리고 망설였다.

친구를 도와야 한다고.

그리고 어느 틈에 이브리 리자드가 눈앞에 있었다.

"아."

죽는구나.

안제는 깨달았다.

위기에 빠졌을 때 누군가가 도우러 와 준다. 그런 망상을 했던 적도 있었다. 망상은 망상에 불과하다. 실제 위기상황에서는 누가 도와주러 올 틈도 없다. 죽는 것은 한순간. 그것이 현실이었다.

그러니까 분명 여기부터는 꿈이겠지.

이브리 리자드가 옆으로 날아갔다.

"어?"

안제는 눈앞의 광경을 이해할 수 없었다.

자기를 죽이려던 상대가, 도무지 날아갈 것 같지 않은 상대가, 갑자기 몸에 구멍이 나면서 엉뚱한 방향으로 날아간 걸까.

"크르르….."

이브리 리자드가 입에서 피를 줄줄 흘리면서도 고개를 들고, 자기가 날아간 곳과는 반대 방향을 보았다.

안제도 그쪽을 보았다.

그곳에는 한 남자가 있었다. 회색 로브를 바람에 펄럭이고, 그 펄럭이는 로브 안에는 검은 갑옷을 입고 있었다. 왼손에는 통 같은 것을 든 한 남자.

그는 밝은 갈색 머리칼을 나부끼면서 이브리 리자드를 향해 걸어갔다.

"그르르르르!"

이브리 리자드는 남자를 본 순간, 몸에 구멍이 났다고는 생각하기 어려운 민첩한 동작으로 남자에게 덤벼들었다.

남자에게 거대한 송곳니를 들이대고 덥석 깨물었다.

남자는 무참히 물어뜯겼다…라고 보인 것은 안제의 환상이었다.

남자는 살아 있었다.

남자는 이브리 리자드의 머리를 받아낸 것이다.

오른손만으로 그 거대한 코를 붙잡아서 정지시켰다.

그리고 완만하다고 할 동작으로 왼손을 머리 쪽으로 가져갔다.

"'샷건 트리거'!"

다음 순간 뭔가가 발사되었다.

안제의 눈으로는 그게 뭔지 알 수 없었다. 하지만 뭔가가 초고속으로 발사된 거라고 생각되었다.

왜냐면 안제가 눈을 깜빡이는 동안에 이브리 리자드의 머리가 이 세상에서 없어졌으니까.

"……."

이브리 리자드는 머리가 터져서, 어퍼컷이라도 맞은 것처럼 긴 목을 뒤로 젖히면서 벌렁 쓰러졌다.

그 큰 몸에 어울리지 않는, 툭 하는 가벼운 소리가 났다.

현실이라고 생각되지 않는 광경.

하지만 목의 단면에서는 새빨간 피가 줄줄 흐르고 있었다.

"휴우…."

남자는 한숨을 내쉬면서 이브리 리자드의 사체에 오른손을 뻗었다.

그러자 순식간에 이브리 리자드의 몸이 불길에 휩싸였다. 타닥타닥 하는 기름 튀는 소리와 함께 살이 타는 냄새가 주위를 가득 채웠다.

그제야 남자는 안제 쪽을 보았다. 불길을 뒤로 하고 남자는 아무 일도 없었던 것처럼 입을 열었다.

"안녕하세요, 안젤리크 카렌트테일 씨… 맞습니까?"

"어?"

갑작스러운 말에 얼빠진 소리를 내었다.

"아니면 팜 하인드라 씨?"

내 이름을 부르고 있다.

그걸 깨달은 안제는 말이 나오지 않아서 고개를 붕붕 내저었다가 끄덕였다.

"도우러 왔습니다."

회색 로브를 입은 남자가 그렇게 말했을 때, 안제의 가슴은 분명히 고동치고 있었다.

남자는 루데우스 그레이랫이라고 이름을 댔다.

가슴의 고동을 억누를 수 없는 안제를 무시하고 그는 팜에게 치유 마술을 걸어서 순식간에 치료해 주었다. 팜의 의식은 돌아오지 않았지만, 물어뜯긴 다리도, 부러진 뼈도, 타박상으로 색깔이 변했던 피부도 순식간에 원래대로 돌아왔다.

그는 어떤 인물의 부탁으로 두 사람을 구하러 왔다고 설명했지만, 의뢰주의 이름은 밝히지 않았다.

안제도 자기들을 구해 줄 만한 사람으로 짚이는 바가 없었다.

"어찌 되었든 안 늦어서 다행이군요. 아슬아슬했어요."

"어어, 네…!"

루데우스는 기절한 팜을 업으면서 숲을 걸었다.

안제는 인트꽃이 대량으로 담긴 바구니를 메고 걸으면서 자꾸만 자기 옷차림을 신경 썼다.

'머리가 부스스한 건 어쩔 수 없어. 옷도 진흙투성이고 엉덩이 쪽도 더럽고…. 아마 얼굴도 더러울 거고…. 아아, 어쩌지, 아니, 이런 태도가 안 되나?'

안제는 루데우스가 돌아볼 때마다 얼굴을 붉히고 고개를 돌리면서 따라갔다.

그 기묘한 태도를 루데우스는 신경 쓰지 않는 듯했다.

오히려 자기가 얼굴을 보이는 게 잘못이라고 생각했는지, 언제부터인가는 돌아보지 않고 묵묵히 걷게 되었다. 어쩌다 돌아보기는 하지만 정말로 어쩌다, 따라오는지 확인하는 정도다.

안제는 루데우스의 얼굴을 더 보고 싶었다.

'어, 어쩌지, 이제 곧 마을에 도착하는데. 그러면 그는 분명 영웅이 될 거야. 리자드를 쓰러뜨리고 마을을 구했으니까. 어쩌지, 분명 그렇게 되면 이야기도 할 수 없고….'

그때 안제의 눈에는 등에 업힌 팜의 모습이 보였다.

그 풍만한 가슴은 루데우스의 등에 딱 달라붙어 눌려 있었다.

안제는 그걸 보고 조금 질투했다.

"저, 저기, 루데우스 씨!"

"예, 말씀하시죠."

안제가 기세를 타고 말을 걸자, 루데우스는 무표정한 채로 돌아보았다.

"파, 팜! 팜, 무, 무겁지 않나요?"

"괜찮습니다."

"하, 하지만, 아까부터 계속 걸었는데, 지치지 않았나요?!"

"아뇨, 이 정도로 지치지 않게 단련했습니다."

루데우스는 그렇게 말하면서 로브를 걷고 팔을 굽히는 시늉을 하였다.

검은 갑옷 때문에 알통은 보이지 않지만, 어째서인지 안제는 그걸 보면서 '역시 단련했구나!'라고 감동했다.

그때 루데우스가 아하 싶은 얼굴을 하였다.

"아, 그런가. 죄송합니다, 미처 몰랐군요."

"네?"

'뭐, 뭔가 들켰나?'

눈만 껌뻑이는 안제에게 루데우스는 하얀 이를 빛내며 웃어주었다.

"안젤리크 씨, 지쳤군요. 조금 쉬어갈까요."

참고로 이가 빛난 것처럼 보인 것은 안제의 착각이다.

"…아, 그, 그래요! 지쳤어요, 죄송합니다, 쉬게 해 주세요. 그리고 나…가 아니라 저를 안제라고 불러주세요!"

"알겠습니다, 안제 씨. 그럼 저기서…."

루데우스는 천천히 팜을 내려서 나무에 기대어놓고, 자기도 쓰러진 나무에 앉았다.

나무 두 그루가 쓰러져서 V자 형을 만들고 있었기에, 루데우스가 안제와 조금 떨어져서 앉도록 배려했음을 알 수 있었다.

하지만 안제는 생각했다. 기회는 지금밖에 없다고.

'에잇!'

안제는 그대로 루데우스의 옆에 앉았다.

"……!"

루데우스의 몸이 움찔 떨리는 것을 안제는 놓치지 않았다.

'싫은…건가?'

슬쩍 얼굴을 보았다.

루데우스는 불편한 얼굴을 하고 있었지만, 혐오감을 드러내지는 않았다.

당혹스러워할 뿐이다.

그렇게 눈치챈 안제의 입에서 바로 변명이 새어나왔다.

"죄, 죄송해요! 무, 무서웠어요. 아, 아직 무서워서, 옆에 앉아도 괜찮을까요!"

"예? 아, 예…. 그러시죠…."

뭐든지 기세다. 안제는 이대로 갈 생각이었다. 성전의 끝을 향해.

"저, 저기, 정말로 감사합니다."

"아뇨, 일이니까요."

루데우스의 말은 무뚝뚝하지만, 안제를 내려다보는 시선은 이리저리 흔들렸다. 안제는 별생각 없이 그 시선을 따라가 보았다.

그러자 어느 틈에 그랬던 건지 목 언저리의 옷이 찢어져서 가슴이 드러나 있었다.

"!"

안제는 재빨리 그걸 감추려다가 자기 손을 멈추었다.

거듭 말하지만, 안제는 갈 생각이었다. 한없이 계속되는 수평선의 저편으로.

"……!"

안제는 슬쩍 루데우스에게 몸을 붙였다.

루데우스는 그만큼 옆으로 비키고, 안제는 따라가고, 루데우스는 비켰다.

최종적으로 루데우스는 나무 끝까지 몰렸고, 안제는 루데우스의 팔에 바짝 밀착했다.

"저기, 루데우스 씨."

"뭐…뭡니까."

루데우스의 시선이 힐끗힐끗 자기 가슴을 향하는 것을 느끼면서 안제는 꿀꺽 침을 삼켰다.

팜 정도로 크지는 않다. 하지만 마을 평균보다는 크고, 야한 아저씨들에게는 곧잘 '그 약은 안제의 가슴골에서 달인 거냐?' 같은 성희롱을 들었다.

마을에서는 놀림받을 뿐인 도구였다.

하지만 여자로서의 안제는 외쳤다. 지금은 이게 무기라고.

"설령 일이라고 해도 목숨을 구해 주신 것, 정말로 감사합니다."

"무, 무슨 말씀을요."

"혹시, 이 뒤에, 마을에 돌아가서, 바로 돌아가시지 않는다면, 제 집에 와 주세요. 뭔가 사례를…."

"아뇨, 바로 돌아갈 겁니다. 다음 일도 있어서요."

즉답에 기가 죽었다. 하지만 안제는 포기하지 않았다. 왜냐면 안제는 갈 생각이니까. 머나먼 여행의 끝으로, 영원한 도시로.

"그럼, 저기, 어어, 그럼, 지금, 사례를, 하게 해 주세요. 아무것도 없으니까, 그게, 제, 모, 몸…."

안제는 자기 얼굴이 새빨개지는 것을 느끼면서도 찢어진 가슴께에 손을 댔다.

루데우스의 시선이 거기에 못 박히는 것을 느끼면서 살며시 드러내어….

루데우스가 벌떡 일어섰다.

"저, 저기… 루데우스, 씨?"

"실례, 지병이 발작할 것 같아서 약이 필요하겠군요."

루데우스는 그렇게 말하면서도 안제의 가슴에서 시선을 떼지 못했다.

하지만 약이라는 말에 안제도 조금 정신이 들었다. 그녀는 약제사다.

눈앞의 남자가 지병을 가졌다는 말에 반사적으로 뭔가 힘이 될 수 있지 않을까 생각한 것이다.

"저, 저기! 약이라면 제가 약제사니까, 집에 가면 조제할 수 있는데."

"아뇨, 평소에 가지고 다니니까요."

루데우스는 그렇게 말하면서 품에 손을 넣었다. 거기서 꺼낸 것은 하얀 천 조각이었다.

그걸 보고 안제는 연애보다도 약에 흥미가 동했다.

일종의 직업병이겠지.

루데우스는 강력한 전사다. 갑옷을 입고, 이브리 리저드의 공격을 막아낼 정도의 힘을 가졌다. 그럼에도 불구하고 공격 마술도 쓴다. 높은 랭크의 마법전사다.

게다가 팜에게 고도의 치유 마술을 사용했다. 치유 마술과 해독 마술은 함께 익히는 경우가 많다고 들었다. 고로 아마도 해독 마술에도 정통한 거겠지.

그렇게 전설에 나올 만한 인물이 가졌다는 지병과 그 지병에 듣는 약.

혹시 자기가 모르는 것이라면 봐두고 싶다는 마음이었다.

"…먹는 약입니까?"

"음, 뭐, 비슷한 겁니다."

루데우스는 그렇게 말하면서 천의 가장자리를 잡고 펼쳤다.

안제는 그 안에 들어있을 약이 떨어질까 싶어서 순간 손을 뻗으려고 했다.

하지만 환약도, 가루약도 떨어지지 않았다. 천 안에는 아무것도 들어있지 않았다.

그럼 약은 어디에?

그렇게 생각하며 올려다본 안제의 눈에 묘한 것이 들어왔다.

팬티였다.

루데우스는 어느 틈에 팬티를 들고 있었다. 아직 성인이 되기 전의 여성이 입을 만한 사이즈의 팬티.

어느 틈에.

어? 왜?

아까까지 약을 싼 천을… 아니, 저건, 아까 그 천이다.

그 천은 팬티를 개어놓은 것이었다.

어? 왜?

"…? ……어?"

"후우…."

당황하는 안제를 무시하고 루데우스는 크게 숨을 들이마시고… 팬티를 얼굴에 대고,

"후우우우우~~ 하아…!"

크게 숨을 들이마셨다.

"후우, 하아, 킁, 킁, 후우, 하하."

그대로 콧소리를 내면서 몇 번이나 숨을 들이마셨다. 냄새를 맡고 얼굴에 비비면서, 때로는 날름 핥으면서. 팬티를 만끽하고 있었다.

"……."

안제는 그 광경이 두려웠다. 등골에 전율이 일어서 움직이지도, 말을 하지도 못하고 굳은 채로, 그저 루데우스의 행동을 볼 수밖에 없었다.

"……휴우."

루데우스는 꼬박 5분 정도 그랬을까.

"신이여, 감사합니다."

마지막에 그렇게 말하며 기도하는 포즈를 취한 뒤에 팬티를 원래대로 잘 개어서 품에 넣었다.

"……."

안제는 무슨 말을 해야 좋을지 몰라서 그저 입만 뻐끔거렸다.

이해할 수가 없었다.

꽤 좋은 분위기였는데, 갑자기 팬티가 출현하고 변태가 그 냄새를 맡았다. 의미를 알 수 없었다.

"역시 사용하고 난 뒤의 것이 최고야."

딱 하나 확실한 게 있었다. 루데우스의 행동은 방금 전까지 안제를 지배했던 것을 산산히 깨뜨렸다.

그래, 안제의 연심을.

"자, 안제 씨. 말씀하시죠."

"아… 아뇨, 아무것도 아닙니다."

꿈은 깨졌다.

그리고 안제는 어이없이 간단히 귀환했다.

마을에 도착하자, 루데우스는 안제에게 팜을 맡기고 말했다.

"마을에 들를 생각은 없으니까, 나는 이만 실례하겠습니다."

"네… 네…. 수고하셨습니다… 네….."

그 말에 안제는 무표정하게 고개를 끄덕였다. 아직 방금 전의 상식 밖의 광경이 눈에 새겨져 있었다.

"그럼 건강하시길."

루데우스는 발길을 돌려 마을 밖으로 걷기 시작하고… 문득 뭔가 떠오른 것처럼 멈춰 섰다.

그리고 돌아보았다.

"아, 그렇지. 안제 씨, 방금 전에 사례를 하겠다고 말씀하셨지요."

그 말에 안제의 목덜미에 한기가 일었다.

사례. 그래. 생각해 보면 목숨 빚을 졌다. 요구를 거절할 수 없다.

아무리 눈앞의 남자에게 생리적인 혐오가 인다고 해도, 안제는 그렇게 은혜를 모르는 인간이 아니다.

"어, 어어…. 저, 저기, 속옷 같은 건 안 되지만요."

"아뇨, 그건 필요 없습니다. 해 주셨으면 하는 게 있습니다만."

"해, 해 주었으면 하는 것…!"

아아, 어쩌지. 아주 변태적인 짓을 강요할 게 틀림없어.

그렇게 각오한 안제는 안색이 창백해졌다.

"……."

루데우스는 안제의 태도에 가볍게 뒤통수를 긁적이고 "뭐, 괜찮으면."이라고 중얼거리면서 가방에서 뭔가를 꺼냈다.

가방에서 꺼낸 것은 그림책 한 권과 어떤 인형이었다.

"안제 씨, 혹시 당신에게 자식이 태어나면 이 그림책을 읽어주고 말해 주세요. 스펠드족은 악마가 아니라고."

"어?! 스펠? 뭐라고요?"

"스펠드족입니다."

"스펠드족…."

갑작스러운 말에 안제는 눈만 껌뻑였다.

"권말에 문자표도 있으니까, 글을 가르치면서라도 함께 읽어 주세요. 부디 잘 부탁드립니다."

루데우스는 그렇게만 말하고, 얼떨떨해진 안제를 놔두고 획 가 버렸다.

안제의 손에는 그림책과 녹색 머리를 가진 마족 인형만이 남았다.

보기에도 으스스한 스펠드족의 인형. 꽤나 정교하게 만들었고 화려한 색깔로 착색까지 되어 있었다. 당장이라도 움직일 것 같았다.

무시무시한 악마상. 지금 당장 버리고 싶은 충동이 일었다.

하지만 목숨 빚을 졌다는 사실이 그 마음을 억눌렀다.

"…으음?"

스펠드족.

만난 적은 없지만, 들어본 적은 있다. 악마라고 불리는 종족이다. 어렸을 적에 양친이 들려주셨다. 못된 짓을 하면 스펠드족이 와서 잡아먹는다고. 그런 스펠드족이 못된 놈이 아니라는 이야기를 퍼뜨려달라는 거였는데.

'왜 그런 걸…?'

안제로서는 의도를 몰라서 어째야 좋을지 몰라 인형의 머리를 붙잡았다.

"아…."

그러자 인형의 머리카락이 벗겨졌다.

안제의 손 안에서는 스킨헤드 전사가 매서운 얼굴로 창을 들고 있었다.

"훗."

그걸 보고 안제는 웃었다.

뭐가 뭔지 잘 모르겠지만, 생명의 은인이 맡긴 것이다. 시키는 대로 해 보자.

안제는 그렇게 생각했다.

그로부터 몇 년 뒤.

안제는 약 덕분에 완치된 도칠에게 구혼을 받아서 촌장의 둘째 부인이 되었다. 도칠은 성실하긴 하지만, 평범하고 재미도 없는 남자였다.

하지만 변태는 아니다.

안제는 그 사실에 감사하면서, 태어난 아이들에게 그림책을 읽어 주며 키웠다.

이윽고 마을 안에서 그 그림책의 이야기는 아이들에게 꼭 들려주는 것이 되었고, 인근에서는 스킨헤드의 스펠드족은 정의로운 종족이라는 인식이 퍼졌는데….

그건 또 다른 이야기다.

제2화　주워 온 고양이

오늘도 무사히 일을 마쳤다.

숲속에서 죽을 뻔했던 사냥꾼 팜 하인드라를 돕는다.

개요를 들었을 때에는 간단한 일이라고 생각했다. 촌장의 아들을 해독 마술로 치료하고, 숲속에서 삼류 드래곤을 하나 처치한다. 정말로 간단하다.

그렇게 생각하며 가 봤더니, 팜은 이미 숲에 들어간 뒤였다. 다급히 전력으로 쫓아갔고, 따라잡았을 때에 팜은 이미 죽어가고 있었다.

위험했다. 의식이 돌아오지 않는 동안은 식은땀을 흘렸고, 옮기는 동안에 몇 번이나 작은 목소리로 치유 마술을 걸었다.

그리고 팜과 함께 있던 약제사 안제. 녀석도 위험했다.

너무 에로틱하다. 마성의 여자란 걸까. 하마터면 그대로 덮쳤을지도 모른다. 만일을 위해 가지고 있던 신체神體 레플리카가 없었으면 즉사였다.

그런 신성한 일을 남 앞에서 하는 건 원래 안 되는 짓이지만, 어쩔 수 없었다. 상대가 체념하게 하고, 나도 제정신으로 돌아오려면 그 방법밖에 없었다.

"휴우…."

아무튼 얼른 돌아가자.

집에 돌아가서 아이들의 머리를 쓰다듬고, 저녁밥으로 아이샤가 만든 쌀밥을 먹고, 밤이 되면 아내와 야한 짓을 한다. 그것만이 내 삶의 보람이다. 매번 그걸 위해 살아서 돌아온다고 해도 과언이 아니다.

그렇게 생각하면서 나는 자택으로 돌아왔다.

현관문으로 다가가자, 나팔꽃처럼 입구에 휘감겨 있던 비트가 문을 열어 주었다. 어느 틈에 우리 집은 자동문 시스템이 된 걸까. 편리하니까 좋지만.

개집에 아르마딜로 지로는 없군. 그렇다면 록시는 아직 학교인가.

정원에서 멍하니 있는 제니스와 세탁물을 너는 리랴에게 손을 흔들어 주었다.

리랴가 고개 숙이는 모습을 보고서 집 안으로 들어갔다.

"나 왔어."

"아, 오빠 목소리다! 어서 와, 어서 와, 오빠! 당신의 여동생은 지금 좀 바쁘지만, 어서 오세요, 라고 말하고 있어!"

지하실 쪽에서 들려오는 목소리는 아이샤로군.

"들었어."

아이샤는 뭘 하는 걸까. 비료 정리라도 하는 걸까.

"어서 와, 루디."

그렇게 생각하는데, 거실 쪽에서 실피가 발소리를 내며 나왔다. 그 뒤에는 새끼 오리처럼 루시가 따라오고 있었다.

"나 왔어, 실피…. 오늘도 힘들었어."

"수고했어."

실피는 내 로브를 벗기고 먼지를 팡팡 털어서 옷걸이에 걸었다.

참고로 마도갑옷은 사무소에서 벗었다.

입구 옆에 설치된 거울이 비추는 것은 이 세계라면 의외로 어디에나 있을 법한 젊은이다.

하지만 오늘의 루데우스 씨는 꽤나 지친 모습이다. 지친 샐러리맨 같다.

"아빠, 어서오쩨여."

거울에 비친 모습을 보는데, 루시가 나를 올려다보면서 말했다.

밝은 갈색 머리에, 씩씩하다고 할 수 있는 얼굴. 아직 세 살인데도 엘프 같은 미소년. 실피보다 귀가 짧지만, 어렸을 적의 그녀를 쏙 빼닮았다. 그런 아이가 얌전히 서서 내게 인사를 한다.

아아! 아빠, 어서 오세요, 라니! 아아아아!

"그래, 루시!"

감격한 나머지 안아주려고 했지만, 루시는 샤샤삭 뒤로 물러나서 실피의 뒤에 숨었다. 경계의 눈으로 날 노려보았다.

쇼크!

아, 큰일이다, 어쩌지. 눈물이 날 것 같아.

"루시, 그러면 안 돼."

"시러."

실피가 루시를 안아들어 내 쪽으로 내밀었다.

나는 사양하지 않고 루시를 받았다. 루시는 가볍고 따뜻하다. 실피도 그렇지만, 그녀들은 나보다도 기초체온이 높지. 지방이 적은 탓일까. 아니면 종족의 특성일까.

아무래도 좋아, 루시, 하아, 하아…. 뽀뽀해야지, 뺨도 비벼야지, 우헤헤.

"시러, 따가워."

키스를 퍼부었더니 싫어했다.

그러고 보면 일하느라 수염을 안 깎았지. 이런, 이런. 아무튼 싫어한다면 그만하자. 응, 싫어하는 짓을 하면 안 돼. 날 싫어하게 되면 안 되지.

루시를 내려놓자, 그녀는 도망치듯이 식당 쪽으로 뛰어갔다.

그렇게 내가 싫은가. 휴우.

"루시도 참…."

실피는 허리에 손을 대고 한숨을 내쉬었다.

그래도 예전과 비교하면 루시도 나를 따르는 것 같다. 아빠라고 불러 주기도 하고, '이 녀석, 누구?' 같은 얼굴도 안 하게 되었다. 아직 좀 거리가 있는 느낌이지만… 어쩔 수 없나.

"아."

일단 나는 잃었던 온기를 되찾기 위해 실피를 끌어안았다. 키스를 하고, 내친김에 엉덩이도 만지자.

"루디…."

아, 왠지 불끈거리기 시작했다. 이대로 침실로 데려갈까.

하지만 애들이 깨어 있는 시간에….

"안 돼. 그런 건 나중에 해."

"예~"

실피가 그렇게 말해서 나는 그녀를 놓아주었다.

아무튼 그녀들이 애정을 주는 한, 나는 마성의 여자의 색향에 낚이지 않는다.

"록시와 라라는?"

"록시는 학교. 라라는 거실에 있어."

그 말에 따라 나는 실피와 함께 거실로 이동했다.

라라는 아기 침대에서 자고 있었다.

라라 그레이랫. 내 둘째 딸. 예쁜 파랑머리의 아기.

하지만 포동포동한 얼굴인 때문일까, 침대 주위에 '바앙!' 하는 효과음과 집중선이 보인 것 같다. 아기 침대 바로 밑에 레오가 몸을 둥글게 말고 있는 것도 있어서 뭔가 대단한 느낌이다.

"라라, 아빠 왔어."

"아우."

라라는 아직 어린데도 이렇게 대답을 해 준다.

태어난 지 아직 1년도 안 지났는데. 어쩌면 내 자식은 천재일지도 모른다.

혹은 이번에야말로 전생자일지도 모른다. 여전히 일본어에도 영어에도 반응하지 않았지만.

하지만 포동포동한 얼굴인 탓인지 '수고했다, 느긋하게 쉬도록'이라고 말하는 것처럼도 들린다.

장래에 위대한 느낌으로 성장하는 걸까.

"라라, 별로 울질 않아. 웃지도 않고… 조금 걱정이야."

실피는 나와 다른 의미로 라라를 걱정하였다.

물론 그쪽으로는 괜찮다고 생각한다. 이렇게 포동포동하니까.

이건 거물이 될 얼굴이다. 틀림없어.

하지만 실피의 걱정도 이해된다. 세상에는 온갖 병이 있고, 다른 이들과 다르다는 것은 괴롭힘으로 이어질 수 있다.

"뭐, 무슨 일이 있어도 가족이 힘이 되어줄 수 있으면 괜찮아."

"나는 그렇긴 한데, 록시는 책임을 느낄 것 같아."

"그때는 내가 끌어안고 사랑으로 어떻게 할게."

손을 날름날름 핥는 레오를 쓰다듬으면서 적당히 말했다.

하지만 분명히 록시는 책임을 느낄 것 같군. 나는 아이를 낳아준 것만으로도 기쁜데…. 그녀는 가끔 완벽주의 같은 경향이 있으니.

"어라?"

그때 나는 어떤 사실을 깨달았다.

한 명 부족하다. 평소라면 우리 집의 핵탄두가 아이샤와 경쟁하듯이 나를 맞아준다.

그리고 "자!"라면서 배를 만지게 한다. 순조롭게 불러오고 있다고 말하듯이.

그때 내친김에 가슴도 만졌다가 얻어맞는 것까지가 평소의 패턴인데….

오늘은 어째서인지 그게 없다. 어떻게 된 거지?

"에리스는?"

"아."

그렇게 묻자, 실피는 조금 곤란한 얼굴을 하였다.

"오늘 아침에 아이샤랑 조금 다퉜어."

"어? 뭐야, 싸움이라도 했어?"

"싸움…이라고 할 정도는 아닌가…. 으음…."

실피의 말이 석연치 않다. 백문이 불여일견이라고 했으니.

"알았어. 잠깐 보고 올게."

"응."

라라의 머리를 쓰다듬고서 거실을 나섰다.

도중에 문 틈새로 루시가 엿보았지만, 눈이 마주치자 서둘러 2층으로 뛰어 도망쳤다. 나는 루시를 쫓아가고 싶은 충동에 사로잡히면서도 지하실로 발을 옮겼다.

계단을 내려가자, 아이샤가 지하실의 문을 쾅쾅 두드리고 있었다.

"에리스 언니! 우리 집에는 이미 레오와 지로와 비트가 있으니까요!"

"알고 있어!"

문을 두드리는 아이샤와 문 너머에서 대답하는 에리스.

"왜 그래?"

말을 걸자, 아리샤가 얼른 돌아보았다.

"아, 오빠. 내 말 좀 들어봐! 에리스 언니가 고양이를 주워왔는지, 아침부터 냐옹냐옹 시끄러워."

"고양이."

고양이라. 뭐, 에리스는 동물을 좋아하니까. 나야 동물이 잘 안 따르니까 별로 좋아하지 않지만. 그래도 레오는 나를 따라 주니까 개는 조금 좋아하는 편이다.

누구든 호의를 보내면 호의로 답하고 싶어지는 법이다.

"나도 고양이가 싫은 건 아니지만, 우리 집에 이미 동물이 세 마리나 있잖아? 하다못해 오빠의 허가를 받은 뒤에 들이라고 해도 듣질 않아서."

그래. 내 의견이 필요한가. 일단 가장이니까.

"나는 길러도 상관없다고 생각하는데."

"정말?!"

문 너머에서 기쁜 듯한 목소리가 들려왔다.

너무 받아주는 것도 그렇지만, 분명 에리스도 임신으로 스트레스가 쌓였겠지. 고양이 한두 마리로 그게 해소된다면 싼 거다.

"다만 우리 집은 아기도 있고, 나도 별로 집에 안 돌아오니까. 버릇을 잘 들여야 해."

"알았어! 물론이야!"

에리스의 기쁜 목소리와 달리 아이샤는 샐쭉한 기색이었다.

"우우. 결국 먹이 같은 걸 사오는 건 난데."

아, 그런가. 아이샤가 신경 쓸 일이 늘어나나…. 에리스는 돌보다가 싫증낼 가능성도 있고.

"미안해, 아이샤."

"됐어, 오빠가 정한 일이고."

"미안해, 나중에 뭐라도 해 줄게."

"우우, 어쩔 수 없잖아…."

머리를 북북 쓰다듬어 주자 조금 기분이 나아진 것 같다. 하지만 머리가 흐트러져서 그런지 미묘한 얼굴이다.

"그럼 에리스, 문 열어 줘."

"응."

그렇게 말하자 천천히 지하실 문이 열렸다. 안에서 입을 굳게 다문 에리스가 모습을 보였다. 임산부인데도 약한 모습이 전혀 느껴지지 않는다. 임산부의 왕이란 느낌이다.

"……."

그리고 나는 문 안쪽.

지하실에 자리 잡고 있는, 목걸이를 한 고양이를 보고 숨을 삼켰다.

멋진 고양이였다. 더럽긴 하지만, 귀가 쭉 섰고 꼬리도 쫙 뻗어서 멋지다.

그것만이 아니다.

제일 먼저 눈에 들어온 것은 가슴이다. 커다란 가슴. 에리스와 비슷할 정도일까.

입은 옷은 낡아서 가까스로 가슴과 아래만 숨긴 상태. 활동적인 근육이 붙은 다리를, 볕에 탄 건강한 피부를 아낌없이 드러냈다.

"아앗! 보스, 오랜만이다냐! 고맙습니다냐! 은혜는 평생 잊지 않겠습니다냐!"

"오늘 아침에 산책하다가 주웠어! 이름은 리니아야!"

리니아 데돌디어. 내 선배고, 몇 년 전에 마법대학을 우수한 성적으로 졸업한 수족 여자.

그래, 기억해 냈어. 과연. 좋아.

"버리고 와."

"싫어!"

내 눈앞에서 문이 난폭하게 닫혔다.

문이 다시 열리기까지 또 한 시간.

그 뒤에 거실로 이동해서 이야기를 듣게 되었다.

아무래도 리니아를 발견한 것은 에리스가 레오를 산책시키던 때였나 보다.

임신 5개월.

입덧도 진정되고 돌아다닐 수 있게 된 에리스는 레오와 산책을 시작한 모양이다.

일단 시작한 운동이 산책. 분명 영역 의식이 강한 거려니 싶다. 뭐, 임산부에게도 적당한 운동이 필요하다고 하니 나쁘진 않겠지.

그리고 산책 도중 노예시장 근처를 지나던 때에 사건이 발생했다.

갑자기 그늘에서 리니아가 튀어나왔다고 한다. 그녀를 쫓아서 불한당이란 느낌의 남자들도 함께. 그리고 리니아는 꼬리를 붙잡혀서 속절없이 끌려가고….

그런 광경을 본 에리스는 곧바로 결단했다.

허리에 찬 검을 뽑아서 불쌍한 불한당들을 쓱싹 두 동강. 전리품으로 리니아를 붙잡아서 의기양양하게 집에 돌아왔다는 모양이다.

"내가 구했으니까 내 거야! 집에서 키울래!"

에리스는 그렇게 주장했다. 마치 산적 같은 주장이다.

"…아, 예. 저는 에리스 님의 것입니다냐."

리니아는 에리스의 무릎 위에 앉아서 귀를 만지작거리게 내버려두고 있다.

가만히 몸을 맡기고 있지만, 그 몸은 희미하게 부들부들 떨고 있었다. 공포의 떨림이다. 강한 자에게는 꼬리를 흔든다. 그것이 동물의 규칙인가.

뭐, 그건 좋지만….

"아니, 리니아, 너 왜 이 도시에 있어? 왜 그런 꼴이야?"

분명히 그날, 리니아와 헤어진 날. 그녀는 시원하고 멋지게, 상인이 되겠다고 말하며 이 도시를 떠났다. 그런데 지금은 노예처럼 누더기를 걸치고, 전체적으로 꾀죄죄하고, 또 솔직히 말해서 냄새난다.

"좋은 질문이었습니다냐. 떠올리자면 길고 괴로운, 눈물 없이 말할 수도 들을 수도 없는…."

"짧게 해 줘."

"냐아."

리니아는 학교를 졸업하고 이 도시를 떠난 뒤에, 선언한 대로 상인이 되려고 했던 모양이다.

아슬라 왕국에서 뭔가를 사들인 후 북방대지로 가져가서 판다. 돌아오는 길에 북방대지의 물건을 사서 아슬라 왕국으로 가져와서 판다. 말하자면 행상인이군.

그걸 위해 마차를 구입했던 모양이다. 빚을 져서.

내친김에 상품도 구입한 모양이다. 이것도 빚을 져서.

처음에는 자기 발로 이웃 도시 정도의 거리를 왕복하는 게 보통이라고 생각하는데… 말하자면 한방에 벌려고 했던 모양이다.

결과적으로 빚의 이자 때문에 적자가 이어졌다. 당연하다.

날마다 가난해지는 생활. 빚을 조금씩 갚아나갔던 모양이지만, 언제가 되어야 다 갚을지 알 수 없는 나날이 이어졌다.

그런 그녀에게 어느 날 광명이 찾아왔다.

그녀에게 돈을 빌려준 상회에 소속된 상인이 리니아에게 어떤 제안을 해 온 것이다. 너는 열심히 빚을 갚으려고 하고 있다. 하지만 보아하니 장사가 잘 안 되는 모양이라서 가슴 아프다. 빚을 다 털어낼 수는 없겠지만, 상회의 멤버가 되면 금리가 싸지니까 지금보다 훨씬 쉽게 갚을 수 있다. 멤버가 되려면 상회에 상납금으로 아슬라 금화 20닢이 필요한데, 이건 내가 대신 마련해 주마. 나중에 갚으면 된다. 일단 차용증을 받겠지만, 너를 믿고 있으니까. 대충 그런 이야기.

리니아는 그 이야기에 넘어갔다.

옆에서 듣고 있기만 해도 수상쩍게 들리는 이야기지만, 고양이도 잘 구슬리면 대박을 친다. 리니아는 아슬라 금화 20닢으로 그 상회의 멤버즈 배지를 구입하게 되었다.

하지만 그 멤버즈 배지란 놈이 새빨간 가짜. 빚을 진 상회에게 배지를 보여주자 '너 뭔 소리 하는 거야?'라는 반응이었고, 상황을 이해했을 때 남자는 이미 줄행랑.

배지가 가짜라도, 남의 손에 넘어간 차용증은 진짜.

간단히 말해 리니아는 새로 아슬라 금화 20닢의 빚을 진 것이다.

아슬라 금화는 이 세계에서 가장 가치 있는 돈의 단위다. 그게 20닢이라면 거기서 발생하는 이자는 상당하다. 애초부터 이자에 목 졸려 지내던 리니아로서는 도저히 지불할 수 없었다.

마차와 상품은 차압당하고, 리니아의 신병은 구속되었다.

"나는 완전히 속아서 노예로 전락하게 됐다냐."

일반적으로는 그대로 이자를 계속 받아내는 편이 이득이었을 텐데… 리니아를 노예로 만드는 편이 더 이득이라고 생각할 만한 뭔가가 있었을까.

일단 그건 넘어가고.

솔직히 노예가 된 이유의 절반은 자업자득이다.

사기는 사기고, 사기꾼이 못된 놈이란 건 당연하지만, 아무튼 절반은 자업자득이다.

"흐음."

아무튼 말이지. 에리스가 노예상인 일당을 베어 버린 것은 좋지 않다.

우리 집에는 귀여운 미성년이 두 명에, 아기도 있다. 그런 상태로 못된 놈들과 적대하고 싶지 않다.

"어떻게 하지…."

"보스, 도와달라냐. 뭐든지 하겠다냐…. 노예는 싫다냐…."

리니아는 손을 모으고 애원했다. 거저기를 걸쳤을 뿐인 차림에 목줄을 차고.

뭐라고 할까, 에로하군.

"리니아… 너….."

"예."

"벌써 당했냐?"

"냐아!"

리니아가 일어서기 전에 나는 천장을 보고 있었다. 보레아스 펀치가 작렬하여 의자와 함께 벌렁 뒤로 넘어간 것이다.

"루데우스! 무슨 소릴 하는 거야!"

"그래, 루디. 지금 그건 너무 생각이 없었어."

"오빠 저질."

여성들에게서 야유.

"죄송합니다."

여기서는 얌전히 사과하자. 응, 그래. 분명히 좀 심했지.

"실례되는 질문이다냐! 나는 아직 틀림없이 처녀다냐! 그쪽이 가치가 오른다면서 손대지 않았다냐!"

"그래, 다행이네."

나도 왜 물었는지 모르겠다. 왠지 모르게 확인해야 한다고 생각했지만, 혹시 못된 짓을 당했다면 트라우마를 후비는 꼴이 되었겠지. 반성이다.

그렇긴 해도 가치가 오른단 말이지. 역시 이 세계에서도 처녀성을 소중히 여기는 세력이 존재하는군. 대삼림에서는 처녀를 밝히는 유니콘도 산다고 하고.

그렇게 생각하면서 몸을 일으켰다. 코가 아프다. 만져 보니 코피가 나고 있었다.

실피가 다급히 치유 마술을 걸어 주었다.

"하지만 큰일이네."

이미 에리스는 노예상인들을 베었다. 얼굴도 알려졌으니 보복하러 올지도 모른다. 어떻게든 해야만 하겠군….

리니아를 돌려주고 조용히 넘어갈까. 노예상인과 적대해서 철저하게 짓밟을까.

후자를 골랐다가 노른이나 누가 유괴라도 당하는 건 싫은데….

그렇다고 리니아를 저버리는 것도 뒷맛이 나쁘다. 친구니까.

으음.

"실례합니다~!"

이것저것 생각하는데 현관 쪽에서 목소리가 들렸다.

모르는 남자 목소리지만, 리니아가 몸을 움찔 떨고 튀어올라서 소파 뒤에 숨었다.

"녀, 녀석들이다냐!"

아무래도 노예상인인 모양이다.

현관으로 나가보았다.

"우리 노예가 여기 있죠? 다 알고 있습니다."

"무슨 이야기인지 전혀 모르겠습니다. 돌아가 주십시오."

내가 나가 보니, 이미 리랴가 응대하고 있었다.

상대는 세 명.

선두에 선 것은 체격이 작은 남자였다. 혹시 호빗일지도 모르겠다. 그 뒤에는 덩치가 떡 벌어진 스킨헤드와 모히칸. 온몸에서 폭력의 기운이 피어올랐다.

아○과 ○손 같은 느낌이다.

"그런 말씀 마시고⋯. 이 도시에서 사람을 두 동강 내는 빨강머리 임산부와 커다랗고 하얀 개의 조합이라면 달리 없습니다요."

"에리스 마님은 장소를 가리지 않고 날뛰는 분이니까 어쩌면 그럴지도 모릅니다. 하지만 이 집에 노예 같은 건 없습니다. 돌아가 주세요."

의연한 태도의 리랴를 보고 뒤에 있는 스킨헤드가 칫 하고 혀를 찼다.

작은 남자를 밀어내듯이 앞으로 나서더니 리랴에게 손을 뻗었다.

"어이, 할망구. 너무 나대지 말⋯."

리랴는 흠칫 몸을 떨고, 난폭하게 어깨를 붙잡⋯.

"아, 잠깐, 잠깐, 잠깐, 손대지 마, 손대지 마. 절대로 손대지 마⋯!"

붙잡히지 않았다.

조그만 남자가 스킨헤드의 팔을 붙잡아서 끌어내린 것이다.

"형님, 뭡니까. 평소에는⋯."

"너 바보냐! 이 메이드는 바로 그 루데우스 그레이랫의 유모고 의붓어머니야! 상처 하나라도 냈다간 우리 일족이 전부 죽는다고!"

그렇게 말하자 스킨헤드는 겁먹은 표정으로 리랴를 보았다.

"그럼 뭣 때문에 우릴 데려온 겁니까…."

"그야 말이 안 통하는 '광검왕'이 튀어나올 때에 방패로 쓰려고 그러지…."

"너무하신다."

그때 작은 남자가 내 존재를 알아차렸다. 갑자기 부드러운 표정을 하더니 손을 모아 비볐다.

"아, 이거 안녕하십니까, 루데우스 씨…."

추근대는 목소리였다. 이렇게 약하게 나오는 것은 '리랴에게 손대지 않았습니다'라는 의미겠지. 뭐, 정말로 어깨를 붙잡는 모습을 보았으면 나도 화냈을 게 틀림없다.

적어도 나는 일족을 몰살시키는 짓은 않겠지만… 에리스가 어쩔지는 모른다.

"…리랴 씨, 지금부터는 내가 응대하겠습니다."

"알겠습니다, 주인님."

리랴는 인사를 하고 몇 걸음 뒤로 물러났다. 이 자리를 맡겨 주는 모양이다.

"어어, 이거 처음 뵙겠습니다, 루데우스 씨."

조그만 남자는 손을 비비면서 거듭해서 고개를 숙였다.

"소인은 리움 상회 산하, 바르바리드 상점에서 불상사 해결을 맡고 있는 킨초라고 합니다."

"처음 뵙겠습니다. 루데우스 그레이랫입니다."

킨초*라. 모기에게 잘 들을 것 같은 이름이군.

"그래서 그 킨초 씨가 어떠한 일로?"

용건은 대충 짐작이 가지만, 일단 물어보자. 다른 일이라면 바보 같을 테고.

"으음, 루데우스 씨. 이번에 우리 노예 한 명이 도망을 쳤습니다요."

"호오. 어떤 노예입니까?"

"돌디어족 계집. 전투능력도 높고 마술도 쓸 줄 아는, 최고의 노예죠."

오오, 들었냐, 리니아.

최고란다. 너의 가치가 무진장 비싸잖아.

"그래서 그 노예를 우리가 쫓고 있었었는데, 그만 전멸했습니다요. 그것도 전원이 깨끗하게 두 쪽이 나서."

"호오."

에리스의 짓이다. 정말로 미안하군. 노예상도 일이니까 그러는 건데, 도망친 녀석에게 당한 거라면 또 몰라도 전혀 관계없는 녀석에게 베였으면 가만히 있을 수 없겠지.

※킨초(KINCHO) : 살충제, 모기약 등을 만드는 일본의 제약회사.

"뭐, 그건 괜찮습니다요. 우리 일이 일이니까 말이죠. 이러니저러니 희생이 나오는 거야 일상다반사입죠. 하물며 상대가 저 칠대열강 2위 '용신'의 부하고, 게다가 차기 아슬라 왕의 지기인 분이라면야… 아시겠죠?"

"그렇게 말씀해 주시니 고맙습니다."

올스테드와 아리엘의 이름에 쫀 모양이다. 역시 세상은 연줄이로군.

고맙습니다, 올스테드 사장님! 아리엘 부장님! 아무런 문제도 없이 끝날 것 같습니다.

하지만 올스테드의 부하라고 선전하고 다닌 것도 아닌데.

소문이란 놈은 어떻게든 퍼지는 걸까.

"다만, 그게 말이죠… 루데우스 씨."

"예."

"그 노예가 말이죠, 아무래도 좀, 가격이, 그게 좀 세서 말입니다."

"…최고의 노예, 라고 하셨지요."

능력은 높아도 바보니까 써먹을 데는 적으리라고 생각하는데.

뭐, 남에게 머리가 좋네 나쁘네 말할 자격은 없나.

"그냥 흔해 빠진 노예라면야 선물로 드리면서, 우리 가게를 잘 부탁드리겠습니다, 라고 할 수도 있겠습니다만. 헤헤, 아무래도 그 노예는 가볍게 턱 드리기엔 쫌 그래서 말입니다. 이미 매입하겠다는 곳도 있고요."

"그 매입하겠다는 곳이 '보ㅇㅇ스 그ㅇㅇ랫'인가요?"

"예, 예, 그렇지요, 그렇습죠. 루데우스 씨도 잘 아실 바로 거기!"

거기, 에리스의 친정.

"돌디어족의 귀한 혈통이고, 싸움도 하고 마술도 쓰고, 게다가 미인에 시건방진 처녀. 그 말을 듣고 선금으로 아슬라 금화 300닢을 턱 하니 내주셨습니다요."

제임스 숙부인지 그 아들인지는 모르겠지만, 정말로 그레이랫이라는 가문은….

노예를 사들일 여유가 있으면 피트아령 부흥에 돈을 써달라고.

하지만 에리스도 리니아에게 한눈에 넘어갔고, 두 번 다시 손에 넣을 수 없는 한정 상품을 내놓는다면 돈을 내놓을 만하겠지.

"이렇게 거금이 되는 노예는 좀처럼 없으니까요. 이쪽도 그냥 눈물만 삼키고 있을 수는 없습니다요."

"뭐, 그러겠지요."

"아시리라 생각합니다만. 이쪽도 도저히 물러날 수가 없습니다. 우리도 손에 넣느라 돈깨나 들여서…."

"……"

흐음. 그렇단 말이지. 뭐, 너무 큰 손실이 나면 이들도 망할 수밖에 없으니까. 나는 그들이 망해도 아무런 타격이 없지만,

원망을 사는 건 싫고.

"그러고 보면, 루데우스 씨."

망설이는 내게 킨초는 꽤나 무시무시한 웃음을 보냈다.

"여동생과 아내 분이 마법대학을 다니신다고 들었습니다요. 자칫하다간 문제라도 생기지 않을지…."

"너… 노른하고 록시에게 손을 댈 생각이냐?"

혹시 손을 댔다간 나도 가만히 안 있는다? 라노아 왕국까지 확 날려 버릴 각오로 간다?

"아, 아, 아뇨, 지금 그건 못 들은 걸로 해 주시죠. 물론, 물론, 루데우스 씨와 적대할 마음은 없습니다. 러브 앤드 피스입니다. 사이좋게 가고 싶습니다."

"나도 그렇습니다. 그러니까 이렇게 이야기를 하고 있죠."

"그렇죠? 그러니까 노예만 돌려주신다면 우리도 목숨을 걸고 루데우스 씨랑 일을 크게 벌일 생각은 없습니다요. 하지만, 으음, 아시겠죠? 이대로 있다간 우리도 목매고 죽을 수밖에 없단 말입니다. 어차피 죽을 거면 싸우다가 죽고 싶겠죠?"

무슨 말인지는 알겠다. 그들도 필사적이겠지.

아슬라 금화 300닢이나 되는 선금을 받은 상태에서 취소라도 했다간 신용이 완전히 날아간다.

계약금으로 그 정도라면, 물건 확보에도 돈깨나 들었을지도 모른다. 확실히 도산하겠지.

그리고 어차피 도산할 거면 죽을 각오로 일을 치자는 생각도

들겠지.

상처 입은 야수는 언제나 무서운 법이다.

"휴우…."

…뭐, 어쩔 수 없나. 이번에는 리니아도 멍청한 짓을 했다. 빚을 지고, 거기에 또 빚을 지고, 뻔한 사기에 걸려들었다. 자업자득. 형무소에 들어가는 마음으로 보레아스 가문에 가면 된다. 적어도 사울로스 할아버지는 동물 귀 메이드들을 안 좋게 대하지 않았다.

가혹한 노동이 있는 것도 아니다.

뭐, 야한 짓은 당하겠지만, 그 일가는 에리스나 필립처럼 잘생긴 사람도 많고, 수족을 좋아하니까 귀여워해 주겠지.

뭣하면 내가 편지라도 보낼까. 노예입니다만 지인이니까 너무 심하게 대하지는 말아 주세요, 라고. 좋아, 그렇게 가자.

"알겠습니다."

"이해해 주셨습니까."

"예, 바로…."

리니아를 데려오겠습니다, 라고 말하려고 돌아보다가… 말을 삼켰다.

계단 위에 있는 존재와 눈이 마주쳤다.

"……."

루시였다. 나의 귀여운 딸. 그녀는 불안한 얼굴로, 계단 손잡이 뒤에서 이쪽을 보고 있었다.

"……리랴 씨."

"예, 말씀하십시오, 주인님."

여기서 이런 협박에 굴하여 고개를 꾸벅거리며 리니아를 내놓아도 되는 걸까.

불안해하는 루시의 앞에서. 아버지가. 우리 집에 몸을 숨기고 떠는 고양이를 내줘도 되는 걸까?

─아니다.

"내 방 금고에 들어있는 걸 가지고 와 주세요."

"…알겠습니다."

리랴는 신속히 움직였다. 재빨리 집 안으로 사라진 뒤에 곧바로 한아름은 되는 꾸러미를 들고 돌아왔다. 무거운 걸 옮기게 했네.

꾸러미를 풀자, 안에는 자잘하게 나눠놓은 꾸러미가 또 가득했다.

그중 하나를 손에 들고 킨초에게 던졌다.

"…이건?"

킨초는 의아한 눈치로 얼굴을 찌푸리면서 그 꾸러미를 풀었다.

"!"

그리고 안색을 바꾸었다.

"마석입니다. 가치를 아는 곳에 가져가면 그거 하나만 해도 아슬라 금화 500닢은 나오겠지요."

"예? 어어?"

"그리고 말이죠."

나는 작은 꾸러미를 하나 더 던졌다. 킨초는 다급히 그걸 받았다.

"혹시 데돌디어만이 아니라 아돌디어의 공주님도 잡아둔 것 아닙니까? 그 두 사람은 항상 함께 있었으니까요."

"예? 아, 아뇨, 노예는 한 명뿐인데요?"

"거짓말을 했다간 아픈 꼴을 볼 겁니다."

나는 그렇게 말하면서 다음 꾸러미를 던졌다. 킨초는 그걸 붙잡으면서도 그 얼굴에 당혹스러운 빛이 강해졌다.

"말해 두겠습니다만, 나는 당신의 가게를 잿더미로 만든 다음이라면 이렇게 돈을 쌓아줄 생각이 없으니까요."

킨초의 얼굴이 창백해졌다.

"저, 정말입니다. 노예는 데돌디아 계집 한 명입니다. 한 명뿐입니다!"

…뭐, 일단 물어본 거긴 하지만 그런가. 리니아는 자유로운 상인, 프루세나는 고향의 족장, 그렇게 각기 다른 길을 갔다. 동시에 붙잡았을 리는 없겠지. 지금쯤 프루세나도 고향에 도달했을 테고.

"그렇습니까…. 그럼 그 돈으로 내가 리니아를 사겠습니다."

"에엣?! 이 꾸러미 세 개로?!"

"부족합니까…. 그럼 하나 더? 아니면 마력부여품이 좋을까요?"

다음 꾸러미로 손을 뻗었다.

2,000닢, 세게 가자. 1년 동안 내가 돈을 많이 벌었다고 보여주자.

"아, 아뇨, 이, 이거면, 이거면 충분합니다!"

"아니, 그런 말씀 마시고. 나도 최근 집을 비우는 일이 많으니까요. 내가 안 볼 때에 가족에게 위해가 일어나거나… 하는 건 싫습니다. 이해하시겠죠?"

"어… 어어…."

여기서 딱 못을 박아두어야 한다. 압박외교다.

"앞으로도 친하게 지내고 싶습니다. 예를 들어서 아까 말했던 아돌디어족 소녀가 노예가 된다든가. 만에 하나 내 여동생이나 딸이 노예가 되었을 때. 융통 좀 봐주는 정도로 말이죠."

"예, 예, 그야 물론 신경 써 드리겠습니다."

"역시 마력부여품도 같이 드릴까요. 뒤집어쓰면 이마 부분의 보석이 빛나서 회중전등 대용이 되는 투구면 어떨까요."

킨초의 몸이 부르르 떨리고 겁먹은 얼굴로 고개를 숙였다.

"져, 졌다! 그래, 팔게! 이거면 충분해. 댁을 적으로 돌릴 생각은 없어. 협박은 그 정도로 해 줘."

"고맙습니다."

이겼다. 돈의 힘의 승리다.

그렇긴 하지만 나도 노예상인을 적으로 돌릴 생각은 없다.

더불어서 보레아스 가문도.

"보레아스 가문에게 나도 편지 한 통을 써드리지요. 나중에 받으러 와 주세요. 영수증과 함께."

"아, 고, 고맙…습니다."

킨초는 그렇게 말하더니 덩치들을 데리고 서둘러 사라졌다.

"휴우…."

후후…. 순간 열이 올라서 거금을 써 버렸다.

금화 1,500닢 어치의 마석. 거금이다. 리랴는 아무 말도 않지만 황당하게 여길 게 틀림없어.

"주인님."

"리랴 씨…."

"훌륭하십니다."

"고맙습니다."

리랴는 살짝 웃으며 고개를 숙였다. 이런 나를 용서해 주는 모양이다.

하지만 아이샤는 화낼지도 모르겠군…. 어떻게든 경비로 처리해달라고 올스테드를 설득해 봐야지.

뭐, 그건 그렇고.

보았느냐, 루시. 아빠는 말이지, 여차할 때면 멋지게 말할 수 있는 남자다.

혹시 네가 위기에 빠지거든 이렇게 구해 줄 테니까.

안심해도 돼. 자, 아빠 품으로 뛰어들렴.

"…어라?"

그렇게 생각하면서 돌아보자… 이게 어찌된 일일까.

이미 계단 위에 루시의 모습은 없었습니다.

실망.

아무튼 이렇게 리니아는 구출되어 우리 집에서 살게 되었다.

노예로서.

제3화 입학식과 학생회장

리니아는 진짜로 우리 집에서 메이드로 일하게 되었다.

그냥 풀어 줘도 상관없는데. 이러니저러니 해도 리니아는 친구다.

친구가 곤경에 빠졌을 때에는 돕는다. 당연한 일이다. 뭐, 순간 저버리려고 했던 건 틀림없지만, 실제로 저버리지 않았으니까 노 카운트다.

그리고 아이샤도 반대했다. 금화 1,500닢이나 내고서 풀어 주는 건 말도 안 된다고.

"오빠의 벌이가 좋다지만, 돈은 중요하니까! 리니아 씨는 전액 갚을 때까지 우리 집에서 일해야 합니다!"

이 오빠는 분명히 올스테드에게서 부정기적으로 급료를 받고 있다.

마력부여품이나 마석. 올스테드는 루프를 거듭한 탓인지, 이 세계의 어디에 뭐가 있는지 잘 안다. 그러니까 내 한평생을 돌볼 만한 돈은 금방 만들 수 있다.

그래도 아슬라 금화 1,500닢이 내게 거금이란 사실은 틀림없다.

아니, 집보다도 비싸잖아?

"그래. 루데우스의 친구라도 이건 양보할 수 없어!"

이건 에리스의 말이다.

에리스는 처음부터 리니아를 다른 사람에게 넘길 마음이 없었던 모양이다. 혹시 그 자리에서 리니아를 노예상인에게 넘기는 선택지를 골랐을 경우, 허리춤의 검이 횡횡 소리내면서 튀어나와서 순식간에 시체를 양산했을 게 틀림없다.

노예상인이라고 해도 사람을 베어 죽인 것에 대해 꾸짖었다. 노예상인이 얼마나 죽든 내가 알 바 아니지만, 에리스의 몸에 무슨 일이 생기면 큰일이고.

임신 중에 사람을 죽이면 악령이 붙을지도 모른다.

그러니까 다음부터는 나나 아리엘의 이름을 대어서 어떻게든 하라고 타일렀다.

하지만, 아마 다음에도 입보다 먼저 손이 움직이겠지.

에리스는 그런 여자다. 나도 반쯤은 포기했다.

"괜찮다고 생각해. 루디답고."

이건 실피의 말이다.

그녀도 리니아를 고용하는 것에 반대하지 않았다. 실피는 나와 리니아가 친구 사이라는 걸 알고, 우정을 소중히 여기는 나를 오히려 자랑스러워했다.

"멍!"

이건 성수 레오의 말이다. 무슨 말을 하는 건지 모르겠다.

알아듣는 건 리니아뿐이다.

"아, 예, 레오 님. 물론 제가 아랫사람이라도 괜찮습니다냐. 시키는 대로 하겠습니다냐. 부려먹어 주세요냐."

리니아는 성수 레오가 여기에 있는 것에 의문을 품지 않았다.

아무래도 처음에 만났을 때 레오가 그것에 대해 직접 설명한 모양이다. 어떤 설명이었는지는 모르지만, 성수 문제에 대해서 나는 자세한 이야기를 듣지 못했다.

아무튼 리니아는 서열상 레오보다 아래가 된 모양이다.

개보다 아래라니, 불쌍한 리니아.

리니아의 급료는 매달 아슬라 은화 2닢, 다만 그중 절반은 변제에 쓰니까 실질적으로 은화 한 닢.

세 끼의 밥과 잠자리가 제공된다. 잠자리에 대해서는 에리스가 자기 방에서 키우겠다고 말했다. 입장상 아이샤의 부하지만, 에리스의 전속 애완동물 같은 형태가 될 것 같다.

하지만 매달 아슬라 은화 한 닢이라. 이 근처의 시세로 보면 파격적인 급료지만, 1년에 아슬라 금화 한 닢이라고 생각하면 빚을 다 갚기까지 천년 이상 걸리는군.

"리니아는 그래도 괜찮아?"

"우우, 구해 줬는데 군소리 할 수 없다냐…. 오래도록 귀여워해 달라냐…."

리니아는 이미 체념한 모양이었다. 치타에게 목이 물린 임팔라처럼, 풀 죽은 얼굴로 에리스의 무릎 위에서 꼬리를 붙잡혀 있었다. 뭐, 본인이 좋다면 상관없나.

그 뒤에 록시도 돌아왔지만, 딱히 반대하지 않았다. 실피와 마찬가지로 친구를 돕기 위해 돈을 썼다는 말에 칭찬해 주었다. 다만 가격과 그 이유를 듣고 아주 의심스럽게 쳐다보았다.

"공주님이나 처음인 게 그렇게 좋습니까?"

오해를 풀기까지 그렇게 시간은 걸리지 않았지만, 여전히 내 하반신에는 신용이 없는 모양이다.

다음날 아침.

나는 록시와 함께 마법대학으로 향했다. 둘뿐이라서 지로는 타지 않고 걸어서. 눈이 쌓인 길을 저벅저벅.

나는 이미 마법대학에서 수업을 받지 않게 된 지 오래라서, 한 달에 한 번 있는 조례도 면제받았다. 그러니까 학교에 갈 필요는 없지만, 오늘은 크리프와 자노바를 만날 일이 있었다.

내마耐魔 벽돌로 둘러싸인 가로수길을 지나서 초대 학장님의 동상까지 이동했다.

요새 같은 학교 건물들을 보고 있자니, 왠지 감개 깊은 기분에 젖었다. 처음 여기에 왔을 때 나는 ED였지….

"그럼 루디. 저는 이쪽이라서."

"예, 록시. 오늘도 힘내세요."

"루디도…."

"아, 록시 선생님이 남자랑 같이 있다!"

록시와 헤어지려는 때에 갑자기 큰 소리가 들렸다.

돌아보니 기숙사에서 학교로 이동하려는 무리가 우리 쪽을 가리키고 있었다.

"저게 록시 선생님의 남편인가?!"

"어, 그럼 그 전설의? 노른 선배의 오빠라는?"

"처음 봤어. 의외로 멋지네!"

아무래도 나는 무슨 신기한 동물 취급을 받는 모양이다. 그래, 하지만 의외로 미남인가. 후훗.

"……."

록시가 퉁명스러운 눈으로 날 올려다보고 있었다.

아, 아닌가. 어린애들의 칭찬에 좀 기가 살았을 뿐인가.

"실례."

그러면서 록시가 내 팔에 안기듯이 팔을 얽어왔다. 그리고 학생들을 향해 V 싸인.

"꺄아!"

새된 소리를 내면서 학생들이 학교로 사라졌다.

"제 것이라는 어필입니다."

"……."

록시는 그렇게만 말하고 얼른 팔을 놓았다.

귀가 빨갛다. 자기가 해 놓고 부끄러운 모양이다.

"아, 안 되는 걸까요?"

"……."

안 될 리가 없지. 나는 록시의 것이고. 자랑하고 싶으면 하시라. 현재 나는 소녀처럼 가슴이 고동치고 있고.

그렇게 생각하면서 그녀의 뺨에 가볍게 키스를 했다. 으음, 포동포동한 뺨이다.

"뭐, 뭔가요. 갑자기, 이런 곳에서…."

"잘 다녀오라는 키스입니다."

"아, 아하, 과연…. 예. 그 마음 잘 받았습니다! 그럼 루디, 다녀오겠습니다!"

록시는 시원스럽게, 오른손과 오른발이 동시에 앞으로 나가면서 직원동으로 갔다.

나는 그걸 지켜본 뒤에 연구동으로 발을 옮겼다.

"너무 일렀나."

연구동으로 이동했지만, 크리프는 아직 오지 않은 모양이었다. 그도 자식이 생겼으니 이런저런 고생이 많을 게 틀림없다. 참고로 엘리나리제는 아이를 낳았을 때 마법대학을 선뜻 자퇴했다.

애초부터 남자 사냥을 목적으로 입학한 대학. 남자를 찾아서 아이를 낳았으니 작별.

얼굴을 찌푸리는 사람도 많겠지만, 시설의 이용방식은 사람마다 다르다.

나는 그런 엘리나리제를 존중하도록 하자.

자, 하지만 시간이 남았군. 먼저 자노바를 만나러 가도 좋지만….

근면한 크리프가 오지 않은 시간에 가도 역시 민폐겠지.

음, 자노바에게는 오후에 가자. 자노바에게 약속도 없이 들이닥치면 별로 좋지 않은 경우가 많으니까. 오늘은 예정대로 크리프→자노바 순서로 만나자.

그렇게 생각하면서 적당히 그 주변을 걸어갔다.

눈이 남은 길을 저벅저벅 걸어가자, 교정에 사람이 모여 있었다.

무슨 일인가 싶어서 다가가 보니, 벽돌로 쌓은 단상에서 교장이 연설을 하고 있었다.

"하지만 마술은 다르다. 마술에는 미래가 있다! 잃어버린 마술체계를 되찾고, 현재의 영창술식과 합쳐서 새로운 진화를 이루는 것이 사람들의…."

어디서 들은 듯한 연설이다. 어디서 들었는지 떠올릴 것도 없다.

입학식이다.

벌써 그런 계절인가. 내가 지금 몇 학년이더라. 5학년… 아니, 6학년인가. 수업은 처음 한두 해 정도밖에 안 들었지만, 졸업식에는 참석하고 싶다. 실피도 자퇴한 뒤로 아쉽게 생각하는 모양이고.

아, 내가 6학년이라면 사일런트 세븐스타 선배는 이미 졸업했나.

그 녀석, 졸업식에는 나갔을까. 안 나갔겠지.

나나호시는 최근 몇 년 동안 소환 마술을 익히느라 고생하고 있었다.

요즘은 내게 도와달라는 말도 하지 않는다. 페르기우스에게서 충분하고 남을 만한 원조를 받는 건지, 아니면 실험단계는 아직 먼 건지. 뭐, 설비가 있으니까 입학했다고 했으니, 아무래도 좋을지도 모르겠다. 어쩌면 졸업식은 원래 세계의 학교에서 치르고 싶다든가.

아무튼 나나호시에 대해서는 다소 불안이 남아 있다.

미래의 내가 말을 못 할 정도의 최후를 맞았던 모양이고.

짬이 나면 좀 살펴보러 가자.

주먹밥과 감자튀김이라도 가지고.

"이어서 학생회장이 신입생들에게 인사말을."

그렇게 생각하는데, 어느 틈에 교장의 연설은 끝났다.

그는 가발을 누르면서 교직원들의 줄로 돌아갔다. 잘 보니 그 줄의 한가운데에 록시도 앉아 있었다.

아아, 교사로서 빠릿하게 앉아 있는 록시.

좋구나…. 저기 있는 신입생에게 '저 파랑머리 미소녀, 내 마누라거든?'이라고 자랑하고 싶어진다. 어쩌지, 자랑할까.

"…다…."

"저게 마법대학 명물…."

"조그맣네, 분명히 아직 성인 아니지?"

"남자일지도 몰라."

교장의 이야기가 끝나고 신입생이 술렁댔다.

무슨 일이지. 그렇게 생각하며 단상을 보자, 노른이 서 있었다. 키가 큰 마족 소녀와 덩치 좋은 수족 청년을 뒤에 거느리고 한가운데에 서 있었다.

"여러분, 올해 학생회장으로 선출된 5학년 노른 그레이랫입니다."

노른이 학생회장. 처음 들었다. 학생회에 소속되었다는 건 알고 있었지만.

요 몇 달 동안에 정해진 걸까.

"아직 미숙한 몸입니다만, 열심히 노력하도록 하겠습니다."

노른이 이야기를 시작해도 술렁거림은 멎지 않았다.

노른에게는 아리엘처럼 말만으로 주위를 조용하게 만드는

카리스마가 없는 모양이다.

어쩔 수 없다. 내가 마술로 주위를 좀 조용하게 만들까.

그러다가 문득 보니, 내 주위에서 그런 노른을 뜨뜻미지근한 눈으로 보는 녀석이 있었다.

기억이 났다. 분명히 팬클럽 녀석이다. 이 녀석, 뭐 하는 거야. 신입생도 아닌데….

"조용히이이이이이이!"

다음 순간. 단상에 있던 덩치 좋은 수족 청년이 노성을 질렀다.

그 소리는 순식간에 신입생 전체에게 울려서 주위를 조용하게 만들었다.

"고마워, 길버트."

"아뇨."

노른은 수족에게 감사의 말을 하고 이야기를 이어갔다.

"여러분은 전 세계에서 모였습니다. 그중에는 전혀 상상도 안 가는 생활을 보냈던 이도 있겠지요. 하지만 여기는 마법대학이고 여러분은 이곳의 학생이 되었습니다. 그렇게 되었으면 마법대학의 학생으로서 규칙을 지켜야만 합니다."

그 내용은 역시 어디선가 들은 적 있는 것이었다.

교칙 이야기라든가, 자기 상식과 달라도 룰을 지키자는 부류의 이야기….

나도 입학식 때 당시 학생회장이던 아리엘에게 들었던 내용이다.

아무래도 이 자리에서 학생회장이 말하는 테마는 정해져 있는 모양이다.

"…이상입니다. 여러분, 좋은 학교 생활을 보내시길."

노른이 꾸벅 고개를 숙이고 단상에서 내려갔다.

그 발걸음은 흔들림 없고 위엄으로 가득한 것 같기도… 아, 눈이 마주쳤다.

순간 노른은 계단에서 발을 헛디뎌서 지면으로 털썩 쓰러졌다.

주위에서는 키득키득 웃는 소리가 들렸다.

아아, 조금만 더 잘했으면 멋진 학생회장으로 인식되었을 텐데….

그렇게 생각하는데, 왠지 주위에서 뜨뜻한 시선이 늘었다.

팬클럽 녀석들도 만족스러운 얼굴을 하고 있었다. 덜렁쟁이의 팬은 이 세계에도 일정하게 존재하는 거겠지.

하지만 5학년에 학생회장이라…. 노른도 노력했겠지.

오빠는 자랑스럽다. 파울로도 나무 뒤에서 빔포처럼 커다란 카메라에 삼각다리를 설치하고 노른의 멋진 모습을 촬영하고 있을 게 틀림없다.

감개무량하다. 공부에, 검술에, 학생회에. 노른은 노력했지.

좋아, 나도 열심히 하자. 앞으로도 노력해서 가족을 인신의 손에서 지키자.

"흥, 저게 소문의 노른 그레이랫인가. C… 아니, 기대치를 넣어서 B로 할까."

내 감동을 깨뜨리는 목소리가 옆에서 들려왔다.

어디의 누구냐. 그렇게 생각하며 보니, 미남이 서 있었다.

나이는 열다섯 살 정도일까.

엘프에 금발… 엄청 미남이었다.

거의 아리엘급이다. 얼굴이 빛나서 똑바로 바로볼 수 없는 게 아닐까 싶을 정도로 미남이다.

으음, 그래. 분명히 이 얼굴이라면 그렇게 콧대 높은 것도 이해된다. 용모 레벨로는 우리 그레이랫 일족의 필두 미남인 루크를 압도할지도 모른다.

분명히 이 녀석을 S랭크라고 하면 루크가 A, 노른이 B 정도겠지.

"이 학교의 우두머리라고 해서 기대했는데… 저 정도인가."

하지만 아무리 사실이라고 해도 이런 자리에서 그런 소리를 하는 건 좋지 않지.

나는 분명히 네가 미남이라고 생각하지만, 세상이 다 그렇다고만 할 순 없다.

저쪽에서 무서운 선배가 노려보고 있거든? 노른을 세계 제일이라고 생각하는 사람들이 말이야.

아, 동료를 불렀다. 어디에 숨어 있었는지 세 명이나. 이쪽을 힐끔힐끔 보면서 말한다.

'선배, 저 자식 진짭니다.'

'진짜? 노른을 디스했다고? 진짜?'

'진짭니다.'

그런 대화가 들린 듯했다. 아니, 지금 그건 내가 머릿속으로 멋대로 한 소리지만.

미남은 1학년이고, 나는 괴롭힘이 싫다.

하지만 그 녀석들은 나를 싫어하니까, 내 말을 들어주지 않겠지.

내 쪽을 보면서 '막지 말아 주세요. 우리도 진짜 못 참습다….'라는 얼굴을 하고 있다.

옥상 같은 데에 데려가서 괴롭히려는 거야?

"이래선 녀석의 오빠라는 루데우스 쪽도 뻔하군."

뭐, 거기에 대해서는 부정 않겠다.

루데우스야 뻔하지. 하지만 내 문제는 넘어가자. 너한테 얼굴로 이길 거란 생각은 안 하니까.

그 녀석을 보다가 눈이 마주쳤다.

"너도 그렇게 생각하겠지?"

그 녀석은 나를 보고 동의를 구하듯이 물었다.

어? 나한테 묻는 거야?

"…뭐, 그래. 응, 루데우스 쪽은 대단하지, 않나? 하지만, 노른은, 노력하고 있는데?"

"흥."

대답하기 곤란해서 일단 그렇게 말했더니, 그는 코웃음을 쳤다.

"아, 미안하군. 이 도시 사람들은 다들 루데우스를 두려워했지. 하지만 안심해. 내 이름은 레이폴트. 엘프 마을의 족장 마그나포르테의 아들이야. 더 이상 루데우스에게 억눌려 지낼 일은 없을 거야."

아, 자기소개 감사합니다. 하지만 이런 상황이면 이름을 대기가 좀 그렇군.

어쩌지. 일단 루드 로누마라는 이름이라도 댈까.

"나는 너희들과, 물론 저 노른과 다르다. 특별생이지. 요 몇 년 사이의 유일한 특별생. 엘프의 족장으로 교육을 받았으니 당연해."

아하. 과연, 리니아, 프루세나랑 같은 건가.

먼 곳에서 인간 사회를 배우러 찾아온 대삼림의 왕자님이다.

"나는 반드시 이 대학의 우두머리가 되겠다. 저 노른도 내 여자로 만들어 주지."

아니, 그건 안 되지. 아무리 힘든 환경이라고 해도, 그런 이유로 노른을 손에 넣으려고 하다니. 이 오빠는 허락 못 합니다.

"그러니까 너도 나를 따르도록 해라. 잘 돌봐 주지."

"…허어."

혹시 지금 그건 자기 부하를 만들기 위한 연설이었을까.

지금 그 말에 따라오는 녀석은 없으리라고 생각한다.

하지만 이쪽을 선망의 눈으로 보는 사람도 적지 않게 있었다. 그렇다면 그는 노른의 적대세력이 되는 걸까.

…이 경우, 오빠로서, 해야 할 일은 뭘까.

그가 노른과 적대하지 않도록 이 기회에 어떻게든 해야 할까.

그건 괜한 짓일까. 완전 과보호일까. 노른은 학교에서 자기 지위를 확립하였다. 레이폴트 씨는 족장 후보인 모양인데, 이 나라에서 권력을 가진 것은 아니고….

가령 노른에게 손을 대려 한다고 해도, 팬클럽 사람들도 있고.

내버려둬도 될 것 같다. 어쩐다.

"그거 흘려들을 수 없군."

그때 우리에게 말을 거는 존재가 있었다.

누군가가 도와준다. 그런 기대를 품고 돌아본 나는 그 얼굴을 보고 생각했다.

"내 이름은 미이 나루. 호빗의 족장 비이 나루의 아들이다."

누구야, 이 녀석?

아무래도 신입생인 모양이다. 태도는 거만한데, 키는 우리의 절반 정도밖에 안 된다.

하지만 그 얼굴은 아무리 봐도 성인 남성이고, 콧수염도 기르고 있었다.

딱 봐도 호빗 그 자체다.

"특별생이 너 하나…? 웃기는 소리. 나도 올해 특별생인데?"

아, 흘려들을 수 없다는 게 그 부분인가.

레이폴트는 놀란 얼굴로 호빗을 내려다보았다.

"오오, 미이 아닌가…!"

"여어! 오랜만이야, 레이!"

아무래도 지기였던 모양이다.

엘프와 호빗의 영역은 가깝다. 족장의 아들끼리 알던 사이겠지.

"그럼 올해 특별생은 우리 둘이라는 건가?"

"아니, 그것도 아냐."

미이 나루 씨는 훗 하고 웃더니 자기 뒤에 숨어 있던 인물을 앞으로 끌어냈다.

호빗인 미이 나루의 뒤에 숨을 만한 체격의 소년. 그렇다면 그도 호빗… 아니, 아니군.

아마도 인간이다. 나이 어린 인간.

일곱 살 정도의 인간.

얼굴을 보면 아슬라 쪽… 어디서 본 듯한 얼굴이었다.

"자, 자기소개를 해야지."

소년은 떨리는 목소리로 이름을 댔다.

"저, 저는, 그란넬입니다. 그란넬 더핀 아슬라. 아슬라 왕국 제1왕자 그라벨 더핀 아슬라의 차남입니다."

놀랐다. 그라벨의 아들이라니. 이런 소년이…?

뭐 하러 온 거지? 복수일까? 아슬라 왕국에서의 그 일 때문에?

아니면 나에게 보낸 자객일까…. 이제 와서? 이렇게 조그만 애를?

"저기, 아버지가 정쟁에서 질 것 같아서, 우리 신변이 위험하다고…."

아하! 과연, 그라벨은 아리엘이 자기 아들을 죽일 가능성을 고려하여 도망보냈나. 차남이라고 했으니 장남은 다른 나라로…? 아니, 아니야. 이 나라, 라노아 왕국은 아리엘의 영향력 안이다. 그런데 이 나라로 보낸 걸 보면 아리엘이 인질을 잡은 형태일지도 모른다.

또 이건 아무래도 좋은 일이지만, 이 세계에서는 높은 사람의 아들은 아버지의 이름을 말해야만 한다는 법칙이라도 있는 걸까.

"과연, 그런 연유인가. 나도 여러 일이 있어서 마을에서 쫓겨난 몸이고, 그럼 우리 셋은 비슷한 처지인가."

"나는 딱히 특별한 이유가 있어서 쫓겨난 게 아닌데…. 그저 삼남이라서 가독을 이을 수 없으니까 결심을 한 거지…."

"됐어, 다 알아. 누구든 말하기 싫은 게 있을 테니까. 너도 그 소문을 들었겠지?"

"너도…!"

엘프 미남… 이름이 뭐였더라. 그 녀석이 미이 나루와 그란넬의 어깨를 껴안았다.

"뭐, 특별생끼리 서로 도우면서 지내볼까. 우리가 손을 잡으면 이 학교에서 제일 높은 위치에 오르는 것도 꿈은 아냐···. 안 그래?"

"으음···."

"어어, 잘 부탁하겠습니다."

잘은 모르겠지만, 신입생이 입학식에서 친구를 사귄 모양이다.

아름다운 광경이다. 노른을 디스한 것에 대해서는··· 뭐, 이 경우 용서해 주지.

이제 막 입학했으니까 누구든 자기 캐릭터를 만들고 싶고. 아까 B랭크 운운도 중2병 대사라고 생각하면 분노보다도 웃음이 나온다.

뭐, 아무튼 열심히 해 봐라.

"오오, 올해도 모였다냐!"

감동적인 장면에 찬물을 끼얹었듯이 인파 바깥쪽에서 목소리가 들렸다.

몇 년 전까지 이 학교에서 제일 불량했던 학생의 목소리가.

그쪽을 보니, 인파를 헤치며 한 고양이 귀가 주머니에 손을 찌르고 주위를 위협하면서 이쪽으로 다가오고 있었다.

리니아다. 집에서 메이드 일을 하고 있을 터였는데, 뭐 하러 온 걸까.

"저건 리니아 선배 아냐?"

"누구?"

"재작년 수석이었던."

"불량했다는 그 사람…?"

"졸업한 거 아니었어…?"

주위도 술렁거렸다. 그녀는 똑바로 내 쪽으로 걸어왔다.

"여어, 보스."

"음, 뭐 하러 왔어?"

"록시 님이 도시락을 잊어버렸으니까 가져다주러 왔다냐. 직원실에 갔더니 이쪽이라고 해서."

그래. 점심 때가 아니라 지금 온 걸 보면 아이샤의 일처리 속도를 알 수 있다.

혹은 록시가 정기적으로 도시락을 잊어버리는 걸까.

참고로 나는 도시락이 없다. 손수 만든 도시락을 먹고 싶지 않은 건 아니지만, 친구와 함께 외식하는 것도 커뮤니케이션의 일환이라서 오늘은 없다.

"……"

"……"

아까까지 기염을 토하던 두 사람이 어느 틈에 이쪽에게서 눈을 돌리고 지면을 보고 있었다.

"어이, 왜 있는 거야…. 대삼림으로 돌아갔다는 이야기 아니었어?"

"나도 그렇게 들었는데…."

"어? 왜들 그래?"

작은 목소리로 말하는 두 사람의 모습에 그란넬만이 불안한 얼굴로 두리번거렸다.

"응?"

그때 리니아가 대삼림 출신의 두 사람을 알아차렸다.

그리고 싹싹하다고도 할 수 있는 태도로 손을 들었다.

"오오, 레이랑 미이인가."

두 사람은 몸을 떨면서 고개를 뒤로 돌렸다. 아무래도 아는 사이인가 보다.

"어이어이, 언제 대삼림에서 이리로 온 거냐? 10년 만인가? 오오, 그립다냐, 잘 지냈냐? 어이, 어디 보는 거야? 이쪽 봐냐."

틀렸다, 딱 찍혔다. 리니아의 저 눈, 저거 싸움을 걸 때의 눈이야. 고양이과 동물이 사냥감을 사냥할 때의 눈이야.

그란넬 소년도 꽤나 겁을 먹었잖아.

"아니, 사람 잘못 보셨습니다."

"우, 우리는 그런 이름이 아니라서요."

"아앙?"

리니아는 두 사람의 머리를 붙잡아서 자기 쪽을 돌아보게 하면서 날카로운 목소리를 냈다.

우와, 완전히 '전철비 좀 빌려주지 않을래?'라는 느낌이야.

"혹시 나를 잊어버린 거냥? 시간도 꽤 지났으니, 뭐 그렇지.

너희는 기억력이 없으니냐….”

그 모습에 대충 세 사람의 관계성을 알았다. 리니아와 프루세나는 골목대장이고, 두 사람은 부하였다. 그렇긴 해도 지금 노예 신분인 주제에 아주 잘난 처하는군.

“아, 아니, 무슨 말씀을…! 그저 대삼림에 돌아가셨다는 소문도 들었으니까, 다른 사람인 줄로만.”

“프, 프루세나 씨가 없을 때의 리니아 씨는 정말 아름다워서, 순간 누구인지 몰라서… 그러니까, 저기, 좀 봐주세요….”

자, 슬슬 막아야겠군.

주위 1학년도 겁먹어서 멀찍이서 구경만 하고 있다. 우리 학교가 폭력이 지배하는 무서운 학교라는 식으로 신입생들이 인식하면 안 되지. 우리 마법대학은 록시의 모교. 진학할 곳은 없어서 진학교는 아니지만 빛나는 장소다.

그렇게 내가 사악한 불량배에게서 귀여운 1학년을 구하려고 결의했을 때였다.

“어이, 이리로 온다.”

“왜….”

“아, 저건….”

왠지 주위가 시끄러워졌다.

인파가 갈라졌다. 누군가가 우리 쪽으로 다가오는 것이다.

이윽고 그 인물은 모습을 보였다.

어머니에게 물려받은 밝은 금발에 야무진 느낌의 눈썹.

학생회장 노른 그레이랫이다.

바로 뒤에는 수족 청년과 마족 소녀도 따르고 있었다. 뒤에 두 사람이 있는 걸 보니 아리엘이 떠오르는군.

좋아, 노른.

아까 실패했지만, 이번 상대는 리니아다. 빠릿하게 말해서 학생회장의 위엄이란 것을 보여줘. 괜찮아, 리니아는 말대꾸 못 해. 오빠가 뒤에서 노려보고 있을 테니까!

"오빠!"

그렇게 생각했더니 노른은 리니아의 옆을 지나쳐서 내 앞까지 왔다. 두 손을 허리에 대고 화난 것처럼 올려다보았다.

"왜 신입생들 사이에 섞여 있습니까!"

…리니아는 방치인가. 아니, 괴롭힘 같은 건 내가 막을 테니까 괜찮지만.

"어어, 어쩌다가."

"놀라서 넘어졌잖아요…. 아아, 창피해…."

"아니, 응, 좋았어, 연설. 훌륭했어. 아버지도 하늘에서…."

"그런 이야기를 하는 게 아니에요!"

칭찬했는데 꾸지람이 돌아왔다. 슬픈 루데우스.

"왜 이런 데에서 신입생을 괴롭히는 건가요!"

"어?"

괴롭혀? 내가…? 무슨 말씀을.

주위를 둘러보니, 시선이 나와 노른을 향하고 있었다. 노른

을 든든하게 여기는 눈과 나를 두려워하는 눈.

이상하네, 마치 내가 못된 놈 같잖아.

"이 애들이 무슨 짓을 했다는 건가요!"

"아, 아무것도… 그냥 노른의 험담을 좀 한 정도라서…."

잘 쳐줘서 B랭크라고 했지. 응. …응?

"저는 그런 거에 익숙하니까 그만두세요! 이렇게 겁먹었잖아요!"

"아니, 리니아 때문에 겁먹은 건데."

"그 리니아 선배를 부추긴 게 오빠잖아요!"

Oh, shit! 그런 건가. 주위에게는 그렇게 보였나.

내가 대장이고, 리니아가 그 밑의 부하.

제길. 평소 내 행실 때문인가?

"그보다 이야기 들었어요, 오빠!"

"뭘? 누구한테?"

오빠는 이미 울 것만 같아. 이 이상 매서운 말을 하려는 거야?

"아까 록시 언니한테! 리니아 선배를, 노, 노예로 삼았다고! 무슨 생각인가요?"

그거 말인가.

"분명히 노예는 노예일지도 모르지만, 빚을 대신 갚아주는 대신 우리 집에서 일하게 하는 것뿐이야. 이상한 짓은 안 해."

딱 잘라 말하자, 노른은 눈썹을 찌푸리면서 입을 삐죽거렸다.

그래, 나는 리니아를 도왔다. 나는 나쁜 짓 하나도 안 했어.

"노른, 보스의 말은 다 사실입니다냐. 목숨을 구해 준 거랑 같습니다냐."

리니아도 손을 비비면서 다가왔다. 1학년 두 사람이 안도한 표정을 하였다.

그걸 보고 노른도 한숨을 내쉬었다.

"…그렇습니까. 뭐, 리니아 선배도 그렇게 비장한 느낌이 아 닌 듯하니, 사실인 모양이네요."

믿어 주었다.

"하지만 이미 리니아 선배는 졸업생이니까, 학교에서 문제를 일으키는 건 삼가주세요!"

"문제라니, 무슨 소리냐! 나는 그저 옛날 지기와 인사를 했 을 뿐이지…."

"……."

노른이 날카로운 눈으로 올려다보았다. 귀엽다.

"알았다. 내가 잘못했다냐. 주목을 좀 받길래 좀 나대보고 싶었을 뿐이다냐."

노른의 날카로운 눈총에 리니아도 머리를 벅벅 긁으면서 고 개를 숙였다.

이런 모습을 보면 시비 걸었다는 의식은 없었던 걸지도 모르 겠다.

조금만 더 있으면 '농담이었다냐! 너희도 열심히 해 봐라냐!'

라고 하면서 대화를 끝낼 생각이었을지도 모른다. 상대 두 사람은 진짜로 쫄았지만.

노른은 리니아에게서 시선을 거두어 다시 나를 바라보았다.

"오빠도. 저를 지켜주려는 건 기쁘지만, 너무 과도하지 않도록 부탁드리겠습니다. 자기 일은 스스로 할 수 있으니까요."

"예, 명심하겠습니다."

내가 고개를 숙이자, 주위에서 오오 하는 소리가 났다.

"저 루데우스에게 고개를 숙이게 했어!"

"역시나 학생회장."

"노른 귀엽다…."

내가 고개를 숙이는 게 그렇게 신기한 일일까. 사과하거나 엎드리는 건 일상다반사인데….

뭐, 됐어. 내가 고개 숙여서 노른의 평가가 오른다면 이렇게 기쁠 일은 없다.

"……."

슬쩍 보니 1학년 세 명이 굳은 채로 이쪽을 보고 있었다.

노른도 그들의 시선을 깨달았다.

"어어, 그런데 저들은?"

"아무래도 특별생인 모양이라."

"아, 들었습니다. 올해는 세 명이나 들어온다고."

노른은 어흠 하고 헛기침을 한 차례. 스커트 자락을 들어올리고 다리를 살짝 빼는 자세로 세 사람에게 인사했다.

"인사드립니다, 여러분. 학생회장 노른 그레이랫이라고 합니다."

그 말에 대답한 것은 세 명 중 가장 작은 아이였다.

"아, 아슬라 왕국 제1왕자의 차남 그란넬 더핀 아슬라입니다…."

"정중한 답례 감사합니다. 그란넬 님도 익숙하지 않은 이국이라 많이 힘드시겠죠. 집안 때문에 이런저런 말이 나돌 거라 생각합니다만, 신경 쓰실 것 없습니다. 불안하면 학생회로 와주세요. 출신이 어떻든 마법대학에 온 이상 우리 학생회는 학생의 편입니다. 학생회는 어떤 처지의 분이라도 안심하고 면학에 힘쓰도록 도와드리겠습니다."

술술 막힘없이.

연습이라도 한 듯한 대사 후에 노른은 우아하다고 할 수 있는 동작으로 다시 인사했다.

"아, 예."

"그럼 좋은 학교 생활을…."

노른은 깍듯하게 인사를 하고 그 자리를 뒤로 했다.

그란넬과 다른 두 명은 열병이라도 걸린 얼굴로 그걸 지켜보았다. 나도 마찬가지였다.

잠시 안 본 사이에 노른도 꽤나 훌륭해졌군. 역시 예의작법 수업이라도 받았을까.

아무튼 저렇게 대응했으면 1학년의 하극상도 없겠지. 레이폴트도 방금 전부터 내 쪽을 보며 바들바들 떨고 있고.

나도 이 이상 시비 건다고 여겨지는 건 싫기에 리니아를 데리고 그 자리를 뜨기로 했다. 도시락은 교무실의 록시의 책상에라도 두고 가면 되겠지.

특별생 삼인조의 입학에 학생회장 노른.

마법대학도 세대가 바뀌며 새로운 바람이 불기 시작했다.

그렇게 생각하면서 나는 리니아와 헤어져서 크리프에게 갔다.

제4화 연구 진전

크리프는 최근 안대를 한 모습이 아주 그럴싸해졌다.

그의 이니셜이 들어간 안대는 엘리나리제가 만들어준 것이라는지, 꽤나 멋스러웠다.

하지만 안대를 하고 있으면 멋있다기보다는 무시무시한 분위기를 띠었다는 느낌이다.

키도 근육도 대단치 않은데도 그런 걸 보면 안대를 한 길레느가 떠올라서 그러는 걸까.

"아리엘 다음에는 제1왕자의 아들인가…. 또 일이 귀찮아지겠군."

크리프는 조례시간에 그 삼인조를 소개받은 모양이다.

앞으로의 일을 생각하면서 한숨을 내쉬었다.

"그는 아리엘 님과 달리 인질 비슷한 거 같으니 친하게 지내주세요. 그런 어린애가 아버지의 정쟁에 휘말려드는 것도 그렇지요."

"그렇겠지. 뭐… 최대한 녀석들이 네 여동생에게 손을 대지 않도록 주의를 주지."

"감사합니다."

크리프와 대화하면서 그의 연구실로 들어갔다.

엘리나리제는 없었다. 그녀는 한창 육아에 힘을 쏟고 있다. 수백 년이나 살아온 엘리나리제는 자식이 여러 명 있다. 하지만 크리프와의 자식은 특별히 귀여운지, 크라이브를 금이야 옥이야 하면서 키우고 있다. 육아도 베테랑인 그녀라면 훌륭한 아이로 키우겠지.

"그럼 갈까."

크리프는 연구실 안에서 나무상자 세 개를 들고 돌아왔다.

한 변이 30센티미터 크기를 가진 나무상자였다. 나는 그중 두 개를 들었다. 꽤나 묵직했다.

"미안하군."

"천만에요."

그걸 손에 들고 연구동을 나서서 그대로 학교 밖으로 향했다.

"크라이브는 잘 자라나요?"

"무럭무럭 크고 있지. 하지만 밤에는 울어대서 손이 많이 가는군…. 양호원에 있던 무렵이 떠올랐다."

"크리프 선배는 양호원 출신이었지요."

"그래. 양호원에서는 버려진 아이도 많으니까…. 하지만 역시 내 자식이라면 특별하군."

"그렇죠."

목적지는 교외. 학교 앞에서 마차를 잡아타고 도시 성문으로 향했다.

2인승 마차에 나란히 앉아서 대화를 이어갔다.

"크리프 선배는 대단하네요. 아버지 노릇을 제대로 하고 있으니."

"아무것도 안 하고 있어. 리제가 있으니까 그렇게 보일 뿐이야."

"하지만 나는 한 달에 한 번 정도밖에 육아에 참가하지 않으니까요."

"육아에도 여러 형태가 있으니까. 네 경우는 아내와 메이드도 있고, 너는 네가 해야 할 일을 하고 있지. 괜히 부담스럽게 생각할 필요는 없어."

크리프는 상자를 무릎 위에 놓으면서 아주 잘 안다는 듯이 말했다.

"내가 보기에, 아이의 성장을 매일 볼 수 없는 너는… 가엾군."

"크리프 신부님이 그렇게 말씀해 주시니 감사합니다."

"그래, 또 참회하고 싶어지거든 오게나…. 이거 잘난 척을 했군."

크리프는 어느 틈에 미리스 교단의 신부 시험에 합격하였다. 정식은 아닌 모양이지만, 그래도 교회에서 일할 수 있는 신분이 되었다고 한다.

그도 연구만 하는 건 아니다. 그렇다면 역시 고향에 돌아간 후의 일을 생각하는 걸까. 내가 지금 6학년이니까 크리프는 7학년.

최상급생, 내년이면 졸업이다.

"크리프 선배는 졸업하면 어쩔 겁니까?"

"…모르겠군. 본국의 할아버지에게서는 아무런 연락도 없고. 하지만 일단 돌아갈까 한다. 결혼을 하고 아이가 생겼다는 보고도 하고 싶고."

"적적해지겠네요."

내 예상으로는 크리프가 미리스로 돌아갈 무렵에 또 인신과의 대결이 있겠지.

어디까지나 예상에 불과하지만.

"아직 먼 이야기다."

"그렇죠."

그런 잡담을 나누는 사이에 마차가 샤리아 남문에 도착했다. 우리는 마부에게 돈을 주고, 그 다음부터는 걸어서 이동하기 시작했다.

성문 밖으로 나가서 남동쪽으로 한동안 걷자 우리 회사의 사무소가 보이기 시작했다. 교외에 덩그러니 있는, 꽤나 큰 건물. 사람이 접근하지 않도록 울타리를 둘러놓았다.

"하지만 왠지 모르게 안 건데, 역시 그때 너는 거짓말을 했더군."

"예, 저주에 관해서는 도무지 믿어 주지 않을 것 같았으니까요."

"탓하는 건 아니야. 그 저주는 강력하다. 지금도… 이거 봐, 다리가 떨리고 있어."

그런 대화를 하면서 사무소 앞으로 이동했다.

문에는 '관계자 외 출입금지'라는 글이 적혀 있었다. 나는 품에서 열쇠를 꺼내어 문을 열었다. 일단 만들어두긴 했지만 전혀 쓰지 않는 접수대를 통과하여 안쪽으로.

"으…."

문을 연 순간 크리프가 주춤거렸다.

그의 시선 앞에는 고급스러운 목재를 사용한 책상 앞에서 뭔가를 기록하고 있는 올스테드가 있었다.

여전히 무서운 얼굴이다.

"음. 크리프 그리몰인가."

"어, 어어, 그래. 크리프 그리몰이다…."

"너도 매번 고생이로군."

"무슨 의미지…?"

무슨이고 뭐고 단순히 그런 의미겠지.

내 부탁 때문에 올스테드와 얼굴을 마주하게 되어서 고생이라는 의미다.

"올스테드 님. 얼른 하지요. 오늘은 세 개입니다."

"그래."

나와 크리프는 책상 위에 나무상자를 두었다.

올스테드는 그중 하나를 열고 그 안에 있던 것을 꺼냈다.

안에 든 것은 풀페이스 헬멧.

다른 상자에도 비슷한 것이 들어있다. 다만 색깔은 다르다. 각각 블랙, 브라운, 그레이다.

"써 보시죠."

"……."

올스테드는 시키는 대로 자기 머리에 푹 뒤집어쓰듯이 헬멧을 장착했다.

갑옷도 없는데 투구만 쓰니 수상하다는 느낌이 장난 아니다.

내 눈에는 더 무섭게 보이는데….

"크리프 선배, 어떻습니까?"

"……틀렸군. 전보다 안 좋아."

"그럼 다음."

올스테드는 헬멧들을 순서대로 썼다. 그때마다 크리프가 반응을 보고 효과가 있는지를 확인한다. 세 개를 다 써본 뒤에 크리프의 의견을 묻는다.

"역시 세 번째 것이로군. 처음 건 플랙 방식으로 마력을 변환해 봤는데, 그게 오히려 안 좋았어. 그렇다면 마력 그 자체가 저주받았을 가능성이 큰데."

"마력 그 자체가 말인가요…?"

"그래, 올스테드…님의 마력을 보게 된 순간, 저주가 발동하는 거야."

"그럼 마력이 통하지 않는 물질로 온몸을 덮는다든가?"

"틈이라고는 하나도 없는 상자에라도 들어가면 저주는 발동하지 않겠지만, 아무런 해결책도 안 되겠지."

"옳은 말씀이군요."

우리가 뭘 하고 있냐 하면, 올스테드의 저주에 관한 연구다.

1년 동안 엘리나리제의 저주를 연구한 내용을 기반삼아서 몇 가지 실험을 해 보았다.

그러자 올스테드의 저주의 핵은 아무래도 머리에 있다고 판명되었다. 그래서 이렇게 헬멧형의 마도구를 씌우고 크리프가 주관으로 판단하는 방식으로, 마도구의 효과를 시험하는 것이다.

일단 성과는 있었다. 현재 최신 버전 헬멧을 장착하면 올스테드의 저주는 완화된다. 다만 효과가 미미하다. 헬멧을 쓰고 있어도 시내를 걸어다니면 아이들은 울고, 들개는 겁먹어서 도망가고, 마차는 벌렁 엎어진다.

하지만 실피나 에리스가 올스테드에게 보이는 태도가 유해지는 정도로는 효과가 있었다.

뭐, '부모의 원수 같은 존재'에서 '싫은 상사' 정도로 변했지만, 결과적으로 그녀들은 대충 저주에 대해 이해해 주었다. 내가 올스테드에게 붙은 것도 저주가 안 통하기 때문이란 것도.

크리프도 연구 도중에 올스테드의 저주와 내가 거짓말을 한 이유에 대해 이해해 주었다.

중요한 한 걸음이다.

지금은 아직 복잡한 심정인 모양이지만, 일단 어떻게든 굴러가고 있다.

물론 앞날은 까마득하다. 헬멧 사이즈는 현재 올스테드의 머리의 약 두 배. 공기구멍이 없기 때문에 쓰면 숨을 쉴 수 없고, 앞도 보이지 않고, 소리도 들리지 않고, 말도 할 수 없다. 장기간 쓰고 있을 만한 물건이 아니다.

정말로 앞날은 멀다.

그렇긴 해도 1년 만에 그걸 만든 크리프는 틀림없이 천재겠지. 이대로 연구가 진행되면 올스테드가 대낮에 대로를 활보하는 날도 머지않았다.

크리프도 다른 사람의 저주를 연구하는 것이 엘리나리제의 저주를 해제하는 마도구에 참고가 될 것 같다며 기뻐했다.

엘리나리제의 육아가 일단락 나면 또 그쪽 연구로 돌아가는 게 아쉽다.

하지만 걱정할 것 없다. 얼른 다음 자식을 만들면 된다.

"그럼 다음은 또 한 달 뒤에."

"그래, 수고를 끼치는군, 크리프 그리몰. 네게 이런 재능이 있는 줄은 생각도 않았다."

"어?! 어… 어어, 그, 그렇지. 나는 천재니까."

올스테드도 크리프의 연구 성과에 놀라고 있었다.

기나긴 루프 동안에 저주를 어떻게 해 보려는 시도는 있었나 본데, 수백 년 동안 시험해도 성과가 없었기 때문에 반쯤 포기했던 모양이다.

계속 반복되는 200년 동안에 저주 연구에서 성과를 낼 만한 사람은 크리프 이외에도 있었을지 모른다.

하지만 그 녀석은 올스테드를 도와주지 않았겠지.

그래도 결과는 나왔다. 다음에 과거로 돌아간다면 올스테드도 어떻게든 크리프에게 저주 연구를 시키려고 획책하겠지.

아니, 그때 나는 있을까. 없을 것 같은데….

"루데우스."

그렇게 생각하는데 올스테드가 나를 불렀다.

크리프는 이미 사무소 밖으로 이동했다. 저주의 효과 때문인지 한시라도 빨리 올스테드에게서 벗어나고 싶은 것이다. 머리로는 저주라고 알아도 몸은 그를 적으로 인식한다.

바퀴벌레에게 인간을 죽일 힘이 없다는 것을 알아도, 보면 겁먹는 것과 마찬가지다.

"…고맙군."

그 말에 얼굴이 풀어졌다.

으음, 사장님, 말씀도 잘하신다니까.

좋아, 좋아, 저주의 헬멧이 완성되면 윈도우 쇼핑이라도 즐기자.

올스테드와 시내 데이트. 호랑이의 위세를 빌리는 여우의 기분을 실컷 맛보도록 하자.

"아뇨, 가족이 계속 반대하면 나도 마음이 불편하니까요. 올스테드 님이 자유롭게 움직이는 편이 인신에게도 안 좋을 테니까, 이건 나를 위한 일입니다."

"그렇군."

사장의 병이 나았을 때에는 올스테드 코포레이션을 세계 제일의 대기업으로 만든다.

그렇게 생각하면서 나는 사무소에서 나왔다.

올스테드와 헤어져서, 사무소 뒤편에 있는 무기고로 들어갔다.

거기서 마도갑옷을 꺼냈다. 소형 마도갑옷. 팔 파츠, 다리 파츠, 동체 파츠로 나뉘어 있는, 시커먼 색의 갑옷이다. 언뜻 봐선 가벼워 보이지만, 내 흙 마술로 만든 것인 만큼 아주 무겁다.

그렇기 때문에 장착하고 마력을 넣어서 운반한다.

"크리프 선배, 기다렸죠."

"음, 그럼 갈까."

크리프와 함께 대학으로 돌아간다.

다음은 자노바다.

이동이 번거롭지만, 올스테드가 대학에 들어오면 소동이 일어날 테니까 어쩔 수 없지.

"크리프 선배, 식사는 어떻게 할 건가요?"

"글쎄…. 나는 방에 돌아가서 이걸 놔두고 식당에 가지. 너는 자노바를 불러와라. 같이 먹자고."

"알겠습니다."

크리프는 헬멧을 두러 자기 연구실로 돌아갔다.

나는 시키는 대로 자노바의 연구실로 직행.

그대로 문을 열려다가 멈추었다. 이전에 여기서 대수롭지 않게 열었다가 자노바의 살색 신을 보게 되었다. 서로 머쓱한 상황.

나는 반성하는 남자다. 방에 들어가기 전에 반드시 노크다. 나는 문을 두드렸다.

"노크하고… 계십니까."

"오오, 스승님! 잘 오셨습니다! 들어오세요!"

바로 대답이 돌아왔다. 나는 그걸 확인한 뒤에 문을 열었다.

그러자 거기에는 서른 살 정도의 오타쿠 같은 남성과… 열 살 정도의 반라의 여아가 있었다.

여자애는 배를 누르며 울상을 하고 있었다. 그 다리 사이에서는 피가 한 줄기 흘렀다.

아, 이거 범죄 현장이다.

"자노바… 너… 줄리에게 손을 대다니."

"농담을 할 때가 아닙니다! 스승님, 줄리에게 치유 마술을 걸어주십시오. 방금 전부터 피가 멎지 않습니다."

자노바의 필사적인 목소리. 사고라도 있었을까. 줄리도 울상을 하면서 나를 올려다보았다.

"그랜드마스터… 배가 아픕니다. 도와주세요…."

나는 의사가 아니지만…이라고 생각하면서 줄리의 몸을 잘 살폈다.

외상은 없다. 그렇다면 내상일까.

피는 다리 사이에서 흘렀다. 비린내. 이거 아마도… 아니, 틀림없다.

"아마 생리겠지. 진저 씨를 부르는 편이 좋겠어."

"예? 오오, 과연! 그러고 보니 줄리도 여자였지요! 전혀 생각도 안 했기에 잊고 있었습니다!"

"마스터?"

자노바는 하핫 웃고, 줄리는 불안한 얼굴로 그를 올려다보았다.

줄리도 이제 아홉 살, 아니, 열 살인가? 초경이 오기에는 꽤 이른 것 같지만, 드워프는 이런 걸까. 아니면 샀을 때의 나이에 오차가 있었을까?

뭐, 아무래도 좋아.

"아, 그 전에 점심식사를 해야지요. 줄리, 오늘은 쉬어도 좋아. 진저가 돌아올 때까지 혼자서 자고 있을 수 있겠나?"

"…무섭습니다. 마스터, 같이 있어 주세요."

"흠…."

어라라, 자노 인기 많네. 밉살스러운 녀석.

"뭐, 괜찮잖아. 내가 뭐 좀 사 올게. 여기서 먹자."

줄리도 이제 어른인가. 성인까지 기다릴까 했는데, 최근에는 마력총량도 늘지 않게 되었다. 슬슬 계획을 실행으로 옮길 때인가.

약 한 시간 뒤, 자노바의 연구실.

그 뒤에 나는 크리프와 합류, 음식을 사서 돌아왔다.

현재 우리 세 사람은 밥을 먹으면서 얼굴을 맞대고 있었다. 진저는 옆에서 줄리를 돌보고 있다. 저 사람, 이미 기사라기보다는 메이드로군.

줄리를 생각해서 다른 방으로 이동하자는 의견도 있었지만, 줄리가 불안하니까 곁에 있어달라고 했기 때문에 같은 방이다.

"스승님, 마도갑옷 말입니다만, 어떻습니까?"

"나쁘지 않았어. 마물의 일격을 받아내었고. 다만 역시 능력 면에서는 좀 부족해. 마물이라면 몰라도, 검사가 상대라면 힘들 것 같아."

"방어력, 회복력, 기동력… 모든 것을 희생했으니까요."

"하지만 프로토타입 정도의 성능으로 하려면 크기가 필요하고…."

1년 반 동안 마도갑옷도 상당히 버전업을 거듭하였다.

당초에는 처음 만든 마도갑옷 '1호'를, 그 성능 그대로 소형화하려고 했는데, 이게 좀처럼 마음대로 되지 않았다. 애초에 그건 당시 기술의 정수를 모은 것이고, 인신에게 배운 정체 모를 기술도 사용하였다. 성능을 좀 낮춘 '1호 개량형'도 역시 크기 문제에서 실패했다. 크기가 좀 작아지고 성능이 크게 떨어지는, 별로 의미 없는 결과로 끝났다.

그렇게 시행착오를 거듭한 끝에 동체 부분의 마법진을 철폐.

마법진을 두 팔과 다리에 집중시켜서 뿌리까지 감싸는 형태로 변경했다. 이것으로 소형화와 사용마력의 대폭 감소에 성공했다(그렇긴 해도 아직 나밖에 장착할 수 없는 레벨로 마력을 퍼먹지만).

팔 파츠와 다리 파츠만으로 구성된 '2호'의 완성이다.

하지만 '2호'는 파워에 제한이 걸리게 되었다.

몸으로는 마력이 통하지 않으니까, 내가 마력을 총동원하면 보강되지 않는 팔다리가 몸과의 연결부위에서 뜯겨져 나간다. 이래서는 아무리 성능이 대단하더라도 상급검사 정도의 힘밖에 발휘할 수 없다.

그래서 사지가 뜯겨져 나가지 않도록 보조용 마법진을 넣은 동체 파츠를 장착.

성급검사급의 성능을 가진 현재의 '2호 개량형'의 탄생이다.

마음 같아서는 조금 더 고성능인 편이 좋지만… 아직 멀었다.

언제든 이상은 멀고, 세상은 생각대로 되지 않는다.

"뭐, 이걸 쓰면서 개량할 수밖에 없겠지."

"그렇군."

크리프도 동의해 주었다. 언젠가는 그도 장비할 수 있는 것으로 만들고 싶다.

"그래서 스승님, 개틀링포는 어떻습니까?"

"그건 살상력이 너무 높아서 용도가 제한되는데…."

무기 쪽도 이것저것 생각했다.

록시의 지인이 만들어 준 개틀링포.

올스테드의 조언에 따라서 그걸 조금 더 간략화하고, 스톤 캐논 열 방을 거의 동시에 발사하는 방식으로 바꾸어 보았다. 핑거 프ㅇ어 봄즈…같은 멋진 게 아니라 그냥 샷건이다.

이건 수신류 대책이기도 하다.

올스테드의 말로는, 수신류는 마력 그 자체를 흘려낸다.

그러니까 아주 약간의 시간차로, 거의 동시에 발사되는 샷건은 의외로 유효할 거라고 한다.

수왕 이상에게는 의미가 없겠지만, 덩치가 커서 회전이 힘들다는 것을 제외하면 아주 써먹기 좋은 무기다.

여러모로 노력했지만, 좀처럼 단번에 강해지지 않는군.

마술 훈련과 몸 단련은 하고 있다. 일도 있고 집안일도 있으니까, 그 시간을 늘릴 수는 없다. 그렇다면 머리를 더 쥐어짜내야만 한다.

최근에는 피라미뿐이지만, 강적이 언제 나타날지 모르니까.

처음 보는 상대라도 이길 수 있는, 일격으로 상대를 쓰러뜨릴 수 있는 게 필요하다.

"그러고 보니 자노바, 자동인형 쪽은 어떻게 되었어?"

"아, 그쪽은 동결중입니다. 막힌 것도 있지만, 스승님의 목숨을 지키는 연구 쪽이 중요하니까."

"아…. 그건 미안하네."

"하하핫, 마도갑옷 작성도 즐거우니까요. 사과하실 것 없습니다. 오히려 이쪽이 감사의 말을 드리고 싶을 정도입니다."

자노바는 그렇게 말하면서 마도갑옷을 콩콩 두드렸다. 정말로 든든하군.

"그러고 보면 자노바, 줄리가 어른이 되었으니 슬슬 그림책과 인형을 본격적으로 팔고 싶은데, 가능할까?"

"흐음…."

그림책과 인형. 그래, 스펠드족의 평판을 올리기 위한 그거다.

일단 제1탄은 완성했다.

내가 모르는 사이에 자노바는 염료를 사들여서 색을 칠한 완성품을 만들었다.

뭐, 루이젤드 인형의 머리색이 다소 옅거나 창에 크림색이 너무 강하다든가, 피부색이 너무 밝다고 생각하기는 하지만, 사소한 문제다. 그거라면 누가 어떻게 봐도 스펠드족이라고 알겠지. 머리맡의 선반에 두었더니 록시가 일어날 때 보고 비명을 지르고, 그 이야기를 들은 노른이 무단으로 자기 방으로 가져갈 정도다.

그림책의 완성도도 좋다.

글은 노른이 쓰고, 그림은 바로 자노바가 그렸다.

그렇게 대단한 정도는 아니지만, 아이가 좋아할 만한 부드러운 터치라서 느낌이 살아있다.

그걸 판화로 양산하고 수작업으로 착색한다. 직접 만든 느낌이 넘치는 작품이 되었지만, 이 세계의 책은 대체 다 이런 느낌이니까 위화감은 없다.

마지막으로 권말에 글자 습득용의 표를 첨부하면 교과서도 된다.

교과서가 되면 쉽게 버릴 수도 없을 거라고 생각한 것이다.

인형과 그림책, 두 개가 갖추어졌기에 나도 일하러 나가서 누굴 구할 때마다 잊지 않고 포교한다.

그걸 계속해도 좋겠지만… 본격적으로 말이지.

"어렵군요."

하지만 자노바는 난색을 보였다.

"…돈 때문에?"

"아뇨, 자본이라면 걱정 없습니다. 아리엘 왕녀에게서 자금 원조가 들어오고 있으니까요. 아슬라 왕국 쪽에도 공방을 준비 하였다니까 만드는 것 자체는 문제없겠죠. 하지만 상인 쪽으로 연줄이 없습니다."

"아하…."

그러고 보면 파는 사람에 대해서는 생각하지 않았다.

원래 내가 직접 가게를 낼까 생각했다. 하지만 이런 상황에 서는 그럴 수도 없지.

상인…이라기보다도 월급쟁이 점장 같은 게 필요하군.

장사에 재주가 있는 녀석… 내 지인 중에 없나. 전혀 짚이질 않네.

"아리엘이나 누구한테 소개해 달라는 게 좋을까?"

"아리엘 전하도 최근에는 바쁘신 모양이라. 곧 대관식이라니 까요. 너무 번거롭게 하기도 그렇다 싶습니다."

"신세만 지는 것도 재미없고."

일단 보류인가. 뭐, 서두를 건 아니다. 줄리가 성인이 된 뒤 라도 늦지 않다.

즉, 5년 뒤라도… 아, 그런가.

"자노바, 앞으로 5년 동안 줄리에게 장사에 대해 가르치는 게 가능할까?"

"가능합니다만… 그래도 역시 줄리는 제작을 맡아야겠지요. 판매를 맡길 만한 사람으로는 다른 노예를 사는 게 좋을까 싶습니다."

다른 노예라.

장사에 흥미가 있고, 읽고 쓰기, 산술을 할 줄 알고, 덤으로
인맥도 있으면 좋겠군. 인기가 있으면 선전도 잘하겠지.

그런 노예… 응, 짚이는 데가 없어!

사기 당한 끝에 노예가 된 우리 집 고양이한테는 맡길 수 없
지.

새로 사는 편이 낫겠지.

"으음…. 역시 더 면밀하게 계획을 세운 뒤에 실행하는 편이
좋겠어."

"그렇지요."

그래. 이쪽 계획은 더 짜 보도록 하자.

서두르다간 일을 그르친다.

이제까지 천천해 해 왔잖아. 앞으로 10년 정도 걸린다고 보
고 느긋하게 가자.

"그럼 이건 또 다음 기회로 하고… 마도갑옷의 개량에 들어
갈까."

"예, 스승님. 실은 이미 다음 버전의 구상을 끝마쳐서…."

그 뒤로.

식사가 끝난 뒤에도 연구에 대한 회의를 하고 해산했다.

마도갑옷도 조금 더 성능이 향상되었다.

해질녘에 교무실에 들러서 수석교사 지너스에게 인사.

또 일을 하고 있는 록시의 뒤를 얼쩡대다가 꾸지람을 듣고 복도로 쫓겨났다. 풀 죽어 있을 때 노른이 학생회실 열쇠를 반납하러 왔길래 오랜만에 셋이서 귀가했다.

"노른, 오늘 수업에서 모르는 부분은 없었나요?"

"예, 괜찮아요, 록시 언니. 항상 그렇지만 알기 쉬운 수업이었습니다."

내 바로 옆에서 록시와 노른이 즐겁게 대화하고 있다. 내가 모르는 곳에서 두 사람은 꽤나 친해져 있었다. 예전의 어색한 관계는 없다.

"신경을 덜 쓸 생각은 없지만, 모르는 부분이 있으면 언제든지 말해 주세요."

"그때는 또 개별로 가르쳐 주세요."

"후후, 제 개별수업은 비싸지요."

오가는 대화. 두 사람의 목소리를 들으면서 나는 기분 좋게 집으로 돌아갔다.

"다녀왔습니다."

현관을 지나서, 정원에서 저녁해를 보고 있던 제니스와 리랴에게 말을 걸었다.

"어서 오세요, 여러분."

"……."

제니스는 아직 변화 같은 게 보이지 않는다. 좋은 의미로도,

나쁜 의미로도 안정된 것 같다. 역시 기억은 돌아오지 않는 걸까. 수단이 전혀 보이지 않고, 나도 다른 일로 바빠서 신경을 쓰지 못했다.

최근 리랴나 실피도 뭔가 하는 모양이지만, 성과는 나오지 않는다.

"우리 왔어."

"어서 와, 루디, 록시…랑 노른."

집 안에 들어가자, 안에서 실피가 나타났다. 에이프런 차림의 마이 허니의 뒤에서 루시가 아장아장 따라왔다. 그리고 타박타박 달려가서 노른에게 몸을 부딪쳤다.

"노른 언니! 어서 와!"

"루시, 안녕."

노른은 익숙한 건지, 루시를 안아주고 그 머리를 쓰다듬었다. 루시는 노른을 좋아하는지 활짝 웃고 있다. 하지만 나와 눈이 마주치면 노른의 얼굴 뒤로 숨듯이 몸을 움직였다.

그렇게 싫어하지 않아도 되는데….

"노른, 오늘 집에서 자는 날이었어?"

"아뇨, 하지만 리니아 선배가 우리 집에 왔다고 그러기에 잠깐 보러 왔습니다."

"아…. 그래. 응, 일이 좀 있어서. 루디가 구해 줬다고나 할까."

실피는 그렇게 말하면서 한숨을 내쉬었다. 뭐지, 그 한숨은?

"또 늘어나는 건가요?"

"으음, 글쎄. 리니아는 루디를 꽤 좋아하는 모양이고, 에로하고…."

내가 리니아에게 손을 댈 거라는 말이다.

분명히 그 고양이 소녀가 에로틱하다는 건 인정한다. 밤의 침대에서 프로레슬링 놀이를 하고 싶냐고 묻는다면 하고 싶다.

하지만 그건 그거, 이건 이거다. 내게는 이성이라는 게 있다.

"에리스 언니는 뭐라고 해요? 반대하지 않았나요?"

"이 애는 자기 거니까 루디한테 안 준다고."

"아, 그런가…."

그러고 보면 에리스가 없네.

"실피, 에리스는?"

"레오랑 산책. 몸이 무거우니까 그만두라고 했지만 듣지를 않아. 낮에도 목검을 휘두르고. 아무리 어느 정도 안정되었다고 해도, 혹시 유산이라도 되면 어쩌려는 건지…."

에리스는 여전하다.

하지만 진짜로 뛰거나 걷어차거나 하는 짓은 적당히 했으면 싶다. 에리스는 강하지만, 배 속의 아이는 약하니까. 정말로 에리스의 아이는 잘 태어날 수 있을까.

불안한데….

"아, 어서 와."

그 목소리는 위쪽에서 들려왔다. 올려다보니 계단 위에 아이샤가 있었다.

"다들, 이거 봐!"

아이샤는 기쁜 듯이 2층 안쪽으로 손짓했다.

거기서 나온 것은 아이샤와 같은 디자인의 메이드복을 입은 여성이었다.

그녀는 계단참까지 이동해서 빙글 1회전. 스커트 자락이 올라가면서 건강한 다리가 엿보였다. 그리고 허리에 손을 대고 그라비아 아이돌 같은 포즈를 취했다.

"냐하하!"

고양이 귀 메이드다.

"엄마의 옛날 옷을 수선해서 리니아 씨의 옷을 만들어 봤어. 어때, 귀엽지?"

분명히 귀엽다. 여성들에게서 감탄의 한숨이 새어나왔다.

아이샤가 만든 옷인가.

옛날 옷이라고 하지만 새것으로밖에 보이지 않는군. 하지만 확실히 천 자체는 낡았나.

"내일부터가 아니라 오늘부터 팍팍 부려먹어 줄 테니까!"

"예, 아이샤 선배, 부탁드리겠습니다냐!"

"그럼 요리부터!"

작은 아이샤가 선두에 서고, 커다란 리니아가 뒤를 따르며. 두 사람은 의기양양하게 우리 옆을 지나가서 부엌으로 출진하였다. 아이샤가 열심히 하는 모습을 보는 건 왠지 즐겁군.

"리니아 선배, 정말로 씩씩해 보이네요…. 노예 같은 게 되어서 풀 죽었을 줄 알았어요."

노른이 조용히 말했다.

리니아는 바보니까. 목에서 넘어가면 바로 뜨거움을 잊은 걸지도 모른다.

그 뒤에 오랜만에 가족 모두와 식사를 하고, 에리스와 함께 목욕을 하면서 배 크기를 확인.

밤이 깊기 전에 실피와 함께 루시를 재우고, 목욕하고 나온 아이샤와 노른에게 마술을 가르치고, 리랴와는 제니스의 앞날에 대해 잠시 이야기했다.

자기 전에 록시가 라라에게 모유를 주는 모습을 물끄러미 관찰.

마지막으로 실피와 하고서 잤다.

만족스러운 하루였다.

내일부터는 한동안 훈련의 나날이다. 힘내자.

제5화　가정 붕괴의 조짐

그로부터 열흘이 경과했다.

나는 우리 회사의 사무소에서 머무르면서 수행으로 나날을 보냈다.

올스테드가 있을 때는 아침에는 체력 단련, 낮에는 모의전, 밤에는 사무소 안에서 좌학, 자기 전에는 방 청소와 서류 정리, 라는 사이클을 계속했다. 올스테드가 외출한 날은 기본적으로 혼자 훈련이다. 마도갑옷을 입고 지칠 때까지 올스테드에게 배운 품세 같은 것을 연습하면서 연대에 대해 모색했다.

가끔은 실피가 도시락을 가지고 와서 연대를 확인해 주지만, 오늘은 혼자다.

자, 이번에 배운 품세 말인데, 400년 전의 용신, 울펜이 남긴 것이라는 모양이다.

용신 울펜. 항간에서는 '마신을 죽인 세 영웅'이라고 불리는 바로 그 인물이다.

페르기우스의 동료지.

올스테드의 말을 듣자니, 사실 그는 역대 용신 중에서 가장 마력총량이 **적은** 인물이었던 모양이다.

당시의 용신 후보 중에서 최약체 소리를 들어서 용신의 칭호를 쓸 일은 없을 거라는 소리를 들었던 인물.

그런 그는 완전히 새롭고 독자적인 용신류를 개발했다.

그리고 그 용신류로 멋지게 용신의 칭호를 따내고 마신 라플라스도 타도했다.

현재도 '역대 최고의 천재'라는 이름을 쓸 수 있는 위대한 인물, 이라고 한다.

울펜의 용신류는 체내의 마력을 가급적 쓰지 않고, 최소한의 힘으로 상대를 몰아붙이는 것이었다.

올스테드는 울펜이 남긴 비전서를 찾아서, 그의 전투술과 그 최대의 오의인 '용성투기'를 습득하는 데에 성공했다는 모양이다.

마력을 쓰지 않는다는 생각은 내게 필요 없는 모양이지만, 군더더기 없이 최소한의 노력으로 상대를 몰아붙인다는 그 생각은 중요하다.

게다가 마술과 무술을 합친 체술이란 것은 마도갑옷을 장비한 내게 맞겠지.

자, 오늘도 연대 모색이다.

일단은 스톤 캐논이다. 내 스톤 캐논은 직격하면 올스테드에게도 부상을 입힐 수 있다.

지극히 위력이 높다. 검신류의 빛의 칼날에도 필적한다. 그러니까 이걸 주축으로 연대를 만든다.

그리고 매드풀. 이건 몇 번이나 사용한 덕분인지 내 마술 중에서도 톱클래스의 발동 속도를 가진다. 이걸 고속으로 이동하는 상대의 발치에 정확하게 만들 수 있게 한다. 그러면 공격의 기점으로 써먹을 수 있다.

그리고 일렉트릭이다. 매드풀과 비교해서 발동까지 다소 시간이 걸리지만, 투기를 관통하여 상대를 마비시키는 이 마술은 굉장히 유효하다. 매드풀이 통용되지 않는 상대라도 일렉트릭이라면 통용된다. 그런 장면도 많겠지. 이것도 기점. 혹은 매드풀 다음에 쓰는 게 바람직하겠지.

발을 묶으면 딥 미스트나 프로스트 노바 같은 마술로 상대의 태세를 무너뜨린다.

공격에 쓰는 것은 기본적으로 스톤 캐논이면 되겠지. 다른 건 모두 상대의 움직임을 막거나 움직임을 제한하기 위한 견제로 쓴다.

어떤 수를 쓰더라도 상대를 회피와 흘리기가 불가능한 상태로 몰아붙인다.

그리고 마무리로 스톤 캐논이다. 그런 형태가 되면 누가 상대라도 내 승리는 거의 확정이다.

―라고 올스테드는 말했다.

중요한 것은 루틴이다.

루틴이 완성되면 상대가 기발한 움직임을 하더라도 시간차 없이 대응할 수 있다.

매드풀→상대의 행동→상대의 행동에 대응한 마술→또 상대의 행동→또 상대의 행동에 대응한 마술이라는 식으로 거듭하여서 몰아붙이고 스톤 캐논을 쏜다.

응. 말로는 간단하군.

실제로는 검사는 마력과 함께 마술을 베어 버리고, 선제공격을 당하는 경우도 있다. 보조마법도 무효화될 가능성이 크다. 어렵다.

그러고 보면 각종 왕급 이상의 마술에 대해서도 올스테드에게 배웠다.

그렇긴 해도 별로 성과는 없었다. 결국 왕급 이상의 공격 마술은 '성급까지의 혼합 마술을 어레인지한 것'이 대부분인 모양이다.

예를 들어서 수제급 마술 '앱솔루트 제로'. 이것은 '워터 스플래시'와 '아이시클 필드'의 혼합 마술인 '프로스트 노바'를 위력, 속도면에서 강화한 것이다.

'워터 스플래시'로 주위를 적신다는 수순을 밟지 않고, 단숨에 광범위를 동결시킨다. 그것이 '앱솔루트 제로'다.

나는 이미 그걸 할 수 있다.

별것도 아니다. 나는 이미 제급을 습득한 것이다.

그러니까 바디가디는 내 스톤 캐논을 보고 '토제급이라고 해도 된다'고 말했겠지. 본래 스톤 캐논의 위력을 강화한 마술 같은 건 없지만, 원리는 똑같으니까.

네 종류의 공격 마술을 성급까지 익힌 나는 어떤 의미로 모든 공격 마술을 습득하였다.

물론 나는 아마도 신급을 쓸 수 없다.

신급 마술을 쓰려면 막대한 마력과 복잡한 마력제어가 필요하고, 기나긴 주문에다가 제어용 마법진을 이용해야만 한다는 모양이다.

그 위력은 세계의 지형을 바꿀 정도라고 올스테드는 말하였다.

이 세계에 있는 기묘한 지형의 일부는 그런 마술의 흔적이다.

솔직히 나는 마법진 그리는 것에 아직 서투르고, 그렇게 대규모의 마술은 안 써도 된다고 생각한다.

기초와 응용과 혼합 마술. 일단은 이것뿐.

기반부터 다지고 가자. 할 일은 평소와 같다.

"루데우스."

내가 그렇게 마술 특훈을 하는데 올스테드가 돌아왔다.

나는 곧바로 올스테드 쪽을 보며 고개를 숙였다.

"돌아오셨습니까!"

"음."

사장이 출근하면 고개를 숙이는 것이 사원의 모습.

나는 흐르는 땀을 닦으면서 허리를 45도 각도로 굽히며 인사를 했다. 나 혼자서는 쓸쓸하지만, 그것도 크리프의 연구가 완성될 때까지 참으면 된다. 언젠가 수많은 사원이 생기면 사장의 출근에 맞춰서 차례로 고개를 숙이게 하고 싶다. 블랙 기업이라고 하더라도 상관없다.

"일이다."

올스테드도 처음에는 내게 '그냥 자연스럽게 있어라'라고 말했지만, 지금은 이미 익숙해졌다.

"사흘 뒤에는 출발해라. 내용은 지금부터 설명하지."

"삼가 명 받들겠습니다!"

나는 올스테드에게 직접 명령을 받았다.

다음 일이 정해진 모양이다.

"평소처럼 대단한 것은 아니지만…. 근일 중에 가족과 인사를 마쳐둬라."

"예!"

그렇게 해서 일단 집으로 돌아가게 되었다.

"아, 어서 오세요냐, 보스…가 아니라 주인님."

자택에 돌아오자, 현관 앞에 고양이 귀 메이드가 정좌를 하고 있었다.

뭐지, 이 녀석. 뭐 실수라도 했나.

"나 왔어, 리니아. 이런 데서 뭐 하는 거야?"

"우하하냐…. 조금 실수해서 반성하게 되었다냐….”

리니아는 힘없이 귀를 늘어뜨리고 풀 죽어 말했다.

"그러냐."

반성중이라면 놔두자. 나는 그녀의 옆을 지나서 집 안으로.

"나 왔어."

그러자 거실로 이어지는 문 그늘에서 루시가 얼굴을 내밀었다.

아아, 또 도망치나. 그렇게 생각했더니 그녀는 문 그늘에서 튀어나왔다.

두다다다 달려와서 내 다리에 뛰어들었다.

"아빠! 어서 오세요!"

뭐지. 오늘은 환영해 주는 분위기.

"그래, 아빠 왔어요, 루시!"

그대로 안아 주려고 했더니, 내 뒤로 숨어서 로브를 꼭 붙들었다.

왠지 오늘은 평소보다 거리가 가깝네. 아빠는 기쁘다.

"엄마! 아빠 왔어!"

"응, 들었어, 잠깐 기다려."

"엄마!"

실피의 목소리는 목욕탕 쪽에서 들렸다.

세탁이나 청소하는 거겠지. 루시는 그 뒤 몇 번 실피를 불렀지만, 결국 인내심이 다했는지 내 로브를 놓고 목욕탕 쪽으로 쪼르르 달려갔다.

대체 뭐지….

뭐, 깊이 생각할 필요는 없나. 아이니까. 항상 짜증이 날 정도로 쫓아오니까 가끔은 서비스해 주려는, 루시의 배려나 그런 걸까.

그렇게 생각하면서 집 안을 배회했다.

거실에서 라라와 레오를 발견. 기분 좋게 쿨쿨 자고 있다.

오늘도 건강해 보인다.

그대로 부엌으로 이동하자, 요리 준비를 하는 리랴를 발견했다.

조금 지친 얼굴이었다. 무슨 일일까.

"리랴 씨, 다녀왔습니다."

"어서 오세요, 주인님."

"지친 건가요?"

"아뇨?"

그렇게 말하면서도 리랴의 얼굴에는 피로의 빛이 있었다.

"쉬는 게 좋지 않을까요?"

"대단한 것 아닙니다."

"정말인가요?"

"예."

본인이 그렇게 말한다면 괜찮지만… 그녀에게도 고생을 시켰으니까.

"혹시 몸이 안 좋으면 걱정 말고 쉬세요."

"그 마음 감사합니다. 하지만 정말로 문제 없습니다."

리랴가 그렇게 말한다면 믿자. 하지만 몸이 아니라면 마음의 문제일까.

이른바 마음고생이란 거다.

"무슨 일 있었나요?"

"…방금 전에 에리스 님이 학교에 가셨습니다."

"에리스가? 왜?"

"노른 님에게 검술을 가르치는 날이라고 하셨습니다만….".

검술이라니….

정말로 가만히 있지를 못하는 임산부네. 에리스는 교사라도 되고 싶은 걸까.

딱히 반대는 하지 않겠는데, 임신 도중에는 조금 삼갔으면 싶다. 불안하다.

"죄송합니다. 저를 포함하여 다들 말렸습니다만, 어느 틈에 외출하셔서…."

"으음, 예, 고생하셨습니다."

말한다고 듣는 애도 아니지. 리랴도 힘들겠다.

일단 나도 따끔하게 말하는 편이 좋을까…. 물론 내 말도 들어줄지 미묘하다. 으음, 실피의 말도 안 들을 테니, 말재주가 있는 아이샤가 잘 타이르면 에리스도 납득할 것 같은데.

"아, 그러고 보니 아이샤는?"

그렇게 묻자 리랴는 쓴웃음을 지으면서 대답했다.

"뒤뜰에 있습니다."

리랴의 말처럼 아이샤는 뒤뜰에 있었다.

정원 구석에 주저앉아 있었다.

살펴보니 어깨가 부들부들 떨리고 있었다. 아이샤치고는 보기 드문, 약한 분위기다.

울고 있는 걸까.

"아이샤?"

"아, 오빠… 왔구나."

돌아본 아이샤에게서 평탄한 목소리가 돌아왔다.

얼굴을 보아하니 울고 있던 건 아닌 듯했다.

"하아⋯."

하지만 곧 한숨을 내쉬었다.

살펴보니 원예용 삽을 한손에 들고 정원 구석에 구멍을 파고 있던 모양이었다.

구멍 안에는 도자기 파편 같은 것이 흩어져 있는 게 보였다.

파편은 낯익은 무늬를 띠고 있었다.

잘 보니 손잡이 같은 것도 있었다. 이 손잡이도 기억에 있다. 예전에 아이샤가 자기 용돈으로 사왔던, 멋진 찻잔과 같은 무늬, 같은 손잡이다.

저 찻잔은 꽤나 마음에 들어 하던 물건이었다.

자기가 차를 마실 때는 꼭 썼다.

나한테도 한 번 쓰게 해 준 기억이 있다. 분명히 그때는 아주 기쁜 얼굴로 '오빠한테만 특별히'라든가, '좋은 컵으로 마시는 차는 맛이 다르지?'라고 했던 것 같다.

솔직히 나로서는 차이를 몰랐지만, 아이샤가 기뻐하니까 왠지 모르게 맛있었던 걸 기억한다.

그렇게 좋아하던 컵이 잔해가 되었다.

"저기, 오빠."

아이샤는 평소에는 생각도 할 수 없을 만큼 낮은 목소리로 말했다.

"⋯어, 어어, 왜?"

이건 노기다.

아이샤가 조용히 화내는 것이다. 이런, 내가 뭐 저질렀나?

사과하는 건 상관없지만, 무슨 잘못인지 모르면서 사과하는 것도 상대의 분노에 기름을 부을 뿐이다.

어쩐다, 뭐가 원인이지? 그렇게 고민하는 내게 아이샤는 탁한 눈을 하면서 말했다.

"저 고양이, 버리면 안 돼?"

"어?"

저 고양이가 무슨 고양이지?

아니, 아마도 현관 앞에 정좌하고 있는 고양이겠지만.

"아, 버리는 건 아니다. 노예상인한테… 아니, 에리스 언니의 친정에다 팔자. 분명히 거기가 비싸게 사 줄 거잖아. 아슬라 금화 1,500닢까지는 안 될지 모르지만, 절반 정도는 내 주지 않을까?"

"자, 잠깐만. 진정하고 앉아 봐."

나는 흙 마술로 의자를 만들어서 아이샤에게 권했다.

아이샤는 구멍 안에서 파편 하나를 집더니 일어섰다.

내 발밑에 그 파편을 던졌다. 그리고 털썩 하고 의자에 앉았다.

"그건 딱히 비싼 것도 아니지만, 더는 못 구해. 만든 사람도 죽었고, 취급하는 가게도 망했고."

"…하지만 형태가 있는 것은 언젠가 깨지는 법이야. 응."

나도 의자를 만들어서 아이샤의 앞에 앉았다. 일단 진정을 좀 시키자.

"그건 알아. 딱히 나도 컵 좀 깨뜨렸다고 화내는 거 아냐."

"응."

일단 그 컵을 리니아가 깬 건 틀림없는 모양이다.

그리고 아이샤는 그것 때문에 화가 났다.

화나지 않았다고 말하면서도 상당히 흥분한 건 틀림없다.

"다만 나는 말이지, 그 고양이가 우리 집 메이드로 어울리지 않는다고 생각해. 설거지를 시키면 식기를 깨먹지, 청소를 시키면 거울을 깨먹지, 세탁을 시키면 시트가 털투성이가 되지."

"처음에는 누구든 실패를 하잖아. 리니아는 저렇게 보여도 좋은 집안 따님이고."

"나는…!"

아이샤는 큰소리로 뭐라고 말하려다가 꾸욱 참았다. 나는 실수하지 않았다고 말하고 싶은 걸지도 모른다.

"…저번에 거실을 청소하다가 라라한테 물을 엎지를 뻔했는데?"

"라라한테 물을? 어, 어쩌다가?"

"높은 곳을 청소하는데, 한손에 양동이를 들고 한손으로 걸레를 들고 있었어. 그러다가 균형을 잃고 떨어질 뻔해서… 뭐, 큰일이 나지는 않았지만."

그 고양이는 청소하는 법도 모르나.

그러고 보면 예전에 그 녀석의 방에 딱 한 번 들어갔는데, 아주 엉망으로 널려져 있었던 것 같다.

"그것도 좋지 않지만, 하지만 그것뿐이라면 나도 뭐라고 안 해. 노른 언니는 더 심하고 기억력도 별로고."

"은근슬쩍 노른을 디스하지 마."

"디스? …아, 아니, 노른 언니의 험담을 하려는 건 아닌데, 아무튼 그 고양이는 딱히 기억력이 나쁜 것도 아냐. 같은 실수도 별로 안 해. 그런데."

아이샤는 이어서 한숨을 내쉬었다.

"그 고양이, 사과를 안 해."

사과를 안 하나. 그건 좋지 않군.

"호오."

"무슨 실수를 해도 미안한 빛도 없이 '냐하하하, 미안, 미안, 다음부터는 조심하겠다냥'이라고…."

그건 일단 리니아에게는 사과겠지. 하지만.

하지만 사죄란 것은 상대에게 전달되어야 한다. 상대의 신경을 거스르면 사과의 축에 들어가지 않겠지.

"그건 좋지 않군."

"그렇지?"

나라면 넘어가 줄 수도 있지만, 아이샤는 리니아의 상사다.

그런 점은 딱 부러지게 해야겠지.

"그러니까, 오빠. 해고하자? 부탁이야, 오빠. 난 저런 거랑 같이 있는 거 못 참겠어."

아이샤가 이렇게 안 좋게 말하는 일도 드물다.

어지간히 참아줄 수 없는 거겠지. 그렇긴 해도 무슨 큰일이 있었던 것도 아닌 모양이다.

컵도 계기에 불과하다.

하나하나는 분명 웃으며 넘어갈 수 있는 일이지만, 거듭 쌓이면서 아이샤가 이렇게 말할 정도가 되었다.

응. 그렇기는 해도.

"아니, 분명히 녀석도 조금 나대는 면이 있고 안 좋은 부분도 있어. 하지만 지금은 녀석에게 꽤 힘든 상황이고, 새로운 환경에 적응하려고 밝게 행동할 뿐일지도 몰라. 그게 아이샤의 눈에 반성하지 않는 걸로 비칠 뿐일지도 몰라. 같은 실수는 더 안 한다고 했잖아?"

리니아도 리니아 나름대로 노력하는 거라고 생각한다.

사람은 같은 실수를 저지르는 법이다. 하지만 그 확률을 내릴 수는 있다.

그걸 위한 반성이다.

큰 미스를 거듭하지 않는다면 그것은 반성하고 있다고 할 수 있겠지. 적어도 현관 앞에서 본 리니아는 반성하는 걸로 보였다. 미안해 하는 기색이 느껴졌다.

"거짓말이야. 그 고양이는 분명 반성 같은 거 안 해. 애초에 태도가 이상해. 록시 언니랑 에리스 언니랑 레오에게는 꾸벅대는 주제에 실피 언니를 얕보고….”

아이샤는 입을 비죽거리면서 그렇게 말했다. 이거 꽤 완고하군.

“실피를 얕봐?”

“뭔가 에리스 언니보다도 심해. 때로는 피츠라고 부르고.”

한때라고 해도 마법대학에서 싸웠던 사이다. 어떤 의미로 실피와 리니아는 편한 사이다.

“그건 분명 실피랑 리니아가 오래 알고 지낸 사이라서 그래.”

“…그렇다면 다행이지만, 왠지 리니아가 온 이후로 집안 분위기가 이상해.”

분위기가 이상하다. 분명히 록시가 왔을 때도, 에리스가 왔을 때도, 이런 문제는 일어나지 않았다.

“아무튼 리니아에게는 실수를 하면 더 확실히 사과하라고 할게. 뭘 깨뜨렸으면 빚에 추가하고, 더 공손한 태도로 있으라고… 내가 말해 둘게. 그리고 한동안 더 지켜보는 걸로 어때?”

“으음.”

아이샤는 입을 삐죽거리는 채로 눈을 감고 고개를 돌렸다.

이런 태도인 것을 보면 좀 투덜거리고 싶었을 뿐이지, 그리 화나지 않은 걸지도 모른다.

“부탁이야, 아이샤. 그런 녀석이라도 오빠 친구니까.”

“…뭐, 이번에는 오빠 얼굴을 봐서 용서해 줘도 좋은데.”

아이샤는 그렇게 말하면서 일어서서 내 쪽을 보았다.

"하지만, 오빠. 내 기분은 넘어가더라도, 이대로는 별로 안 좋을 거라고 생각해."

아이샤는 그렇게 말하고 집으로 돌아갔다.

그 뒤에 리니아를 잘 타일러두었다.

리니아는 '알았다냐'라고 대답했지만, 아무래도 건성인 분위기였다.

개선되면 좋겠는데….

그리고 록시와 함께 돌아온 에리스에게 격한 운동은 삼가라고 주의를 주었다. 에리스는 팔짱을 끼고 입을 삐죽거리면서 '알았어!'라고 말했다.

하지만 그건 분명히 잘 모를 때의 '알았어'다.

일단 검을 휘두르며 뛰어다니는 일은 없는 모양이고, 에리스도 배가 더 불러오면 자연스럽게 얌전해질 거라고 생각하고 싶다.

하지만 역시 걱정이군. 아이가 유산되지 않게 잘 붙어 있었으면 싶다.

나와 에리스의 아이라면 할 수 있어, 힘내.

저녁식사 자리는 아이샤가 뚱한 기색이었던 탓인지, 평소보다 어두운 분위기였다.

저녁식사가 끝났을 때 실피가 '리니아가 우리 집에 적응하지 못한다'라는 말을 미안하다는 듯이 했다. 실피가 미안해할 이유는 없지만, 집안 살림을 맡은 몸으로서 책임을 느끼는 걸지도 모른다.

역시 아이샤의 말처럼 이대로 놔두면 좋지 않으려나.

일하러 가기 전에 어떻게 하는 편이 좋을까.

아니면 조금 더 지켜보는 편이 좋을까.

으음.

그날 밤.

실피와 록시가 모두 그 날이라서, 나는 혼자 자기로 했다. 솔직히 열흘이나 금욕적으로 수행을 한 탓에 쌓여 있었지만. 뭐, 이런 날도 있지 싶어서 포기하기로 했다.

그러자 내 리비도를 눈치챘는지. 아니면 단순히 자기가 하고 싶었는지.

"루데우스."

에리스가 침실로 이어지는 방에서 기다리고 있었다.

평소처럼 팔짱을 끼고 다리를 어깨 넓이로 버티고 서서. 부푼 배를 네글리제로 감싸고.

최근 따뜻한 잠옷을 입고 있었던 탓일까, 오늘은 묘하게 에로한 네글리제다.

이런. 반응이 온다.

"하자."

"안 합니다."

아이는 중요하다. 임신 중에는 안 하는 게 내 룰이다.

"하지만 하고 싶잖아? 들었어, 실피도 록시도 오늘은 안 되는 날이라고."

"오늘은 됐어. 참지."

"당신은 남편이야. 참을 필요는 없어."

에리스는 그렇게 말하더니 억지로 내 손을 잡고 잡아당겼다. 그 힘에 나는 끌려가듯이 침실로 들어갔다.

이런, 이대로 있다가는 휩쓸린다. 한 번 했다간 멈출 수 없어지겠지.

그건 안 된다. 아무리 에리스가 임신 중에 운동을 한다고 해도 이건 안 된다.

"아니, 에리스, 그만두자. 임신 중에는 좋지 않아. 유산이라도 된다면 나도 에리스도 후회할 거야. 안 돼, 절대로 안 돼."

"그런 건 알고 있어. 그러니까 나도 항상 조심하고 있어."

조심해서 학교에 가거나 개 산책을 나가냐.

뭐, 가만히 있기만 하는 것보다는 움직이는 편이 좋겠지만. 하지만 으음… 나와 기준이 다를 뿐이지 괜찮은 걸까. 내가 너무 걱정하는 걸까.

아니, 그것과 이것은 이야기가 다르다.

"그러니까!"

에리스는 나를 침대 옆으로 데려가더니 침대의 모포를 확 젖혔다.

"……냐, 냥."

침대 위에는 리니아가 누워 있었다.

에리스의 네글리제로 보이는 것을 입고, 에로한 차림으로 몸을 옹크리고 있었다.

"내가 안 되면, 리니아를 안으면 돼!"

"우냐아….."

리니아는 각오를 한 건지 체념한 건지 싶은 얼굴로 나를 올려다보았다.

네글리제가 비쳐서 가슴 끝이 보일 것 같다.

허리는 잘록하고 적당히 근육이 붙었지만, 다리는 늘씬하다.

그녀의 고양이 눈은 암흑에서 반짝반짝 빛났다.

나는 그것들을 에로하다고 느끼기 전에 얼떨떨해져서 에리스를 보았다.

"이게 뭐야?"

"그러니까 리니아야!"

즉, 나더러 리니아를 안으라는 소리겠지.

에리스가? 담백해 보이지만 사실은 질투가 심해서, 실피와 러브러브하고 있으면 골난 얼굴을 하는 에리스가?

"저기, 에리스, 이건 바람 피우는 거 아닌가?"

"노예는 거기 안 들어가. 할아버지도 아버님도 그렇게 말씀하셨어. 게다가 나도 같이 있으니까 아무 문제 없어!"

사울로스, 필립, 잠깐 이리로 와서 정좌. 힐더 씨, 힐더 씨는 안 계시지만, 좀 뭐라고 해 주세요. 두 분이 딸에게 이상한 걸 가르칩니다!

"아아, 대삼림의 아버지, 어머니…. 가련한 저는 오늘 노예로서 노리개가 된다냐…."

리니아는 작은 목소리로 뭐라고 기도를 올렸다.

역시 싫은 걸까. 그만두게 해야 한다.

에리스의 고집에 그녀를 끌어들여선 안 된다.

"그리고 프루세나… 한 발 먼저 실례한다냐. 내 승리다냐. 꼴좋다냐."

아니, 실은 그리 싫은 게 아닐지도 모른다. 합의라면 좋은 걸까.

"리니아."

"냐아…!"

내가 말을 걸며 손을 뻗자, 리니아가 꿈틀 몸을 떨었다.

몸을 굳히면서도 도망치지 않는다.

다리 쪽으로 손을 돌려서 엉덩이를 만졌다. 육식동물처럼 탄력 있는 근육이 느껴지지만, 부드러운 곳은 부드럽다. 등으로 손을 돌려서 허리를 만졌다. 이쪽도 잘록하게 들어가서 에로하다.

"처, 처음이니까, 살살 해 달라냐…."

"……."

"치, 침묵은 무섭다냐…. 우훗, 좋은 때다…냐아아!"

나는 힘을 넣어서 그대로 리니아를 들어올렸다.

그대로 안아든 상태로 침실을 횡단. 옆방으로 이동해서 거기도 횡단. 발로 문 손잡이를 돌리고 걷어차서 열었다. 눈앞에 있는 어둡고 추운 복도.

나는 그곳에 리니아를 휙 버렸다.

"갸아아!"

바닥에 뚝 떨어진 리니아를 놔두고 문을 닫았다.

아예 잠갔다. 휴우, 이걸로 일단 안심이다. 악은 사라졌다.

"잠깐, 보스, 이건 너무하는 거 아니냐?!"

아무것도 안 들린다. 이제 유혹하는 요괴 고양이는 없다. 내 정조는 지켜졌다.

"잠깐, 루데우스! 뭐 하는 거야!"

뒤에서 에리스가 쫓아왔지만 상관없다.

"에리스, 착각하지 마. 내가 안고 싶은 건 너야. 저런 고양이는 필요 없어."

"그, 그래…? 그, 그렇다면 좋지만, 아이가 태어날 때까지는 안 돼."

"그래, 물론."

그렇다.

"보스, 열어줘! 이대로면 내 여자로서의 프라이드가 산산조각이다냐!"

문을 쾅쾅 두드리는 소리. 하지만 신경 쓰지 않는다.

저건 필요 없다, 응.

"보스, 부탁이다냐! 아이샤에게 잔소리 듣는 건 싫다냐!"

그렇게 생각했더니, 리니아가 소리쳤다.

리니아도 이렇게 말하는 걸 보면, 역시 두 사람은 잘 안 맞는 걸까.

저번에 아이샤가 리니아의 메이드복을 바느질했을 때는 꽤 괜찮아 보였는데….

"하다못해 정부가 되어서 지위를 올리고 싶다냐! 몸뿐만인 관계라도 좋으니까 부탁이다냐! 정말로! 운 좋게 아이가 생기면 제4부인, 빚도 어영부영 넘어갈 수 있다는 생각은 안 하니까!"

아니, 그런 걸 꾸미고 있었냐.

하지만 모를 것도 아니지. 빚이 너무 많아서 변제에 시간이 오래 걸리니까.

그렇다고 나는 리니아를 성노예로 다룰 생각이 없다.

야한 짓을 하기 싫다는 건 아니지만. 리니아는 친구다.

나는 친구로 있고 싶다.

게다가 지금은 딸도 둘이나 있고, 더 말하자면 낮에 그런 이야기를 한 뒤에 리니아를 안으면 아이샤도 화낼 거고, 록시나 실피도 가만히 있지 않을 거다.

한때의 정에 휩쓸려서 불성실한 짓을 하면 가정 붕괴의 위기다.

　나는 가족을 지켜야만 한다.

　"우와아왕! 아앙! 아앙!"

　그때 집 어딘가에서 울음소리가 들려왔다. 아무래도 리니아의 목소리에 라라가 깬 모양이다. 어쩌지, 일단 문을 열고 리니아를 조용히 시켜야 할까.

　그렇게 순간 망설였는데 쾅 하고 문을 여는 소리가 들렸다.

　"잠깐, 리니아, 지금이 몇 시인 줄 알아? 루시도 라라도 깼잖아!"

　"갸아! 피츠! 미, 미안하다냐, 악의가 있었던 건 아니다냐!"

　"피츠가 아니라 실피! 아무튼 이미 늦었으니까 조용히 해!"

　"예, 예에…."

　실피의 일갈에 리니아는 조용해졌다. 터벅터벅 어디로 이동하는 소리가 들렸다.

　아마도 자러 에리스의 방으로 돌아갔겠지.

　한동안 라라의 울음소리가 들려왔지만, 그것도 곧 조용해졌다.

　일단 조용한 밤이 되돌아왔다.

　하지만 리니아도 가엾긴 하군.

　반쯤은 자업자득이라고 해도 빚을 져서 우리 집의 노예가 되었고, 빚을 언제 다 갚을지 가늠도 안 선다. 일도 제대로 못하고, 메이드장인 아이샤와는 잘 맞지 않고, 하다못해 몸을 팔아서 주인의 눈에 들려고 했다가 거절당하고…. 지금쯤 베개를 눈물로 적시고 있을지도 모른다.

게다가 집 안에 이상한 공기가 충만한 느낌이다.

아이샤는 뚱한 기색이고, 리랴도 지친 모양이고, 실피가 화내는 소리도 오랜만에 들었고, 라라도 울었다. 어쩌면 에리스가 학교에 가거나, 방금 전 같은 제안을 한 것은 집안 분위기를 읽은 걸지도 모른다.

행동 자체는 분위기를 제대로 읽어내지 못한 것이지만, 그녀 나름대로 신경을 쓴 것이다.

아무튼 아무래도 삐걱대기 시작했다.

더 문제인 것은 원흉인 리니아가 그걸 깨닫지 못한 모양이라는 점이다. 분위기를 모르는 녀석은 아닐 텐데…. 역시 거액의 빚을 지고 노예가 된 후 팔려 다녀서 정서불안정에 빠진 걸까.

그럼… 리니아를 산 내가 어떻게든 해야 한다.

일단 내일 리니아에게 메이드 이외의 일을 찾아 주자.

제6화 창업

리니아를 집에 둬선 안 된다.

집안 분위기는 나빠지고, 유혹이 계속되면 나도 언젠가 참을 수 없어지겠지.

방치했다가 일가가 흩어지든가, 유혹에 져서 바람을 피웠다가 실피가 루시를 데리고 가출, 그 결과 또 그 일기 같은 결말이 되지 않는다고 할 수는 없다.

그건 사전에 회피해야 한다.

그런고로 나는 리니아에게 뭔가 일을 맡기기로 했다.

물론 빚을 탕감해 주고 해방하는 것도 생각했지만, 친구라고 해도 넘어선 안 되는 선이 있다. 세상에서 '거금'이라고 말하는 돈은 갚아야만 한다. 그 점을 대충 넘어가는 것은 나 자신을 위해서라도 좋지 않다.

그래서 리니아에게 맡기는 일 말인데… 솔직히 그녀가 뭘 할 수 있다는 이미지가 없다.

마술도 쓸 줄 알고 싸울 줄도 안다. 하지만 금화 1,500닢이라는 빚을 갚을 만한 일은 쉽게 떠오르지 않는다.

나도 여러모로 생각해 보았다.

일단 크리프나 자노바의 연구를 거들게 해서 보수를 받는 방법이다. 리니아는 성적이 우수했으니 뭔가 도움이 될지도 모른다고 처음에는 생각했다.

하지만 그녀가 연구에 맞는 성격이 아닌 것 같아서 곧 생각을 바꾸었다. 그런 수수한 작업은 리니아에게 맞지 않겠지. 또 그럴 리는 없겠지만, 최근 아들을 얻은 크리프의 옆에 여자를 붙여 주는 것도 내키지 않았다.

루이젤드 인형의 매매 책임자…라는 생각도 떠올랐지만, 곧 포기했다.

장사를 시작하자마자 빚을 져서 숨통이 막힌 녀석에게 맡길 수는 없다.

마법대학에서 노른 전속 메이드로 삼는다는 것도 생각했지만, 이것도 바로 기각.

노른도 싫어하고, 아마도 이번과 비슷한 결과로 끝날 것 같다.

모험가로 만들어서 돈을 벌게 한다.

그럴 듯하긴 한데, 모험가라는 직업은 생각처럼 벌이가 좋지 않다. 리니아는 모험가 자격을 갖추지 않았고, 거금을 벌기까지는 시간도 꽤 걸릴 테고, 그 전에 죽을 가능성도 있다.

어느 쪽을 택하더라도 금화 1,500닢에 도달할 수 있느냐 하면 고개가 갸웃거려졌다.

하지만 상상만으로 '불가능하다'라고 결정하는 것은 너무 섣부른 짓이겠지.

어쩌면 지금 열거한 것 중에서 적성에 잘 맞는 게 있을지도 모른다. 그렇게 생각한 나는 리니아를 학교에 데려가기로 했다.

메이드 차림의 리니아.

학교 부지 안에 들어가자, 그녀는 내 앞에 서서 의기양양하게 학생들을 쫓아버리기 시작했다.

"어이어이, 대장님이 납신다냐! 길을 열지 않으면 밟아 버린다!"

어디를 어떻게 봐도 깡패다.

"안녕하심까! 오랜만입니다!"

"안녕하심까!"

그만두게 하려고 했는데, 수족 남자들이 기쁘게 인사를 해오기에 일단 지켜보기로 했다.

리니아가 졸업한 지 2년. 재학생 중에는 아직 리니아를 아는 녀석이 많다.

최상급생 정도라면 리니아가 아직 기세등등하던 시절에 부하였던 녀석도 있을지 모른다.

그런 이들에게서 뭔가 일의 실마리를 찾을 수 있을까.

"리니아 선배! 오랜만입니다!"

그렇게 생각하는데, 그중 한 명이 다가왔다.

이게 누구더라. 예전에 소개받은 적이 있는 것 같은데. 2학년이 되었을 무렵이다. 이름은 기억나지 않지만, 1학년 대장이었던 녀석이다.

"여어, 너냐. 정신 잘 차리고 지내냐?"

"예!"

"좋아, 그렇게 가라냐."

"예, 알겠슴다!"

리니아는 실로 잘나 보인다. 메이드복인데. 빚을 지고 있는데.

"그보다 리니아 선배, 괜찮습니까?"

"응? 뭐가 말이냐?"

"지금 상황, 들었습니다. 학생회장의 오라버님 밑에 노예로 있다고 하던데요."

"뭐. 조금 실수해서 이 꼴이다냐. 하지만 강자 밑에 있는 것도 수족의 이상이니까냐, 나쁘지는 않다냐."

그렇게 자랑스럽게 대답하는 리니아와 달리 후배는 한숨을 내쉬었다.

"……솔직히 환멸했습니다."

"뭐랴?"

"졸업하기 전의 리니아 선배는 아직 루데우스나 아리엘에게서 이 학교의 우두머리 자리를 되찾으려는 기개가 있었는데, 지금의 리니아 선배는… 완전히 길든 집고양이 아닙니까."

리니아는 그 말에 몇 초 동안 굳었다.

그리고 이빨을 드러내고 분노…할 줄 알았는데, 훗 하고 웃었다.

"분명히 지금의 나는 몰락했다냐. 하지만 두고 봐라, 반드시 하극상을 부리고 말 거다냐."

"하극상임까?"

"그렇다냐. 하극상으로 대장 자리를 차지하려면, 일단 밑에 들어가야만 하니까냐…."

리니아가 그렇게 말하자, 후배는 크게 감명을 받은 얼굴로 리니아를 보았다.

"리니아 선배, 역시 대단함! 저, 거기까지는 생각 못 했습니다!"

"뭐, 여기가 다른 거다냐."

리니아는 이마를 콩콩 두드리며 자랑스럽게 말했다.

그 뒤에 후배는 존경의 눈으로 리니아를 보며 찬사를 보낸 뒤에 자기 교실로 돌아갔다. 뭐, 사이가 좋은 건 좋지.

"……"

나는 연구동으로 가는 길을 걸었다.

도중에 리니아에게 인사하는 이는 끊이지 않았지만, 연구동에 들어가서 사람이 없어진 순간 인사는 끝났다. 조용한 건물을 걷고 있으니, 리니아가 이쪽을 돌아보았다.

"보스, 아까 한 이야기 말인데, 그냥 하는 이야기였다냐."

"아까 이야기?"

리니아가 손을 비비면서 슬쩍 다가왔다.

"하극상 이야기다냐옹. 아까 그건 체면 때문에 그렇게 말했지만, 보스에게 거스를 생각은 없다냐옹."

"그런가."

다름 아닌 리니아니까 그건 본심이라고 생각했다.

어미가 이상한 걸 생각하면, 지금 이렇게 말하는 게 거짓말이고 아까 그게 본심이겠지.

"네가 더 위를 목표로 하는 건 좋지만, 너무 은혜를 원수로

갚진 마."

"물론이다냐, 거짓말이라고 생각하면 지금 저기 빈 교실에서 증명해도 좋다냐. 살살 해 달라냐, 우훙."

뭐가 우훙이냐.

아, 하극상이라는 건 혹시 '내 위'가 아니라 '내 아랫사람 중에서 제일 위가 목표'라는 의미인가? 내 눈에 들어서 실피, 록시, 에리스보다 사랑받는 아내가 된다는 식으로.

이런 교활한…! 이 녀석, 사실은 내 가족을 박살 내기 위해 인신이 보낸 자객 아닐까?

"…너 말이지, 최근 몇 년 동안 꿈속에서 신이라고 말하는 녀석에게 계시 같은 걸 받은 적 없어?"

"갑자기 뭐냐? 꿈에서 계시? 딱히 기억은 없는데…."

"숨기면 안 된다?"

무시무시하게 말해 보았다. 용신재판은 '의심스러운 자는 죽여라'니까.

나는 그렇게 난폭하지 않지만.

"어, 어제 본 꿈은, 하늘에서 생선이 왕창 내리는 꿈이었다냐…. 그 전에는, 어어, 기억이 안 납니다…."

행복한 꿈을 꾸는군.

분명 생선을 하나 잡을 때마다 포인트가 쌓이고, 백 마리 모으면 한 랭크 올라갈 게 틀림없다.

다만 때때로 섞여 내려오는 아령에는 주의를.

아무튼 일단 인신의 사도는 아니다…라고 생각한다. 내가 인신이라면 이런 이레귤러를 연발할 만한 녀석을 보내지 않는다.

"…뭐, 됐어. 하지만 혹시 그런 꿈을 꾸면 곧바로 내게 말하도록."

"알겠다냐."

나는 한숨을 내쉬면서 일단 자노바에게 가보기로 했다.

"아, 스승님…. 음?"

자노바는 리니아를 본 순간 얼굴을 찌푸렸다.

"…오랜만이군요."

"여어, 자노바, 간만에 본다냐."

자노바는 식은땀을 흘리면서 방을 둘러보았다.

"실례, 잠시 정리를 할 테니, 거기서 기다려 주시길."

그리고 눈에 띄는 곳에 있는 인형을 차례로 상자에 담기 시작했다. 샤샤샥 하고. 중요한 인형부터 내구도가 낮은 인형까지. 줄리는 루이젤드 인형을 착색하는 도중이었지만, 도중에 자노바를 흉내내어 자기 책상을 정리하기 시작했다.

"흠, 이거면 됐겠죠. 그럼 저쪽에서 이야기를 할까요."

자노바는 작업장에서 조금 떨어진 테이블을 가리켰다.

곧바로 줄리가 책상 앞에서 일어나서 이동하려는 것을 제지했다.

"줄리는 계속 작업을 하도록."

"예, 마스터."

나와 리니아, 자노바가 자리에 앉았다.

하지만 자노바는 아직도 불안한 듯, 구석에 있는 진저에게 말을 걸었다.

"진저."

"예!"

이름을 불렀을 뿐인데, 그녀는 작업장과 테이블 사이에 섰다. 작업장을 지키듯이.

"그래서 스승님."

그리고 다시 무게감을 두는 느낌으로 자노바는 이쪽을 보았다.

"오늘은 어떠한 용건으로?"

자노바는 리니아 쪽을 힐끗힐끗 보면서 물었다.

꽤나 경계하고 있군. 말로는 하지 않지만, 리니아를 여기에 들이기 싫었을지도 모른다. 미안한 짓을 했네.

"아니, 별일은 아니었는데."

"흠."

이래선 자노바 밑에서 연구를 돕게 할 수도 없겠군.

예상대로, 아니, 예상 이상으로 안 맞는 모양이다.

과거에 리니아와 프루세나가 자노바의 인형을 망가뜨린 게 원인이겠지.

물건을 부수는 쪽의 괴롭힘은 마음에 남으니까. 괴롭힌 건 아니지만, 아이샤의 인내가 한계에 도달한 것도 컵이 깨진 게 계기인 모양이고.

자노바도 표면상으로는 태연하지만, 여기서 리니아에게 일을 거들게 하자고 제안하면 안 좋은 내색을 하겠지.

"그런데 스승님, 왜 리니아를 데려왔습니까? 스승님 밑의 시녀가 되었다는 이야기는 소문으로 들었습니다만….."

"그게 좀 이런저런 일이 있어서, 그녀의 일자리를 찾고 있어."

"그, 렇, 습, 니, 까."

자노바의 시선이 이리저리 움직였다. 어쩌면 뭔가 짚이는 게 있기는 한데 리니아를 그 자리에 넣는 게 싫다는 얼굴이다.

안심해. 그냥 데리고 돌아갈 테니까.

그렇긴 해도 과거의 악행은 이런 식으로 돌아오는군.

"뭐, 그건 됐어. 지금은 연구 이야기를 해 볼까."

"오오, 그래요!"

내가 암암리에 자노바에게 이 문제를 떠넘길 생각이 없다고 말하자, 그는 평소처럼 기쁘게 마도갑옷 이야기를 시작했다.

점심은 식당에서 먹었다.

구석자리에서 조용히 식사하는 나를 무시하고, 리니아의 주위에는 사람이 모여들었다.

"냐하하하! 그래서 나는 말했다냐, 프루세나, 너 살찌지 않았냐…라고."

"역시나 리니아 선배!"

"그 프루세나 선배에게 그런 말이라니, 장난 아님다!"

아리엘이 있을 무렵에는 몰랐지만, 리니아도 일종의 카리스마를 가지고 있다.

불량배의 카리스마다. 녀석의 주위에는 자연스럽게 불량한 놈들이 모여든다.

그걸 이용하면 그녀도 뭔가 할 만한 일이 있을 것 같은데. 사람이 모이는 일… 으음.

뭐, 일단 크리프에게 가 볼까.

결론부터 말하자면, 역시 크리프 쪽도 틀렸다.

써먹을 만한 데는 있지만, 크리프도 자노바와 마찬가지로 리니아를 꺼리는 모양이라서 곁에 두고 싶지 않은 눈치였다. 뭐, 크리프의 일을 거들게 해 봤자 빚을 갚기는 어렵지. 그리고 딱히 돈이 많은 것도 아니고. 그럼 어떻게 하지.

"네 일을 거들게 하면 되지 않나?"

크리프에게 이야기를 해 보았더니 그런 대답이 돌아왔다.

내 일이라면 인신의 마수에서 세계를 구하여 올스테드의 마수 위에 올리는 일 말인가. 하지만 거기에는 문제가 있다.

"올스테드 님의 저주가 없으면 그렇게 할 텐데요."

"그 저주는 마력을 직접 보지 않으면 된다. 그러니까 올스테드와 만나지 않으면 된다."

그런가, 그래…. 아니, 안 돼.

"같은 사무소에서 일을 하면 아무래도 얼굴을 마주치게 되지요."

"그런가…. 그렇군. 게다가 어쩌면 수족의 경우는 냄새로도 저주의 영향을 받을지도 모르고…."

냄새로도 저주의 영향을 받는다? 그건 뭐지? 좀 흥미가 당기네.

"그건 수족이 코로 마력을 감지한다는 소리입니까?"

"뭐, 아직 확증은 없지만 그럴 가능성도 있을 것 같아…. 리니아가 있으면 확인해 보는 것도 나쁘지 않을지 모르지. 어때?"

냄새도 저주의 근원. 혹시 그렇다면.

올스테드의 냄새를 억제하는 연구도 해야만 한다. 그 가설이 옳다면, 저주를 완전히 없애려면 소취도 필요하겠지. 향수 같은 걸로 덧씌울 수 있는지도 확인할 필요가 있다.

플로럴 향기로 냄새도 저주도 더블 블록.

향긋한 향기의 헬멧으로 머리를 뒤덮은 올스테드… 으음, 엽기적이다.

"그럼 그쪽 방향으로 조금 조사해 볼까요."

"음, 그래. 하지만 가능하면 아돌디어 쪽이 좋군. 그쪽이 코가 밝다고 하니까."

고양이보다 개인가. 그러고 보면 프루세나는 어떻게 지내고 있을까.

족장이 되었을까.

"후각의 예민함이라…. 하지만 그렇다면 수족만이 아니라 여러 종족으로 조사하는 편이 좋을 것 같군요."

인간과 다른 생물은 인식할 수 있는 색깔의 숫자도 다르다고 한다. 이 세계에서 '사람'으로 불리는 생물에게 그리 큰 차이는 없겠지만, 그래도 '마력이 보이는 마안'이란 것도 있다. 종족별의 차이를 조사하는 과정에서 '이 입자가 저주의 원인이었다!' 라는 게 발견될지도 모른다.

"…그렇군. 하지만 수족이나 마족이라고 통틀어 말하긴 해도 다양한 종족이 있으니까. 모으는 게 큰일이야."

"그렇군요…."

여기 마법도시 샤리아에는 수많은 종족이 있다. 마법대학이 어떤 종족이라도 거부하지 않고 받아들이기 때문이다. 하지만 항상 모든 종족이 있는 건 아니다.

인원 교체도 심하다.

그렇게 희소한 종족을 모아서 하나씩 검증하고, 물량으로 원인을 추구한다.

정신이 아득해지는군. 하지만 연구란 그런 것이다. 기본적으로 물량이다.

"어쨌든 일단 사람부터 모아야겠군요."

"그래. 그렇긴 해도 나는 많이 움직일 수 없고, 그런 쪽으로는 별로야."

크리프도 커뮤니케이션 능력이 부족한 면이 있으니까.

나도 남더러 뭐라고 할 수 없지만.

"인망이 있고 아무것도 안 해도 사람이 모이는 인물…이라."

나와 크리프의 시선은 자연스럽게 리니아 쪽으로 향했다.

불량한 녀석 한정이라면, 그녀의 주위에는 사람이 모인다. 그리고 사람이 모인 곳에는 또 사람이 모이는 법이다. 필요한 것만을 모으기보다는 모집단을 크게 늘리는 편이 결과적으로 구석구석까지 손이 미친다.

물론 그만큼 문제도 많이 일어나겠지.

사람은 모이면 위험한 존재다. 단순히 모여 있는 것만 해도 괜히 거만해져서, 혼자서는 못 하는 못된 짓을 저지르는 사례도 많다. 리더가 없는 집단은 폭도나 다름없다.

하지만 과거의 리니아는 불량배들도 잘 길들이고 거느렸다. 사람을 모은 뒤의 리더십 쪽으로도 기대할 수 있지 않을까.

"뭐, 뭐냐…. 두, 둘이서 하려는 거냐?"

그녀는 구석에서 한가하게 하품을 하고 있었지만, 시선을 받고 움찔 몸을 떨었다.

하지만 어떻게 모을까. 리니아라면 아무것도 안 해도 사람이 모이겠지만, 뭔가 하는 편이 잘 모이겠지.

사람이 모이는 이유… 역시 돈일까. 돈이 잘 도는 곳에 사람이 모인다. 상금이 나오는 이벤트… 아니, 일시적으로 모으기만 해선 의미가 없다.

그렇다면 역시 장사인가.

장사라고 해도 아무튼 밑천이 필요하겠지. 그 밑천으로 내 돈을 낸다… 왠지 본말전도인 기분도 드는데, 투자라고 생각하면 될까.

아!

그래. 모인 녀석들에게 올스테드의, 나아가서 나의 일을 돕게 하면 된다.

생각해 보면 나도 혼자서는 힘들다고 생각하고 있었다. 서포트해 주는 조직이 있는 것은 바람직하지 않을까? 서포트만이 아니다. 간단한 일을 대신해 준다면 단번에 세 명, 네 명의 인간을 구할 수 있다. 그리고 그만큼 미래의 올스테드가 편해진다.

물론 인신에게 넘어가는 녀석이 있을 가능성도 있으니까 중요한 일은 맡길 수 없다.

하지만 올스테드의 영향력 아래 있는 내가 뒤에서 조직을 움직인다면 인신도 그렇게 쉽게 나설 수 없을지도 모른다.

하지만 일이 없을 때는 어떻게 하지.

식충이가 늘어나는 것은 별로 재미가 없다. 한 명 한 명에게 일을 주자.

일… 어떻게 할까. 역시 인재파견 같은… 아니, 돈은 올스테드가 가지고 있다.

종합상사 같은 형태로 재능 있는 녀석에게 출자하고 여러모로 시켜보는 것도 좋을지 모르겠다.

하지만 리니아가 그걸 관리할 수 있을까. 힘들겠지. 누구를 도우미로 붙여주는 편이 좋겠지. 숫자에 강할 만한 인물… 짚이는 데는 있다. 더불어서 그것에 대해서도 이야기해 보자.

좋아.

"리니아."

"뭐, 뭐냐…?"

"이제부터, 너한테, 사람을 모으는 일을, 시키겠어."

"모아서 뭐 하는 거냐?"

"그렇군. 마음이 맞는 사람들끼리 손을 잡고, 장사든, 용병이든, 뭐든 좋으니까 해 봐."

"도, 돈은 어떻게 하냐?"

"밑천은 내가 대지. 그리고 성공한 녀석에게서 상납금을 거둬. 그 상납금의 일부로 내게 진 빚을 갚는 거야."

부족한 양은 올스테드에게 사정을 설명하면 내 줄 거다.

경우에 따라서는 아리엘 신용금고에게 부탁하게 될지도 모른다.

"……? 아, 알았다냐, 장소 같은 건 어떻게 하냐?"

"그것도 이제부터 준비하러 가자."

"이제부터라니… 그렇게 생각 없이 해서 잘 돌아가겠냐?"

리니아는 납득한 건지, 안 한 건지 모를 얼굴이었다.

물론 나도 처음부터 모든 게 다 잘 돌아갈 거라고는 생각하지 않는다. 처음에 모으는 건 열 명 정도… 아마도 수족뿐이겠지. 하지만 그 정도 숫자라도 잘만 쓰면 이익을 낼 수 있을 거다. 혹시 운 좋게도 장사 재주가 있는 녀석이 있으면 그 녀석에게 루이젤드 인형을 판매해 보라는 것도 좋겠지.

"잘 풀릴지는 해 보지 않으면 몰라."

"난 이 이상 빚이 늘어나는 건 사양하고 싶은데 말이다냐…."

리니아는 불안한 기색이었다.

역시 한 차례 실패해서 부담감이 큰 걸까.

하지만 이대로 조금씩 벌면서 평생 내 노예로 있을 수도 없겠지. 그런 짓을 계속하다간 우리 가정은 확실히 붕괴한다. 그렇게 되면 또 타임슬립 마법의 개발에 도달할지도 모른다.

"…그렇게 되지 않도록 힘내."

"우우…."

리니아는 아직 다소 납득하지 않은 기색이었지만, 결국에는 고개를 끄덕였다.

★　★　★

그 뒤, 돌아오는 길에 부동산업자를 만나서 사무소로 쓸 건물을 한 채 구입했다.

크기는 오두막 레벨이고, 입지도 좋지 않다. 다만 일단 거점으로 쓸 수 있게 지붕이 있는 건물이 있는 편이 좋겠지. 가격은 시세에 맞춰서, 금액은 경비로 처리할 생각이다.

현재는 그곳의 청소를 아이샤에게 부탁했다.

"일단 여기를 거점으로 쓰도록 해."

"알았다냐."

우리 회사의 사무원도 일찍 찾을 수 있으면 좋겠군.

서류정리나 사무 처리를 해 주는 직원이다. 올스테드의 저주에 걸리면 해고할 가능성도 있으니까, 아무래도 잠깐 고용하는 형태겠지.

"이게 당분간의 자금이야."

일단 아슬라 금화 10닢 상당의 돈을 리니아에게 건넸다. 라노아 왕국에서 창업하기에 충분하고 남을 금액이겠지.

"오, 오오…. 이, 이렇게나 주는 거냐?"

리니아는 돈을 보고 눈을 반짝였다.

돼지 목에 진주라는 말이 있다. 진주는 비싼 물건이지만, 가치를 모르는 생물에게 보여줘도 의미는 없다.

하지만 혹시 돼지가 진주의 가치를 알게 된다면, 그 돼지는 진주를 물처럼 써 버리니까 주면 안 된다.

그런 교훈이 담긴 속담이다. 아마도.

"헤, 헤헤헤, 보스. 맡겨달라냐, 밑천이 이만큼 있으면 절대로 실패 안 한다냐, 이번에야말로, 이번에야말로 잘 하겠다냐…."

눈을 달러 마크로 바꾸는 리니아.

참 불안하다. 이 녀석에게 거금을 주는 건 좋지 않겠지.

나는 앞으로 또 올스테드가 맡긴 일을 해야 하는데, 돌아왔더니 빚이 두 배로 늘어난 리니아가 지하에서 톱니바퀴를 돌리고 있을지도 모른다.

혹은 진짜로 에리스의 펫이 되어서 목줄을 달고 있을지도 모른다.

하지만 그걸 피하기 위한 아이디어는 이미 생각해 두었다.

"오빠, 청소 끝났어."

그녀, 아이샤의 차례다.

"아이샤, 네게 부탁이 있어."

"…뭔데?"

그렇게 말하자, 아이샤는 불만스러운 표정으로 내 얼굴을 올려다보았다.

뚱한 얼굴을 한 것은 저번 일이 아직도 마음에 맺혀 있는 탓일지도 모르겠다.

"리니아의 감시역을 맡아줘. 리니아가 돈을 함부로 쓰지 않도록 감시하고, 내친김에 큰 실수를 하지 않도록 도와줘."

"…난 집안일을 해야 하는데."

"항상 감시할 필요는 없어. 며칠에 한 번 정도면 돼."

"그건 꼭 해야 하는 거야?"

리니아 쪽을 힐끔 보았다. 지난번 일도 있어서 아이샤는 리니아랑 같이 일하기 싫겠지. 이런 태도를 보면 정말로 리니아가 사람을 모을 수 있을지 불안하지만… 라플레시아 꽃에도 벌레는 모인다.

아이샤는 이렇게 싫어하지만, 그녀에게 맡기는 것에는 이유가 있다.

"반드시 해야 하는 건 아니지만, 나는 네가 하는 편이 좋다고 생각해."

"왜? 리니아를 메이드로 삼고 싶다고 말한 게 나니까? 아니면 집안 분위기를 망가뜨린 게 나니까?"

뚱한 태도를 보이는 아이샤의 앞에 나는 웅크려 앉아서 눈높이를 맞추었다.

평소라면 똑바로 시선을 맞추는 아이샤도 오늘은 시선을 피했다.

"그게 아냐."

"……."

"다만… 너는 리니아가 실수만 한다고 판단했을 때, 바로 버리려고 했잖아?"

"하지만 정말로 못 써먹겠고, 이 이상 피해가 나오기 전에…"

리니아가 저쪽에서 상처 입은 얼굴을 하지만 신경 쓰지 말자.

"하지만 반대로 말하자면 그건 네가 리니아의 능력을 끌어낼 수 없었기 때문이라고도 할 수 있어."

"…응. 일을 가르친 건 나니까, 그렇겠지."

"즉, 너는 실패한 거야."

아이샤는 놀란 얼굴로 나를 보았다.

뜨악한 표정. 실패 같은 건 하지 않았다는 눈이다. 표현이 다소 잘못된 걸지도 모르겠다.

으음….

"나는 말이지, 아이샤. 뭔가 잘못했다고 해서 바로 남을 버리는 건 좋지 않다고 생각해."

"…응. 알아. 오빠의 그런 면은 대단하다고 생각해."

"고마워. 그래서 그 생각을 아이샤에게 강요하는 형태가 되지만… 아이샤도 장래에 남을 버리는 사람이 되지 않기를 바라."

아이샤는 똑똑한 아이다.

이른바 천재형으로, 뭘 해도 잘 할 수 있다. 하지만 그렇기에 못 하는 녀석의 마음을 모를 때가 있다.

일기에서는 죽을 때까지 내 곁에 있어 주었던 모양이지만, 미래는 변했다.

어쩌면 아이샤도 집을 나가서 어디에 취직할지도 모른다.

아이샤는 잘 하리라고 생각하지만, 자기보다 못 하는 녀석을 바로 잘라 버리는 인간이라며 주위에게 경원시될지도 모른다.

그 결과 손가락질을 당하거나 누군가의 함정에 빠질지도 모른다.

그렇게 되기 전에 아이샤도 뭔가를 배웠으면 좋겠다.

그 뭔가가 무엇인지는 나도 잘 모르겠지만… 말하자면 사람들과 교류하지 않으면 모르는 뭔가다.

"다시 한번, 리니아와, 같은 입장에서, 0에서부터, 해 보지 않겠어?"

"……."

아이샤는 나와 리니아를 교대로 보았다.

그리고 눈을 감았다. 1초, 2초. 뭔가를 생각하듯이 묵묵히.

"그건 나를 위해서?"

"그렇다고 생각하는데… 뭐, 솔직히 너를 도우미로 붙이면 최악의 상황은 피할 거라는 마음도 있어."

"그래, 솔직해서 고마워."

아이샤는 눈을 떴다. 그리고 불안한 눈빛으로 나를 보았다.

"오빠, 여기서 거절하면 날 싫어할 거야?"

"그건 아냐. 정 하기 싫으면 그래도 돼."

"……."

아이샤는 조심스럽게 나에게 두 손을 뻗었다. 내가 팔을 펼치자, 등에 손을 두르고 꼭 끌어안았다.

"알았어. 오빠가 그렇게 말한다면 나도 열심히 해 볼게."

"응."

나도 참 잘난 척 지껄였다 싶긴 하다.

하지만 틀린 말은 아니다. 이거면 되겠지. 리니아와 함께 새로운 일을 하게 하는 것으로 아이샤도 뭔가 배울 것이다. 내가 생각했던 것과는 다른 것을 배울지도 모르지만, 그건 그거대로 좋겠지.

그렇게 생각하고 싶다.

…아니, 아이샤, 잠시 안 본 사이에 가슴이 커졌구나.

이거 D컵 정도는 되는 거 아닌가.

키는 작은데 가슴이 크다. 트랜지스터 글래머란 걸까. 조금만 더 있으면 리랴 정도로 커지는 걸까. 아니, 동생 가슴이야 아무래도 좋다.

"오빠, 고마워."

"아니, 순순히 응해 줘서 나야말로 고마워."

"난 오빠 말이라면 뭐든지 들어."

아이샤는 장난스럽게 웃더니 내게서 떨어졌다. 평소에 보던 웃음이다.

아이샤는 그렇게 웃는 얼굴로 리니아 쪽을 돌아보고 손을 내밀었다.

"그렇게 되었어요. 열심히 해 보죠!"

"알았다냐!"

굳게 나눈 악수. 상사와 부하로는 잘 풀리지 않았던 두 사람. 과거를 잊고 이번에는 잘 해 주었으면 좋겠다.

마지막으로 아이샤에게 계획개요와 장래의 이상적인 모습을 이야기하고, 그 자리는 해산하게 되었다.

일단 다음에 돌아왔을 때에 심한 꼴이 되어 있지 않기를 빌자.

제7화 사내 벤처

진흙탕의 탑 최상층. 그곳에서 이제 막 15세가 된 소년기사 린할트는 거친 숨을 내쉬면서 검을 움켜쥐고 있었다.

"하아… 하아…."

"큭큭큭, 뭐냐, 용사. 그걸로 끝이냐?"

그의 앞에 선 자는 잿빛 로브를 두르고 수상쩍은 하얀 가면으로 얼굴을 감춘, 기분 나쁜 남자였다.

"그 정도 실력으로 사악한 대마술사 루데…가 아니지, 루드 로누마를 쓰러드릴 생각이냐?"

"제, 제길!"

린할트는 검을 움켜쥐고 무거운 다리를 열심히 앞으로 움직여서 검을 휘둘렀다.

하지만 루드 로누마는 그걸 비웃듯이 가볍게 피하면서 린할트에게 오른손을 뻗었다.

그 순간 눈에 보이지 않는 충격파가 일어서 린할트를 날려버렸다.

"끄아악?!"

"아아! 린할트!"

비통하게 외친 이는 구석에서 사슬에 묶인 여성이었다.

연한 핑크색 드레스를 입고 머리에 은색 왕관을 얹은, 가련한 여성.

그녀가 바로 북방대지의 소국 트와르의 공주 겔트라우데다.

"공주님, 안심하시길. 지금 당장 이 변태자식을 쓰러뜨리겠습니다! 함께 고국으로 돌아가시죠…!"

린할트는 그 성원에 비틀비틀 몸을 일으키고 겔트라우데에게 최선을 다해 웃어 주었다.

거기에 당황한 것은 루드 로누마였다.

"아니, 누가 변태냐, 짜식아!"

"너다! 공주님의 팬티를 벗겨서 뒤집어쓰다니… 부끄러운 줄 알아라!"

"아닙니다! 이건 가족의 것입니다! 무슨 소리를…!"

누구 팬티인지는 관계없다. 린할트는 마지막 기사다. 그가 패하면 겔트라우데 공주는 루드 로누마의 것이 된다. 저자가 공주의 팬티를 뒤집어쓰는 것도 시간문제다.

"우오오오!"

"아직 멀었다!"

린할트의 돌격은 루드 로누마의 곤충처럼 재빠른 움직임에 빗나갔고, 그의 충격파는 린할트를 날려버렸다.

아까 전부터 몇 번이나 반복된 광경이다.

"크헉…. 제, 제길…. 공주님을, 공주님을 네 멋대로 하게 놔둘 순 없다…!"

온몸에 부상을 입으면서도 린할트의 눈동자는 투지를 잃지 않았다.

그는 사명감으로 루드 로누마에게 덤볐다.

"크크크, 대단한 충성심이군. 하지만 공주가 납치당해도 구출하는 데 몇 명밖에 보내지 않은 국왕에게 그 정도 충성을 바칠 가치가 있나?"

"나라는 관계없다, 나는⋯ 나는⋯ 공주님을 좋아한다!"

린할트의 영혼의 외침이 진흙탕의 탑에 울렸다.

겔트라우데가 감동한 나머지 두 손으로 입을 누르고, 그 눈동자에서는 한 줄기 눈물이 흘렀다.

"우오오오!"

"크크크, 아름다운 사랑이군. 하지만 사랑으로 실력을 뒤엎을 순 없지!"

"끄아아아!"

린할트는 또다시 루드 로누마의 마술에 날아갔다.

"제, 제길⋯. 접근할 수가 없어⋯. 어쩌지⋯!"

"크크크, 너는 나를 쓰러뜨릴 수 없다. 내가 가장 꺼리는 스펠드족의 인형과 그 활약을 그린 그림책이라도 있으면 모르겠지만⋯ 하하하하핫!"

"음!"

린할트는 그 말에 놀랐다.

스펠드족의 인형, 짚이는 데가 있었다.

여기에 오는 도중에 수상한 점술사가 부탁도 안 했는데 거창하고 이상한 점을 쳐주더니 린할트에게 마족 인형을 억지로 쥐어주었다. 반드시 도움이 될 때가 올 거라면서…. 설마 그것이!

 린할트는 문 근처에 던졌던 자기 가방을 향해 달려갔다.

 그리고 안에서 인형을 꺼냈다! 에메랄드그린색의 머리를 가지고 하얀 창을 든 전사의 인형과 그 활약을 그린 그림책을!

 "아앗! 설마 그건!"

 "그래, 스펠드족의…."

 "세간에는 악당으로 알려졌지만, 사실은 아이를 좋아하고 마음씨 착한 남자로, 라플라스를 쓰러뜨릴 때도 한몫 했던 영웅 루이젤드 스펠디아의 인형!"

 린할트는 거기까지 모른다.

 그는 책을 읽지 않았다. 다만 효과는 확실했다.

 "아아, 이런, 힘이 빠진다…!"

 "린할트! 지금이에요!"

 "우오오오오!"

 비틀거리는 루드 로누마. 소리치는 겔트라우데 공주. 검을 들고 돌진하는 린할트.

 루드 로누마는 힘없이 오른손을 들었지만, 때는 이미 늦었다. 린할트의 검은 루드 로누마의 가슴에 깊이 꽂히…지 않았다.

까앙 소리를 내며 튕겨져 나갔다. 로브 밑에 뭔가를 껴입고 있었던 것이다.

'큭… 틀렸나….'

린할트가 체념하려던 다음 순간.

"끄아아아아아~~!!!!"

루드 로누마는 갑자기 엄청난 단말마의 비명을 지르고 온몸에서 빛을 뿜으면서 이상한 방향으로 날아갔다.

그 앞에 있는 것은 발코니. 루드 로누마는 발코니 난간에 큰 소리를 내며 부딪치더니 '우걱' 하는 얼빠진 소리를 내면서 밖으로 떨어졌다.

탑의 높이는 3층. 그 마술사라면 그 정도 높이에서 죽지 않는다.

그렇게 생각한 린할트가 발코니 밑을 내려다보려던 다음 순간.

발코니 밑에서 대폭발이 일어났다.

폭풍이 린할트의 뺨을 훑고 머리칼을 흐트러뜨렸다.

"뭐?!"

그것이 잦아든 뒤에 다시 밑을 본 린할트가 본 것은 구멍이었다.

루드 로누마가 떨어진 근처의 나무들이 다 쓰러지고, 크레이터가 뻥 뚫려 있었다.

"……."

린할트는 깨달았다.

아마도 자신의 일격이 루드 로누마의 갑옷의 핵이나 어디를 건드린 거겠지. 그 탓에 마력이 폭주하여 루드 로누마는 풍선처럼 터진 것이라고.

즉, 이긴 것이다. 린할트는 이겼다.

"린할트…!"

"공주님! 무사하십니까!"

린할트가 공주에게 달려가서 그 몸을 껴안았다.

"린할트…. 아아, 린할트, 반드시 도우러 와줄 거라고 믿고 있었어요…!"

"공주님…. 저 같은 것이 공주님을 연모한다니, 주제넘은 짓이란 것은 알고 있습니다…. 하지만, 하지만…."

"아아, 그렇지 않아요, 린할트…. 저도, 저도 당신을 연모하고 있습니다."

"공주님…. 황공한 말씀! 자, 성으로 돌아가죠!"

"네!"

사악한 대마술사 루드 로누마는 죽었다.

이후에 린할트는 나라에서 영웅 대접을 받아 대귀족의 지위를 얻었고, 국왕에게서 공주와의 교제를 인정받게 된다. 두 사람은 결혼하여 영원히 행복하게 살았다나.

해피 엔딩.

★ 루데우스 시점 ★

"아, 힘들었다."

이번 임무는 '소년기사 린할트와 소국의 공주 겔트라우데를 맺어주어라'라는 것이었다. 이 두 사람의 자손이 올스테드에게 유용하다나 보다.

본래 이 두 사람은 서로 좋아하는 사이임에도 불구하고 신분의 차이로 인해 맺어지지 않는다.

국왕은 두 사람의 감정을 알고 응원도 하였다.

하지만 가문과도 연관되어 대놓고 짝 지워줄 수도 없고, 남몰래 '린할트가 무슨 무훈을 세우면 그걸 구실로 삼아서 밀어붙이자'라고 생각했지만, 린할트는 원래 겁 많은 성격이라서 사건이 일어나도 좀처럼 활약할 수 없다.

그래서 국왕은 어떻게든 그에게 무훈을 올리게 하려고 이웃나라와의 전쟁을 시작하고 린할트를 전선으로 보내지만, 그는 당연하게도 사망.

겔트라우데 공주는 화평의 도구가 되어 정략결혼하는 결과로 끝난다.

그리고 그 일련의 흐름은 말년의 겔트라우데에 의해 노래로 만들어진다. 공주를 연모하는, 주제모르는 소년기사에게 분노한 국왕이 그를 전선에 보내어 죽인다는 내용이다.

자식은 부모의 마음을 모르는 법이다.

아무튼 그런 운명을 비틀어서 린할트와 겔트라우데를 맺어 주는 것이 이번의 내 일이었다.

일단 나는 국왕과 접촉. 내가 공주를 유괴하여 구석진 숲속에 있는 탑에 감금할 테니까 린할트를 파견하라고 제안. 의아해하는 국왕에게 아리엘의 이름을 내세우며 설득. 사악한 대마술사 루드 로누마가 되어서 공주를 납치했다.

공주를 감금한 탑은 내가 지었다.

지진이 일어나면 그대로 무너질 만한 날림이지만, 일단은 문제없다.

린할트가 여행에 나서기 직전에 점술사로 위장하여 루드 로누마를 쓰러뜨리기 위한 힌트도 주었다. 게다가 스펠드족 인형도 포교하니 일석이조. 그 다음은 한 발 먼저 탑으로 돌아와서, 어슬렁어슬렁 찾아온 린할트와 싸우고 고전 끝에 쓰러져 주면 될 뿐이다.

말로 하기야 간단하지.

하지만 교섭부터 준비, 실천에 이르기까지, 전부 내가 해야 했으니 정말 고생이었다.

이제 와서 돌이켜보니, 이렇게 요란스럽게 하지 않아도 되지 않았나 싶다.

"힘들다…."

아무튼 이번에도 임무 성공이다. 올스테드에게 칭찬과 치하의 말을 듣고 나는 돌아왔다.

마법도시 샤리아에 한 달 만에 귀환했다.

이 피로는 실피에게 위로를 받으면 나으려나.

젊고 풋풋한 두 사람을 보니, 왠지 모르게 실피가 부끄러워하는 얼굴이 보고 싶어졌다.

뭔가 정열적인 밤을 보내고 싶군.

짐승처럼 본능을 드러내어… 하지만 최근 실피도 익숙해졌는지 별로 부끄러워하지 않지. 저번에는 옷 갈아입는 장면과 우연히 맞닥뜨렸는데, '아, 거기 바지 집어줘'라는 반응이었다. 부끄러움 성분이 부족하다. 부탁하면 '루디 저질' 정도는 말해 줄지도 모르지만.

아무튼 나는 가족의 품으로 귀환했다.

평소처럼 피트가 문을 열어 주고, 루시는 도망가고, 에리스의 배를 쓰다듬고, 실피의 엉덩이를 만지고, 라라의 머리를 쓰다듬고, 실피의 귀를 핥고, 레오가 내 손을 핥고, 루시는 도망가고….

가족에게 둘러싸여서 안도했다. 지난 생에서 아버지가 출장에서 돌아왔을 때, 지친 얼굴을 하면서도 어딘가 안도한 기색이었던 것은 이런 기분이었기 때문이겠지.

오늘도 노른이 돌아오는 날이니까 록시와 노른을 기다리면서 거실에서 느긋하게 보내자. 그렇게 생각하면서 소파에 몸을 묻고.

문득 깨달았다.

"어라? 아이샤가 없네. 장 보러 나갔나?"

그렇게 물은 순간 리랴의 안색이 변했다.

왠지 복잡한 표정이다. 실피도 조금 곤란한 얼굴을 하였다. 에리스는 평소와 같았다.

별로 좋지 않은 분위기. 왜 그러지?

"저기, 최근 아이샤는 밖에 나가는 일이 잦아서…."

리랴가 미안하다는 듯이 말했다.

밖에…. 아, 그렇지. 그러고 보니 일을 부탁했지.

"그건 내가 부탁한 일을 해 주는 거지요?"

"아뇨, 그것이 말입니다만…. 일이라고 해도 조금 질이 나쁜 사람과 어울리는 날이 잦아진 것 같아서."

질 나쁜 사람이라는 말에 내 머릿속에는 모히칸 머리에 어깨 패드를 장착한 녀석들이 떠올랐다.

가솔린도 귀중할 터인 세계에서 배기량이 클 듯한 바이크를 타고 다니면서 '이얏호!' 라고 외치는 놈들 말이다.

리니아의 밑에 모인 놈들일까.

"저기, 루디. 최근 아무래도 시내에 이상한 사람들의 모습이 보이게 되었어. 다들 시꺼먼 옷을 입었는데, 아무래도 아이샤는 그들과 함께 있을 때가 많은가 봐."

부탁한 지 이제 한 달이다.

아무리 그래도 시내에서 보이게 되었다는 소리가 나올 만큼 모였으리라고는 생각할 수 없다.

게다가 검은 옷…? 으음.

그녀도 이미 열네 살. 사춘기에 반항기고 중2병의 계절이다.

부모형제에게 반발하고 싶어서 불량하게 굴어도 이상하지 않을 나이.

혹시 바깥과 교류를 시킨 탓에 그런 녀석들과 어울리게 된 걸까.

"죄송합니다, 루데우스 님. 설마 아이샤가 이렇게 되다니. 밤에는 돌아오니까 따끔하게 야단치겠습니다."

아, 밤새고 오는 건 아닌가. 그럼 일단 안심인가.

그렇게 생각했을 때 실피가 이상한 소리를 했다.

"하지만 아이샤가 그랬어. 루디의 허락을 받았다고."

"……."

내 허락을 받았다.

그 말에 내 머릿속에 최악의 광경이 떠올랐다. 리니아가 모집하여 그 창고에 모이는 사람이 저질스러운 웃음을 지으며 혀를 달싹거리는 불량배다. 녀석들의 시선은 미소녀인 리니아와 아이샤에게 집중된다. 좁은 창고 안에서 그런 녀석들이 두 사람을 포위하고….

리니아는 분명히 전투력이 높지만, 일반적인 레벨이다.

다수에게는 당하지 못할 수도 있다.

아이샤는 어린애라고 생각했지만, 최근 몸도 급격하게 성장했다.

주로 가슴 사이즈가 어머니와 가까워지고 있다.

그리고 오빠인 내 눈으로 봐도 귀엽다.

파울로와 비슷하게 사람 좋은 표정에다가 빙긋 웃을 때에 보이는 덧니가 차밍하다.

아아, 잊고 있었다.

리니아도 아이샤도 외모는 아름답다. 그런데 불량한 녀석들을 모으게 하다니. 상어가 득실대는 바다에 날고기를 던지는 꼴 아닌가. …아니, 질 나쁜 놈들을 모으라고는 한마디도 안 했지만!

"에리스, 에리스는 막지 않았어?"

"…응? 왜?"

에리스는 고개를 갸웃거렸다.

아, 혹시 에리스는 아이샤에게 흥미가 없는 걸까.

"별로 대단한 녀석들도 아니었어."

아니다. 에리스에게는 사자도 새끼 고양이도 다를 바 없다. 실피나 리랴가 우려할 만한 불량배라도 에리스가 보기엔 그냥 동네 꼬맹이로밖에 보이지 않는 걸지도 모른다.

아니, 에리스만 믿어선 안 된다. 그녀는 지금 임산부. 게다가 방아쇠를 당긴 건 나다.

내가 책임을 지자.

"…알겠습니다. 내가 다녀오겠습니다."

나는 딱히 아이샤가 누구랑 사귀든 그걸 뭐라고 할 생각이 없다.

이른바 '불량한 녀석들'이라도 이야기를 나눠 보면 좋은 녀석인 경우도 있다.

하지만 만사에는 한도라는 게 있다. 미성년인 아이샤가 앞날을 생각하지 않는 녀석에게 편리한 여자 취급을 받는다면, 나는 오빠로서 책임을 지고 구해 내야 하겠지.

파울로도 분명 그러겠고.

아니, 파울로는 꽤나 불량한 쪽으로 분류되겠지만.

"어디서 모이는지 압니까?"

"안내할게."

에리스가 곧바로 대답했다. 하지만 임산부. 괜찮을까.

일이 커졌을 때에 싸우려고 들겠지. 위험한 건 좋지 않다.

"나도 갈게."

실피도 그렇게 말해 주었지만, 나는 고개를 내저었다.

"…아니, 일단 혼자 다녀올게."

최악의 케이스는 상정했지만, 아직 좋지 않은 일이 일어난다고만 할 수는 없다.

그러니까 여기선 일단 나 혼자 움직여서 상황을 보자.

그렇게 생각하고 나는 아이샤가 자주 간다는 곳으로 가기로 했다.

집에 돌아온 직후지만, 어쩔 수 없지.

★　★　★

실피가 가르쳐 준 장소.

모험가 거리의 3번지. 대로에서 조금 안쪽으로 들어간 장소에 그 건물이 존재했다.

내마 벽돌로 만들어진 번듯한 2층짜리 건물이다. 모험가 길드나 주점과도 비슷했다.

하지만 새로 단 것 같은 문은 시커멓게 칠해 놨고, 그 중심에는 흉흉한 호랑이 마크가 그려져 있었다.

내가 갔을 때는, 그 문에서 시커먼 행색의 남자들이 나오는 중이었다.

모두 똑같이 시커먼 코트를 입었고, 등에는 문과 마찬가지로 호랑이 마크가 그려져 있었다.

게다가 어째서인지 괭이나 낫 같은 걸 들고 있었다.

"얘들아! 가자! 으랴아아!"

"예!"

기합이 들어간 호령을 지르면서 그들은 나를 지나쳐서 대로 쪽으로 나갔다.

무섭다. 저거 분명히 야구 응원을 가는 게 아니겠지. 틀림없이 그들은 '호랑이는 사자보다 강하다!'라는 말을 들으면서 알몸으로 사자와 싸우는 훈련 같은 걸 한다.

위험한데. 괜찮으려나.

아니, 나도 최근 올스테드의 훈련으로 강해졌다. 만일을 위해 사무소에 들러서 마도갑옷도 입고 왔다. 그러니까 괜찮아. 분명 괜찮아. 저 정도의 불한당에게 지지 않으니까.

애초에 무섭다고 물러날 수는 없다.

저 귀여운 아이샤가 이런 곳에서 불량한 이들과 함께 있다. 아무리 똑똑하다고 해도 무력한 아이샤. 밤에는 돌아온다고 하지만, 낮 동안에 무슨 짓을 당하는지….

구해 내야만 한다. 설령 적이 아무리 많더라도.

괜찮아. 다수를 상대할 때 써야 할 전법은 알고 있다. 펀치를 세 방 먹인 뒤에 순간 뒤를 돌아봐서 펀치를 한 방 헛치고, 다시금 펀치를 세 방. 그걸로 쓰러뜨릴 수 있다.

"시, 실례하겠습니다…."

문을 열고 안에 들어갔다.

로비…라고 하면 될까. 널찍한 공간에 일정간격으로 통이 놓여 있었다.

웬 통? 이라고 생각할 것은 아니었다. 통을 테이블 대용으로 쓰는 것이다. 통 위에 술병을 놓고 즐겁게 마셔대는 녀석도 있었다.

주점 같은 느낌이었다.

다만 주점과 확실히 다른 게 하나 있었다.

방금 나간 녀석들과 마찬가지로 호랑이 마크를 단 검은 코트를 입고 있었다. 위험하다. 무서워.

"무슨 일이십니까?"

그중 한 명, 사자 같은 얼굴을 한 수족이 나를 알아차리고 다가왔다.

나보다 키가 크고 어깨폭도 넓다. 검은 코트도 빵빵하다. 기막힌 근육을 자랑할 게 틀림없겠지. 하지만 전투력은 근육만으로 결정되는 게 아니다.

올스테드 사장도, 루이젤드도, 겉모습은 그렇게 마초인 게 아닌데 그렇게 강하다.

"어어, 저기, 여동생을 말이죠, 만나러 왔습니다만, 여기 있습니까?"

하지만 예의는 중요하다.

설령 이쪽이 싸움을 잘하더라도 통과해야 할 과정이란 것이 있다. 첫 대면에서는 경어, 그것이 세상살이에 능한 내 처세술이다. 결코 쫄아서 그런 게 아니다.

"여동생…?"

수족 남자는 의아한 눈치로 얼굴을 찌푸리면서 로비 안을 둘러보았다.

차분히 살펴보니, 검은 옷들 중에는 여자도 많이 있었다. 딱히 불량하다는 느낌도 아니지만, 다들 역전의 전사라는 얼굴이었다. 적어도 마법대학 학생보다는 한층 억센 모습이다. 불량하다…는 말은 좀 아닌가.

아무튼 그런 녀석들 사이에 아이샤는 없었다.

"잠깐 실례…."

수족 남자는 그렇게 말하더니 내게 얼굴을 가까이 가져왔다.

뭐야, 짜샤, 붙어보자고? 너희, 어디 출신이야? 나, 나는 올스테드 씨 밑에 있으니까!

그런 마음으로 긴장했는데, 남자는 내 근처에서 코를 벌름벌름 움직이기만 했다.

냄새를 맡은 모양이다. 왠지 좀 창피한데.

"……?"

남자는 내 냄새를 맡던 도중에 눈썹을 꿈틀거렸다.

"……!"

그리고 내 얼굴을 뚫어지게 본 뒤에 재빨리 두 걸음 정도 뒤로 물러났다.

이런. 그렇게 냄새가 심했나. 그러고 보니 일을 마치고 돌아와서 목욕도 안 했지.

"저기, 혹시, 아이샤 씨의?"

남자가 그렇게 물었다. 냄새가 심했지만 일단 판별이 가능했던 모양이다.

"아, 예. 루데우스 그레이랫이라고 합니다. 여동생은… 아이샤는 있습니까?"

잊고 있었지만, 자기소개도 중요하다.

내 이름을 대고 소속을 밝히는 것은 커뮤니케이션의 첫 걸음이니까. 더 말하자면 내 이름은 이 도시에서 제법 유명하다.

이름을 밝히는 것이 견제도 되겠지.

─술렁.

이름을 댄 순간, 그 자리의 분위기가 변했다.

목소리가 들리는 범위에 있던 사람들이 전부 내 쪽을 돌아보았다.

"그레이랫…."

"저 사람이…."

"언젠가 보게 되는 날이 오리라고는 생각했는데…."

안 좋은 느낌의 주목. 이런, 이 감각은 기억에 있다.

전에 에리스가 무슨 일로 크게 소동을 피웠을 때, 이런 집단에게 사과하러 간 적이 있다. 그때가 분명히 이런 느낌이었다.

어쩌면 에리스는 이미 이놈들을 흠씬 두들겨 팼을지도 모른다.

응? 그럼 왜 아이샤가 돌아오지 않지?

아, 아마도 아이샤가 말해서 돌려보낸 거겠지. 어이, 그럼 아이샤가 자기 의사로 여기에 있다는 소리?

그럴 리가. 분명 협박당하고 있는 게 틀림없다.

제길, 실수했군. 본명을 밝히지 않는 편이 좋았을지도 모르겠다.

정체 모를 가면마술사 루드 로누마로 올 걸 그랬다. 즉, 대화도 필요 없단 소리다.

"…그렇다면, 회장님!"

"저분이 회장님…!"

"루데우스 회장님…!"

그렇게 생각했는데. 주변의 사람들은 나를 향해 고개를 숙이기 시작했다.

직립부동에서 45도로 깍듯한 경례. 전원이 일제히 말이다.

이게 뭐야?

"어?"

돌아보니, 방금 전의 수족 청년도 내게 정수리를 보이고 있었다.

"죄송합니다. 회장님인 줄 몰라 뵙고."

"어?"

"고문은 이쪽에 있습니다. 안내해 드리겠습니다."

"고문? 아, 예."

도저히 이해할 수 없는 흐름이었다. 하지만 일단 수족 청년이 등과 꼬리를 쭉 펴더니 안쪽을 향해 손짓하는 것을 보고 나는 그의 뒤를 따라갔다.

도저히 이해가 안 가는 흐름이지만, 안내해 준다면 따라가자.

"이쪽으로."

계단을 올라가서 안내받은 곳은 건물 제일 안쪽의 방이었다.

커튼을 쳐서 어둑어둑한 방. 벽에는 정체 모를 미남의 초상화가 걸려 있는 으스스한 방.

거기에 그 녀석들이 있었다. 이 도시에서 제일 불량한 녀석들이 있었다.

그 녀석들은 아래 있던 녀석들과 마찬가지로 검은 코트를 걸치고 있었다.

또한 이제 곧 여름인데도 목에 하얀 머플러 같은 것을 늘어뜨리고, 창문을 다 닫아서 어둑어둑한 방인데도 선글라스를 끼고 있었다. 그런 차림으로 서로 마주 보면서 앉아 실실 웃으면서 금화를 세고 있었다.

"냐하하하하하. 역시 선글라스를 산 게 정답이었다냐. 금화의 광채로 눈이 망가질 테니까냐!"

한쪽은 기분 나쁜 웃음을 지으면서 소리 높게 웃고 있었다. 빛 때문인지 이빨이 금색으로 빛난 것으로도 보였다. 선글라스 때문에 얼굴은 모르겠지만, 돈 때문에 눈이 부시다는 건 틀림없었다. 눈동자 모양은 달러 마크겠지. 눈은 이미 망가졌구나.

"그리고 이게 이달 상납금입니다냐."

"음."

고개를 끄덕인 것은 역시 선글라스를 낀 소녀였다.

그녀는 의자에 거만하게 앉아서, 실로 거만하게 고개를 떡하니 쳐들고 있었다. 그런 자세로 맞은편 여자가 내민 금화의 산을 거만하게 받았다. 금화는 열 닢 정도일까.

보아하니 아슬라 금화는 아니고 여기 라노아 왕국에서 사용되는 금화로 보였다.

소녀는 그걸 대충 세더니 근처에 있던 금화주머니에 쏟아 넣었다.

그리고 종이에 금액과 이름을 재빨리 적어 넣어 상대편에게 건넸다.

"음, 잘 받았어."

"감사합니다냐."

"그래서?"

소녀는 여자에게 턱을 까딱거리듯이 신호했다.

"냐하하하하, **그래서** 이쪽이 고문료가 되겠습니다냐."

여자는 테이블 위에 있는 금화의 산 중 하나를 소녀 앞으로 스윽 이동시켰다.

개수로는 대여섯 닢 정도 될까.

"이걸 받아주시고, 앞으로도 잘 부탁드립니다냐."

"물론. 계~속 잘 지내 보자."

"니히히히히, 당신도 참 못 되셨구냐아."

"우흐흐흐, 리니아 정도는 아니지."

소녀는 사악한 웃음을 지으면서, 받은 금화를 다른 금화주머니에 투입.

그대로 가슴골로 집어넣….

"아."

그리고 나와 수족 청년을 알아차렸다.

"리니아 소장, 아이샤 고문. 루데우스 회장님이 오셨습니다."

건물 안쪽에서 기다리던 것은 리니아와 아이샤였다.

나는 권하는 대로 근처 소파에 앉았다.

정면에 리니아와 아이샤가 앉았다.

"이게 대체 어떻게 된 일이야?"

일단 그렇게 물었다.

분명히 리니아와 아이샤에게는 이 도시에서 사람을 모으라고 이야기했다.

하지만 그걸 위해 임대한 건물은 여기가 아니고, 검은 옷을 입히라고 하지도 않았고, 내가 상정했던 머릿수보다 훨씬 많아 보였다.

"그러니까 오빠가 시킨 대로 사람을 모으고, 그 사람들을 써서 장사를 시작했어."

"…호오, 자세히 들려줘."

아이샤에게 설명을 들었다.

아무래도 그 후에 리니아와 아이샤는 바로 사람을 모으기 시작했다는 모양이다.

마법대학의 재학생, 졸업생, 모험가 길드를 중심으로 사람을 모았다.

그러자 순식간에 서른 명 정도가 모였다는 모양이다.

느닷없이 서른 명. 그렇다면 내가 사무소로 구입한 창고로는 비좁았다.

그래서 아이샤는 그날 중에 창고를 팔아치우고, 독자적인 연줄을 사용해서 스폰서를 모으고 이 건물을 빌렸다고 한다.

참고로 스폰서는 자노바나 크리프 등이라나.

이 방에 걸린 초상화는 자노바가 그린 내 초상화라는 모양이다. 미화가 너무 심해서 닮지도 않았다.

"하지만 모인 사람들도 곧바로는 연대감이 없어서 말이야. 할 일도 확실하지 않았고."

사람을 모으긴 했지만, 내가 귀환하기까지는 시간이 있다.

오합지졸은 방향성을 주지 않으면 바로 흩어지겠지.

그래서 아이샤는 공중성채에 있는 나나호시에게 조언을 들으러 갔다는 모양이다.

내 방에서 페르기우스를 부르기 위한 피리를 가져와서 아르만피를 소환.

페르기우스에게 인사한 뒤에 나나호시에게 몇 가지 조언을 받아왔다고.

"…뭐? 페르기우스 님을 만났어?"

"응. 멋진 사람이더라고."

내가 모르는 곳에서 무서운 짓을 하는구나.

혹시 화라도 돋웠다간 목이 그대로 날아갈 텐데. 아니, 관대하기도 하고 미성년자를 상대로 어른스럽지 못하게 화내진 않겠지만. 게다가 천진난만하게 '멋진 사람이네'라고 말하면 실바릴도 잘 대해 줬을 거다.

"그래서 말이지."

나나호시는 '제복'과 '예의'를 추천했다고 한다.

모두 같은 옷을 입는 것으로 연대감을 높인다. 그러면 딱히 뭘 하지 않아도 뿔뿔이 흩어질 일은 없을 거라고. 또한 군대식의 예의를 가르치는 것으로 거래 상대에게도 신뢰를 얻을 수 있을 거라고.

아이샤는 나나호시의 조언에 따라서 아는 옷가게에서 너무 많이 들여놔서 남아도는 재고를 염가로 사들였다.

그게 이 음침한 검은색 코트다.

아이샤는 이것만으로는 별로 좋지 않다고 판단하고 자기 돈으로, 마찬가지로 남아도는 재고인 노란 천을 구입, 하나하나에 쥐 마크를 바느질했다.

쥐 마크다. 그레이랫이니까 쥐라는 소리다.

검은 바탕에 노란색이길래 분명히 호랑이인 줄로만 알았는데.

호랑이 마크가 멋있다는 소리 같은 걸 하지 않길 잘했다.

아무튼 같은 복장을 착용한 그들에게 아이샤는 고개 숙이는 법을 가르쳤다.

내가 자주 하는, 45도의 경례. 깍듯하게 고개 숙이는 인사. 그거라면 누구든 기억할 수 있고, 옆에서 봐도 경의를 표한다는 게 느껴지니까. 그렇게 검은 옷에 고개를 깊게 숙이는 집단이 완성되었다.

그 뒤에 아이샤는 이 녀석들이 뭘 할 수 있을지 생각했다.

하지만 거의 리니아를 따라온 수족.

싸움밖에 재주가 없습니다. 취미는 두뇌의 근육 트레이닝, 글은 고사하고 숫자도 모른다는 녀석들.

그중에는 머리 좋은 녀석도 있었지만, 기껏해야 근육파 5에 수재 1 정도의 비율.

그걸 써서 할 수 있는 일은 용병단 정도밖에 떠오르지 않았다고 한다.

그래서 용병단을 운영하기로 했다. 그리고 집단의 이름도 결정. 내가 흔히 쓰는 가명에서 따와서 '루드 용병단'이라는 이름이 되었다나 보다.

하지만 여기는 마법삼대국. 비교적 평화로운 세 나라 사이에 있는 마법도시 샤리아다.

전쟁 같은 게 있을 리도 없고, 전쟁이 있는 지역으로 가려고 해도 시간이 걸린다.

그런고로 아이샤가 고안한 것은 이른바 경호원 일이다.

일정 금액으로 일정기간, 몇 명의 용병을 빌려주는 것이다.

그 몇 명 중에 머리 좋은 리더를 한 명 배치하여 지휘를 맡긴다.

또한 일하는 도중에 용병이 부상을 입거나 죽으면 바로 다른 용병을 파견한다.

이른바 경호원의 임대계약이다.

결코 폭력단이 아니다. 결단코 폭력단이 아니다.

"그렇게 일을 시작했는데, 어째서인지 금방 유명해져서."

돌디어족의 공주가 리더인 덕분에 기묘한 신뢰를 얻은 용병단은 단원의 연줄도 있고 아이샤의 선전도 있어서 바로 유명해졌다.

발족한 지 보름 정도 만에 라노아 왕국의 기사단이나 마술 길드, 마도구 공방 같은 굵직굵직한 곳에서 일이 들어오게 되었다나. 동시에 가입 멤버도 늘어나서 현재는 50명 가까운 검은 옷이 이 도시를 활보한다는 모양이다.

모험가에 기사단, 학생, 대장간, 마도구 가게 등등 수많은 직업파벌이 존재하는 이 도시에서는 역시나 싸움이나 다툼도 잦다.

그렇기 때문에 중립의 입장에서 지켜주는 존재는 틈새 산업으로 수요가 있었던 모양이다.

한 발만 삐끗하면 용병단 자체가 하나의 파벌이 되겠지만, 이렇게 여러 곳에서 차별 없이 일을 받는 동안은 괜찮다는 게 아이샤의 말이었다.

"그리고 벌어온 돈의 몇 할을 상납금으로 거두었는데, 생각 이상으로 잘 벌렸어."

"그렇다냐, 생각 이상으로 다들 상납금을 많이 가져온다냐. 예의도 바른 녀석들이다냐."

모험가와는 다소 다른 경호원 집단. 발족한 지 한 달 만에 그럭저럭 수익도 있었고, 순조로운 시작이라는 모양이다.

물론 수익의 총액은 막대하다고 할 정도는 아니고, 리니아의 빚을 다 없애려면 꽤 걸리겠지. 하지만 이대로 사업을 확대하든가, 자본금이 모인 뒤에 다른 사업이라도 시작하면 단숨에 갚는 것도 가능할지 모른다.

뭣하면 절반 정도 갚은 시점에서 그냥 탕감해 줘도 좋다. 딱히 돈이 필요한 것도 아니고.

"……."

솔직히 내가 생각했던 것과는 뭔가 다르다.

다르지만… 그래도 잘 돌아가고 있다면 괜찮겠지.

아니, 이만큼 잘 될 줄은 몰랐다.

성공의 비결은 아이샤의 기용이겠지. 그녀를 감시역으로 임명한 것이 성공을 거두었다.

천재인 그녀가 이렇게 힘을 쓰지 않았으면 시간이 더 걸렸을 게 틀림없다.

아니, 이렇게 진지하게 할 줄은 몰랐다.

"하지만 아이샤, 네가 이렇게 돈을 좋아하는 줄은 몰랐어."

"어? 아냐."

한숨을 내쉬면서 말하자, 아이샤는 뜻밖이라는 듯이 입을 삐죽였다.

"내가 좋아하는 건 오·빠. 오빠가 나를 위한 일이라고 하길래 열심히 한 건데?"

"아이샤…."

눈을 반짝반짝 빛내고…. 귀엽구나. 여동생만 아니었으면 가만놔두지 않았을 텐데.

"그리고 이 고양이가 집에 돌아오는 것도 그렇고."

아, 그게 본심인가. 아까는 사이좋다고 생각했는데, 그것도 아닌가?

아니, 그건 그거, 이건 이건가.

"어찌 되었든, 고생 많이 했어."

"에헤헤, 고마워."

머리를 쓰다듬자 그녀는 만족한 듯이 웃었다.

아무튼 리니아가 빚을 갚을 길이 열렸다. 이만큼 사람이 있으면 사무 처리가 가능한 녀석도 있겠고, 장사 재능이 있는 녀석도 나오겠지. 올스테드 사무소의 사무원이나 루이젤드 인형 판매의 월급쟁이 점장을 맡길 만한 인물이 있을지도 모른다.

단 한 달 만에 이 정도까지 하다니, 역시나 아이샤라고 해야 할까.

나는 그녀의 능력을 얕봤던 걸지도 모르겠다.

"하지만 리랴 씨가 걱정하니까 집에서 이야기 좀 하자."

"우우, 엄마는 고지식하니까 설명해도 알아 주질 않아. 난 이 일을 조금 더 하고 싶은데."

"괜찮아. 내가 부탁해서 한 거라고 잘 변명할 테니까."

싫은 일을 억지로 시키는 건 좋지 않지만, 이번에는 어쩐 일로 의욕을 내서 해 주었다.

본인이 바란다면 더 해 보게 하자. 아니, 이런 성과를 보면 아이샤를 집에서 메이드 일이나 시키는 것도 아깝지.

"알았어. 오빠를 믿으니까. 엄마는 오빠한테 약하니까 잘 좀 설득해 줘."

"그래."

이렇게 내게 부하가 생겼다.

이름은 '루드 용병단'.

처음으로 생긴 부하다.

앞으로 이 부하를 이용해 하고 싶은 일을 하면 된다. 꿈이 넓어진다.

"아, 그렇지, 보스."

그렇게 가슴 가득 꿈을 부풀리면서 아이샤를 데리고 일단 집으로 돌아가려는데, 리니아가 날 불러세웠다.

"왜?"

"얼마 전에 대삼림에서 편지가 왔다냐."

호오, 대삼림에서. 그렇다면 프루세나가 보냈나?

그렇게 생각하면서 리니아에게서 편지를 받았다. 리니아 앞으로 온 것으로, 이미 개봉되어 있었다. 발신인의 이름은 없었다. 그런데 리니아는 어떻게 대삼림에서 보낸 것인 줄 알았지?

역시 냄새인가?

나는 사양하지 않고 편지지를 꺼내어 읽어 보았다.

"……!"

거기에는 인사고 뭐고 없었다.

딱 한 줄. 수신어로 적혀 있었다.

[큰일이다. 성수님이 행방불명되었다! 서둘러 탐색을!]

"뭐, 그 성수님 자신이 내버려두면 된다고 그랬으니까, 문제 없다냐."

리니아는 머리 뒤로 손을 모으고 아하하 웃으며 그렇게 말했 다.

"……."

나는 대삼림으로 가기로 결의했다.

사죄용으로 과자를 들고서.

[루드 용병단]

회장 : 루데우스 그레이랫

대표 : 리니아 데돌디어

고문 겸 부장 : 아이샤 그레이랫

사원수 : 50명 정도

종류 : ORSTED Corp. 의 브랜드 컴퍼니

협찬 : 사일런트 세븐스타

제8화 다시 돌디어 마을로

대삼림에는 나와 리니아, 성수 레오가 가기로 했다.

에리스도 가고 싶어 했지만, 아무래도 배가 불러왔기에 두고 왔다.

최근 자기 장난감이 없어져서 또 스트레스가 쌓인 에리스.

그런 녀석을 수족이 많이 있는 곳에 데려가면 또 다른 애를 데리고 올지도 모른다.

반대로 리니아는 '가기 싫다, 가면 프루세나의 부하가 된다'라고 고집을 부렸지만, 나 혼자서는 믿어 주지 않을 것 같아서 설득 담당으로 데려갔다.

원래는 레오를 불러낸 시점에서 편지라도 보냈으면 좋았을 텐데….

실수했군.

뭐, 수족은 완고하지만, 이번에는 나도 성인이 되었다. 지난번 같은 일은 없겠지.

제대로 설명하고, 성수도 리니아도 데리고 돌아오자.

용병단은 아이샤에게 맡기기로 했다. 경영 자체는 처음부터 거의 그녀 혼자서 하고 있었으니까 문제없다. 단원은 리니아를 따르는 녀석들이지만, 지금은 아이샤도 인정하고 있다. 리니아가 일시적으로 출장나가는 정도야 아무런 문제도 없겠지.

솔직히 올스테드의 일은 예정이 조금 꼬였다.

하지만 이렇게 나중에 화근이 될 만한 일은 미리 처리해두는 편이 좋다.

안 그러면 더 꼬이게 될 테니까. 1년 뒤에 수족들이 우르르 쳐들어오든가 하면 곤란하니까.

그렇게 설득해 보았는데, 올스테드는 딱히 싫은 표정도 하지 않고, 오히려 내가 없는 동안 집을 지켜주겠다고 했다. 내 출현 덕분에 평소보다 포석을 더 많이 둘 수 있었으니 아무런 문제도 없고, 오히려 여유까지 생겼다는 모양이다.

그렇게 해서.

우리 회사 사무소의 지하에 있는 대삼림행 마법진을 통해 돌디어 마을로.

그렇게 가고 싶었지만, 그 마법진은 돌디어 마을과 다소 거리가 있다.

따라서 인사를 겸해 페르기우스에게 부탁해 보기로 했다.

그러면 혹시 대삼림 북부에 있는 버려진 전이유적의 장소를 알지도 모르고.

내가 방문하자, 페르기우스는 열 명의 정령과 실바릴을 거느리고 평소처럼 거만한 기색으로 있었다. 한 명 부족한 것은 아리엘에게 대리로 파견했기 때문이다.

"대삼림인가?"

"무슨 문제라도 있습니까?"

"아니, 바로 갈 건가?"

"빠른 편이 좋겠지요."

대삼림에 가겠다고 말하자, 페르기우스는 순간 망설이는 얼굴을 했지만 곧 승낙해 주었다.

택시처럼 이용해도 용서해 준다. 역시 페르기우스 님은 관대한 분이다.

"그런데 성수인가…. 안 좋은 추억이 떠오르는군."

페르기우스는 레오를 보고 복잡한 얼굴을 하였다.

왜 이런 얼굴을 하나 싶었지만, 이 사람도 오랫동안 살았으니 선대 성수님과 면식이 있을지도 모른다. 어떤 관계였는지는 모르지만, 지금 성수님이 우리 집 개가 된 것을 알면 이런 표정도 나오려나.

레오는 페르기우스의 시선을 받아도 앉은 채로 태연한 모습이었다. 오히려 리니아 쪽이 완전 쫄았다.

아이샤와 함께 한 번은 만났다는 모양인데, 그래도 익숙해지지 않나.

"지난번에는 여동생이 폐를 끼친 모양이라."

"되었다. 나는 현명한 자를 싫어하지 않으니까."

아이샤 문제로 감사의 말을 전하자, 페르기우스는 대수롭지 않다는 듯이 손을 내저었다.

하지만 딱히 불쾌한 기색도 아닌 것을 보면, 아이샤도 잘 대응했던 거겠지.

"그런데 딸이 태어났다는 모양이더군."

"예, 아이샤에게 들으셨습니까?"

"음, 다행이로군, 머리가 녹색인 아들이 아니라서."

페르기우스는 뭔가 의미 있는 듯한 목소리로 그렇게 말했다.

"…예, 라플라스의 전생체가 아니라서 안도했습니다."

그렇게 대답하자, 페르기우스는 히죽 웃었다.

"호오, 보아하니 올스테드에게서 용족의 전생에 대해 들었군?"

"예."

"그럼 기억해 둬라, 나는 라플라스가 태어났을 경우 네 아들이라도 죽여 버릴 거라고."

페르기우스는 이를 드러내며 웃었다. 무섭다.

"…저로서는 그렇게 되지 않기를 바랄 뿐입니다."

라플라스에 대해 명확하게 어떤 자세를 취할지는 아직 정해지지 않았다.

올스테드의 이야기로는, 그는 인신과 오랫동안 계속 싸워 온 마지막 지사라고 했다. 그럼 내게는 아군이다. 하지만 인신에게 패배하고 분열한 뒤의 라플라스는 루이젤드를 속이고 페르기우스에게도 적의를 품게 했다. 나에게는 적이다.

그런 녀석이 내 아들로 태어나면 나는 어째야 좋을지 모르겠다.

물론 그리 걱정하지는 않는다. 올스테드는 라플라스가 언제어디서 누구로 전생하는지 아는 듯한 기색이었고.

내 출현으로 미래가 변했을 가능성도 있지만, 라플라스의 운명도 강하니까 그렇게 쉽게 좌우되지 않으리라고 믿고 싶다.

"물론 나도 너와 다투고 싶은 생각은 없다. 혹시 라플라스인 듯한 자가 태어나면 사전에 의논하러 와라."

페르기우스는 위로하듯이 그렇게 말하더니 옥좌에서 일어섰다.

그 자리에서 무슨 이야기를 해 줄지는 모르겠지만, 라플라스를 그냥 눈감아 줄 리는 없을 듯한 분위기다. 다짜고짜 죽이지 않는 것이 그 나름대로의 온정일지도 모르겠다.

"그럼 이제부터 전이마법진 준비에 들어가지. 방에서 잠시 기다리도록 해라."

페르기우스는 그렇게 말하더니 방에서 나갔다.

전이마법진 준비에는 다소 시간이 걸린다.

그런고로 나나호시에게 인사라도 할까 싶었는데, 그녀는 방에 없었다.

복도를 지나가던 속죄의 율즈 씨에게 나나호시가 어디에 있나 물어보니, 지금은 전이마법진 응용에 대해 이것저것 배우는 시간이라고 했다.

배울 게 많아서 힘든 모양이다.

무슨 일이 있으면 협력해 줄 생각이지만… 지금은 일단 집에서 가져온 감자칩과 주먹밥을 방에 두기로 하자. 음식은 약이 된다.

그 후에 빈방으로 이동해서 기다리기로 했다.

리니아는 호화스러운 방에 눈을 반짝이더니, 순식간에 푹신푹신한 소파에 몸을 던졌다.

"하아~ 보스라면 몰라도 아이샤는 무서운 줄 모른다냐. 그렇게 무서운 것과 대등하게 이야기하다니냐…."

리니아는 기지개를 켜면서 투덜거렸다.

아이샤와 페르기우스가 어떤 대화를 했는지는 모른다.

아이샤라면 문제없을 거고, 페르기우스도 기분 상한 기색이 아니었다.

하지만 아이샤도 때로는 독설을 내뱉으니까. 조금은 걱정이 되는군.

…포석을 두도록 할까.

"리니아, 대등이 아냐. 우리가 밑이야. 아이샤가 조금 실례되는 말을 해도 용서받는 건 페르기우스 님이 관대하니까 그런 거야."

"그러냐? 보스의 두목인 용신에게 쫀 게 아니냐? 만난 적 없지만, 무서운 사람 아니냐? 크리프도 진짜로 쫄았으니까냐."

"그만해! 그럴 리 없잖아!"

너 페르기우스가 얼마나 무서운지 모르는구나.

이 대화, 전부 페르기우스가 듣고 있으니까. 접대로 나온 차에 걸레 빤 물이 들어가 있어도 좋아? 이 녀석 진짜….

대기 시간에 그런 대화를 하는데, 조금 불쾌한 기색의 실바릴이 나타났다.

역시나 듣고 있었는지,

"페르기우스 님은 관대한 분이며, 루데우스 님을 좋은 벗으로 생각하고 계십니다."

라며 못을 박고 갔다.

물론 나라고 괜히 잘난 척할 생각은 없다. 이 바보 고양이의 말은 신경 쓰지 말아 주세요.

아니, 저 페르기우스 님이 친구로 생각해 주시다니 영광이네.

그런 아부를 해 보았지만, 너무 노골적이었는지 실바릴의 기분은 별로 나아지지 않았다.

"…준비가 끝났으니 따라오시지요."

실바릴은 퉁명스러운 채로 우리를 밖으로 데리고 나왔다.

그녀의 안내에 따라서 공중성채의 지하로 이동했다.

마대륙에 갈 때에도 이동했던, 어두운 미궁 같은 장소. 그 어둑어둑한 방 중 하나에 페르기우스와 나나호시가 서 있었다.

그들의 앞에는 여느 때처럼 전이마법진이 있었다.

하지만 어째서인지 마법진은 빛을 뿜지 않았다. 아직 기동하지 않은 모양이다.

어떻게 된 건가 싶어서 기다리자, 나나호시가 심호흡을 하고 두 손에 마력결정을 들었다.

"응용이지만, 평소처럼 하면 된다."

"예…."

나나호시는 그렇게 대답하면서 마법진의 앞으로 나아갔다.

"루데우스, 올라가 봐. 실패한다면 미안해."

나나호시는 긴장한 얼굴로 우리에게 지시했다.

아무래도 이번에는 나나호시가 기동시키는 모양이다. 연습 대인가.

불평은 할 수 없지. 우리가 먼저 이런 부탁을 했으니까.

"실바릴, 지도는 주었나?"

"아, 깜박하고 있었습니다."

페르기우스의 말에 실바릴이 품에서 지도를 꺼내어 이쪽으로 내밀었다.

그걸 받아 살펴보았다. 구석 자리에 돌디어 마을의 위치가 표시된 것을 보면, 아마도 지금부터 전이하는 유적의 위치가 기록된 지도겠지.

돌디어 마을까지 반나절 정도일까. 숲속에 있는 탓에 꽤나 가깝게 보이지만….

일단 리니아에게도 보여주었다.

"아, 여기라면 안다냐. 괜찮아, 가깝다냐."

라는 대답이었다.

그럼 괜찮겠지. 십여 년 동안 떠나 있었다고 해도 그 지방 사람에게 맡기는 게 베터다.

아니, 실바릴 씨, 아무 말도 없었으면 지도를 안 줄 생각이었죠?

그렇게 음습한 건 안 좋아요.

페르기우스에게 일러바칠 거다.

"그럼 시작해라."

"예."

나나호시가 지면에 웅크리더니 마력결정을 마법진으로 가져가고, 붓으로 지면에 뭔가를 그리기 시작했다.

"만에 하나를 대비해서 마법진을 한순간만 기동한다. 저쪽에 가면 스스로 알아서 해라. 알겠나?"

"? …예."

작업이 계속되는 동안 페르기우스가 한 말에 반사적으로 대답을 했다.

…마물이라도 있는 걸까?

아니, 잠깐, 지금 시기면 혹시.

"아, 지금은…."

동시에 리니아도 깨달았다.

하지만 그때는 나나호시가 이미 준비를 다 끝낸 뒤였다.

그녀가 붓으로 그린 마법진 위에 마력결정을 올렸다.

그 순간 마법진이 희미하게 빛을 내뿜고, 내 몸은 마법진으로 빨려들어갔다.

"우와앗!"

정신이 들었을 때 내 몸은 물에 잠겨 있었다.

배까지 잠기는 물속에 마법진이 있었다. 마법진은 바로 빛을 잃었다.

"냐아! 역시나 우기였다!"

리니아가 소리치면서 레오를 안아들었다.

레오는 당연하다는 얼굴로 안겼지만, 온몸이 완전히 젖었다.

짐도 홀딱 젖었다. 이런, 과자도 젖었을지 모르겠다.

물은 차가웠다. 얼른 메마른 곳으로 올라가지 않으면 감기 걸리겠다.

아니, 감기 정도야 해독 마술로 치료하면 되지만.

그렇게 생각하며 계단을 찾았는데, 올라가는 계단이 보이지 않았다.

그렇다면… 등불의 정령을 불러내어 방을 찾아보니 계단은 밑에 있었다.

아무래도 여기는 건물 최상층인 듯했다.

"보스, 어떻게든 해 봐라냐!"

"잠깐 기다려."

일단 위다. 수위가 여기까지 올라왔다면, 위에는 물이 없을 거다.

그렇게 생각하여 흙 마술로 벽에 계단을 만들어 천장을 만졌다.

"흡!"

마술로 그걸 파괴하여 구멍을 내고 밖으로 나갔다.

마구 쏟아지는 비. 시야에는 그저 거대한 나무들이 줄줄이 있고, 위를 올려다보면 가지와 잎 때문에 하늘이 보이지 않았다.

아래는 모든 것을 쓸어가려는 듯한 물살. 대하 안에 있는 착각마저 드는 숲.

틀림없다. 대삼림이다.

현재 내가 있는 곳은 유적 꼭대기다. 건물 전체가 수몰된 것이다.

"큰일이다냐, 어쩐다냐? 이건 상정하지 않았다냐."

리니아도 레오와 함께 올라왔다.

"물을 얼려서 그 위를 걷든가, 배를 만들어서 마술로 움직이면 이동할 수 있어."

"오오, 역시나 보스다냐."

"하지만 비가 이렇게 오면 방향을 알 수가 없어."

"이래선 나도 길을 모른다냐…."

그렇겠지.

유적 최상층 근처까지 수몰되었을 정도다.

수심은 5미터 정도일까. 이래선 표식이 될 만한 것도 찾을 수 없겠지.

"어, 어쩐다냐?"

"여기서 우기가 끝날 때까지 기다려?"

"우기가 끝나면 발정기가 온다냐. 그러면 아마 나는 도움이 안 된다냐."

과연. 발정기.

집 안이라면 모를까, 여행 도중에는 나도 참을 수 없어질지도 모른다.

이동하는 편이 나을까. 아니면 일단 돌아가서 올스테드에게 뭔가 좋은 아이템이라도 빌려올까.

"멍!"

그때 레오가 짖었다.

그는 가슴을 펴면서 내 쪽을 올려다보고 있었다. 뭔가 있는 걸까.

"정말입니까냐!"

대답하는 리니아.

"멍!"

"역시나 성수님이다냐!"

짖는 레오와 이해하는 리니아.

리니아를 데려오길 잘했다. 역시 바우ㅇ 같은 필요하군.

"리니아, 뭐라는 거야?"

"길은 자기가 아니까 배를 준비하라고 말하고 있다냐."

"오오, 알겠습니다."

역시나 성수님이다.

그렇게 생각하면서 나는 흙 마술로 배를 만들었다. 내가 흙 마술로 만드는 것은 마력을 넣으면 넣을수록 무거워진다. 하지만 강도를 내리면 가볍게 만들 수도 있다. 벌집 구조로 평범한 강도를 유지하면서 내부에 공기를 담는 것으로 부력을 올리자.

그런 생각을 하면서 한 시간 정도 만에 배가 완성.

이상하게 생긴 사각형 뗏목. 뭐, 뜨기야 하고, 추진력은 마력을 사용한다. 문제 없겠지.

"좋아, 갈까."

"괜찮을까냐…. 보스, 마력 괜찮냐? 도중에 가라앉는 건 사양이다냐."

"무리일 것 같으면, 도중에 나무 위에라도 올라가서 쉬면 돼."

그렇게 말하면서 뗏목 위로. 조금 불안정하지만, 도중에 고치면 되겠지.

"우우, 불안하다냐…."

"멍!"

"아, 보스, 저쪽이라고 한다냐."

"오케이. 그럼 출발 진행."

나는 뗏목 주위의 물을 조종하여서, 성수 레오가 지시하는 방향으로 움직이기 시작했다.

이틀 뒤.

우리는 돌디어 마을에 도착했다. 거리상으로는 그리 멀지 않았지만, 도중에 마물의 습격을 받고 물에 휩쓸리면서 길을 다소 헤맸다.

운 좋게 성검가도까지 쓸려가지 않았으면 열흘 정도 더 방황했을지도 모른다.

"어이, 저거 봐!"

"성수님이다!"

"규에스 님에게 알려라!"

돌디어족 마을은 우리를 보고 시끌시끌해졌다.

벌집을 쑤신 듯이 전사들이 우르르 몰려들었다. 전원이 무장한 모습이었다.

"인간 남자다."

"설마 저 녀석이 유괴했나…."

"그러고 보면 십년 전에도 유괴소동이 있었지."

근처로 뗏목을 몰아가자 수족들이 경계의 빛을 더욱 강하게 띠었다.

이대로 접근하면 다짜고짜 구속될 듯한 분위기도 있었다. 어쩐다, 또 붙잡혀서 알몸으로 감옥에 들어갈지도 모른다. 불안해하는데 리니아가 일어섰다.

"다들, 규에스 데돌디어의 딸 리니아 데돌디어, 지금 돌아왔다냐!"

"어?"

리니아의 이름에 전사들은 정지.

그리고 리니아의 얼굴을 뚫어져라 본 뒤에 전원이 일제히 코를 벌름벌름 움직였다.

"진짜다, 리니아다."

"저 녀석, 많이 컸네."

"12년인가 13년 만인가?"

그렇게 기억을 더듬는 분위기. 나는 이걸로 괜찮을 것 같아서 안심했다. 다음 순간.

"너 이 자식! 프루세나에게 다 들었다!"

"뭐가 상인이 된다는 거냐!"

"네 책무를 다해라!"

야유가 쏟아졌다.

"아아, 역시나! 보스, 백! 배 돌려라냐!"

나는 리니아의 말을 무시하고 돌디어 마을로 들어갔다.

돌디어 마을은 전에 왔을 때와 전혀 달라진 게 없었다.

폐쇄적이고 외부인에 대한 시선이 안 좋다.

물론 이번에는 리니아가 함께 있기도 하고, 나를 기억하는 사람도 꽤 많았다.

내가 이 마을에 온 것은 10년 전. 당시의 아이들은 전사단에 들어갔고, 내 냄새를 맡더니 금방 떠올렸다.

베테랑 전사 중에도 나를 기억하는 사람이 있었다. 예를 들자면 예전에 내게 물을 끼얹었던 사람이라든가. 그 사람은 10년 동안 자식을 다섯 명 낳은 뒤에 또 전사로 돌아갔다는 모양이다.

일을 참 좋아하는군.

그들은 나를 환영하는 반면 리니아에게 야유를 퍼부었다.

"족장의 딸인 주제에 자기 역할을 내팽개치고!"

"일족의 수치다!"

리니아는 몸을 웅크리며 내 뒤에 숨었다.

작은 목소리로 "그러니까 오기 싫었다냐….''라며 울상을 하였다. 자업자득이다.

수족은 한동안 리니아에게 으르렁거렸지만, 성수가 젖은 몸을 부들부들 떨자 그쪽으로 의식을 돌렸다.

"리니아보다도 성수님이 중요하다!"

"그래, 간신히 돌아오셨다!"

"대체 지금까지 어디에 계셨습니까!"

그 후에는 내가 데려간 성수님 화제로 넘어갔다.

어디에 있었냐, 어떻게 끌려갔냐. 그런 화제로 시작해서 차츰 나를 모르는 녀석이 '설마 저 녀석이 끌고 간 것 아니냐?'라는 의혹의 시선을 보내기 시작했다.

이런 것도 그립군. 누군가가 '그러고 보면 10년 전에 녀석은 성수님에게 관심이 많았다'라는 소리라도 꺼내면, 분명 나는 감옥에 들어가겠지.

그렇게 생각했을 때, 집단 사이에서 한층 큰 목소리가 들렸다.

"다들 조용히 해라냐!"

"조용히!"

앞으로 나온 것은 두 여전사였다. 아는 얼굴이다. 예전에 내가 구한 수족 여자.

미니토나와 테르세나다.

두 사람은 리더인 듯이 행세하며 주위를 진정시키고 내 앞까지 다가왔다.

"여기서 떠들어도 의미는 없다냐!"

"일단 족장님 댁에서 사정을 듣겠습니다! 길을 여세요!"

그렇게 해서 나는 규에스의 집으로 연행되었다.

규에스는 족장이 되었다.

옛날에 족장이었던 규스타브는 몇 년 전 우기에 마물과의 전투에서 큰 부상을 입고 은퇴.

지금은 이 마을을 규에스에게 맡기고 다른 마을에서 유유자적한 생활을 보내고 있다나.

그 때문인지 규에스에게는 왠지 관록 같은 게 보였다.

예전에 만났을 때보다 꽤나 차분하게 보였다. 이러면 느닷없이 누명을 씌우고 물을 뒤집어씌우는 일도 없겠군.

나는 그 사실에 안심하면서 샤리아에서 사 온 훈제고기들을 선물하고 사정을 설명했다.

어느 강대한 적과 싸우고 있다는 것. 그 강적과 걱정 없이 싸우기 위해 가족을 지켜줄 존재를 소환한 것. 그러자 성수님이 나타난 것. 성수님이 우리 집의 수호마수가 되었다는 것.

이야기를 다 들었을 때, 규에스는 떨떠름한 얼굴을 하고 있었다.

"쉽게 믿기 어려운 이야기로군."

그렇겠지. 나도 레오가 나왔을 때에는 깜짝 놀랐다. 그 전에 나온 녀석에게는 더 놀랐지만….

"멍!"

"하지만 성수님도 이렇게 말씀하시고."

무슨 말을 했는지는 모르겠지만, 내 왼편에 예의 바르게 앉은 성수님도 분명 내 편을 들어주시는 거겠지.

"성수님은 '네 집의 밥이 맛있다'라고 말씀하신 건데?"

"어라?"

"농담이다. '해야 할 일을 하기 위해, 이자의 딸의 곁으로 갔다'라고 말씀하신다."

규에스는 한숨을 쉬면서 그렇게 말했다.

농담인가. 규에스 녀석, 농담도 할 줄 알게 되었군….

그렇긴 해도 내 딸. 루시, 아니, 라라 말인가. 레오는 라라를 잘 따르고.

내가 보기에 무슨 일이 없는 한 라라의 아기 침대 곁을 떠나지 않는다.

올스테드도 "라라는 특별하겠지."라고 말했다.

"멍!"

"호오, 운명입니까?"

규에스는 레오와 마주 보며 뭔가 이야기를 나누었다.

하지만 레오의 말은 멍멍어라서 나로서는 알아들을 수 없다.

"리니아, 통역을 부탁해도 될까?"

"응? 알았다냐."

나는 오른편에 앉은 리니아에게 통역을 부탁해서 그 대화를 듣기로 했다.

"분명히 성수님은 탄생하신 지 백년 뒤에 세계를 구하는 자를 돕는다…라는 전승이 있습니다만."

"멍! (너 이놈, 돌디어족의 사명은 무엇이냐!)"

"돌디어족의 사명은 구세주가 나타날 때까지 성수님을 지키는 것입니다."

"머멍! (이 몸은 발견하였다, 이자의 딸은 구세주다!)"

"분명히 그렇겠지요. 하오나 전대미문입니다. 구세주의 아버지가 성수님을 소환하고, 아기 때부터 지키게 하다니…."

리니아의 머릿속에서 성수님의 1인칭은 '이 몸'인 모양이다. 무슨 근육질 마왕을 떠올리게 한다.

그렇긴 해도 내 딸은 구세주인가.

그 토실토실한 얼굴을 한 라라가 구세주. 올스테드도 뭔가 의미심장한 소리를 했지만….

그런가…. 실감은 들지 않네.

역시 어렸을 적부터 권법 같은 걸 가르치는 편이 좋을까. 일자전승의 권법을.

"멍멍, 멍멍멍! (전승에서는 성장하기 전에 구세주가 죽을 가능성에 대한 것도 있었지! 그때 우리는 어떻게 되나?!)"

"…전승에 따르면, 구세주가 죽으면 성스러운 나무가 메마르고, 성수님은 쇠약해져서 돌아가신다고."

"가르르르르! (우리의 주인이 위험하다! 너 이놈, 이몸을 죽이고 싶은 거냐!)"

"…아뇨, 결코 그러한 일은."

"멍멍! (그럼 아무런 문제도 없지 않느냐!)"

규에스는 떨떠름한 얼굴이었다.

그 뒤에 짜증내는 기색으로, 신나게 통역하는 리니아를 노려보았다. 리니아는 몸을 웅크리면서 내 뒤로 숨었다. 그만두자,

통역을 부탁한 건 나지만 이상하게 통역한 건 너니까. 자기 죄에 대한 벌은 자기가 받아야지.

그때 규에스가 입을 열었다.

"리니아, 성수님의 말씀은 진짜냐?"

"아, 예, 그렇습니다냐. 분명히 성수님은 보스… 루데우스님의 딸을 수호하고 계십니다냐."

리니아가 경어를 쓰다니, 드문 일이군.

샤리아에서는 경박한 말을 쓰는 불량소녀도 아버지가 무서운 걸까.

"인간의 딸인가…. 성수님이 태어나신 지 20년, 사명의 때까지 앞으로 80년은 있다고 생각했는데…."

"인간과 마족의 혼혈이니까, 장수하리라고 생각합니다냐."

"그런가, 과연. 마족일 가능성도 있었나…."

규에스는 팔짱을 끼고 생각에 잠겼다.

10년 동안 그도 사려 깊은 얼굴이 되었다. 10년 전의 그는 머리를 쓰지 않는 무식한 젊은이란 느낌이었다. 하지만 지금은 보다 차분한 모습이다. 예전 족장인 규스타브처럼.

수족은 서른이 넘으면 차분함이 생기는 걸까. 그럼 혹시 리니아도? 아니, 이 녀석은 분명 죽을 때까지 이렇겠지.

그때 규에스의 뒤에 서 있던 두 젊은이가 외쳤다.

"마족이 구세주라니 말도 안 된다냐!"

"소환 마술로 불러냈다고 했으니까, 분명 이상한 마술로 성수님을 속이는 것입니다!"

미니토나와 테르세나가 예전의 규에스 같군.

이상하네? 예전에는 내게 도움을 받은 것에 감사하는 줄로
만 알았는데⋯ 수족에게 물들었나?

두 사람은 그렇고. 분명히 나는 올스테드가 만든 마법진으로
레오를 불러냈다. 그 마법진에는 나에게 절대복종하는 술식도
들어 있었던 모양이다. 레오가 그 마술 때문에 내 딸을 구세주
로 착각할 가능성도 있다.

"그럴 가능성은 낮겠지. 혹시 그렇다면 루데우스 님도 우리
마을까지 올 리가 없다. 지금 루데우스 님이 사는 곳과 대삼림
은 세계의 끝과 끝. 그리 쉽게 나설 수 없을 테니까, 설령 켕기
는 게 있다면 모른 척 지낼 것 아니냐."

"그, 그렇군요."

맞는 말씀⋯. 죄송합니다, 모른 척 지내려고 했습니다. 죄송
합니다.

"성수님 문제는 일단 괜찮겠지."

"괜찮습니까?"

"성수님이 이렇게 말씀하시니, 우리로서는 따를 뿐이다."

"멍!"

레오가 당연하다는 얼굴로 내 무릎 위에 머리를 올렸다.

반사적으로 쓰다듬자, 기분 좋다는 얼굴을 하였다. 미니토나
와 테르세나가 '무슨 짓을?!'이라는 얼굴을 하였지만, 알 바 아

니다. 이 정도의 스킨십은 항상 하는 거니까.

그렇긴 해도 성수님이 그렇게 말하니까 괜찮다, 라고 했나.

이러니저러니 해도 리니아의 말대로 되었나.

그러고 보면 길레느도 비슷한 소리를 했지.

"하지만 루데우스 님. 일단… 그렇군요, 약 15년 뒤에 루데우스 님의 자제분이 성장했을 때에는 여기로 데려와 주십시오. 규정에 따라서 성스러운 나무의 의식을 치르고 싶습니다. 편도로 1년 정도 걸리는 노정이라 힘드시겠지만, 부탁드립니다. 우리에게도 역할이 있으니까요."

"알겠습니다."

의식이라. 뭘 하는 건지는 모르지만, 형식적인 것이겠지.

앞으로 15년 뒤, 돌디어 마을에서 라라의 성인식… 잊지 않도록 일기에 써두자.

일단 레오 문제는 이걸로 정리되었나. 의외로 간단했다.

나는 안도의 숨을 내쉬었고 규에스도 어깨에서 힘을 뺐다. 방 전체의 분위기가 이완.

그때 규에스는 문득 리니아 쪽을 돌아보았다. 리니아가 움찔 몸을 떨었다.

"그래서 리니아는… 우리 들고양이는 왜 루데우스 님의 밑에?"

"아, 그건 말이죠. 이 녀석, 장사를 시작했습니다만, 엄청난 빚….'

"좋은 질문이었습니다냐!"

내 말을 가로막으며 리니아가 앞으로 나섰다.

"실은 프루세나와 헤어져서 장사를 시작할까 했는데, 어느 날 하늘에서 계시 같은 게 내려왔다냐. 나는 거기에 따라서 마법도시 샤리아로 돌아갔다. 거기에 나타난 것이 바로 성수님! 나는 바로 이거다 싶었다냐. 나는 이걸 위해 여기에 있다고, 성수님을 돌보기 위해 하늘이 보낸 거라고! 즉, 나는 돌디어족의 사명을 잊은 게 아니라, 오히려 반대, 사명을 위해 마을로 돌아오지 않고 전사로서의 역할을 다하고 있었다냐!"

대단하네. 용케도 이런 거짓말이 술술 나오는구나.

전부터 생각했던 걸지도 모르겠다.

규에스는 반신반의한 얼굴이지만, 미니토나와 테르세나는 믿고 있었다. 아까까지 경멸의 시선이었는데, 지금은 존경의 시선이다. 이 녀석들도 단순하군.

하지만 사람은 남을 경멸하면 정체하고, 존경하면 성장할 수 있다…고 어느 만화에서 읽은 적이 있다.

한심한 녀석의 장점을 찾아내는 것은 자신의 성장으로 이어진다.

…뭐, 거짓말은 좋지 않지만.

"규에스 씨, 이 녀석, 장사를 하려고 했는데 큰 빚을 져서 말이죠. 그래서 노예가 될 뻔한 것을 구해 주었습니다. 뭐, 빚을 넘겨받은 것뿐이지만요."

"과연."

"냐아! 보스, 사실을 말하면 안 돼!"

미니토나와 테르세나의 표정이 경멸로 변했다.

"지금은 빚을 갚기 위해 우리 집에서 일하고 있습니다."

"그건… 루데우스 님의 노예란 소리입니까?"

음. 생각해 보니, 리니아는 규에스의 딸. 딸이 남자의 노예가 되었다면 아버지로서 어떻게 생각할까. 나라면 루시가 노예가 되었다면 그 주인을 처치하여 없었던 사실로 만들겠다.

아니, 하지만 거짓말은 좋지 않아.

"저기, 있는 그대로 말하자면 그렇습니다…. 하지만 결코 노예로 다룬 건 아니거든요. 친구로서 사회 복귀를 말이죠…."

"아뇨, 괜찮습니다. 사명을 버리고 돈벌이에 눈이 먼 끝에 빚을 지고, 우리 일족의 영웅이신 루데우스 님에게 폐를 끼치다니, 우리 일족으로서 있을 수 없는 모습입니다. 삶든 굽든 마음대로 하시지요."

오오. 규에스 녀석, 잠시 못 본 사이에 제법 말귀가 통하는 남자가 되었군.

아니, 저 얼굴은 오히려 딸의 한심함을 한탄하는 얼굴인가.

"아빠, 좀 너무하지 않냐? 난 꽤 위기였는데. 조금만 더 있었으면 변태 귀족의 노리개가 될 뻔해서…."

"분명히 루데우스 님은 어렸을 적부터 정력이 왕성한 분이었지요. 이제 곧 발정기도 시작될 테니, 그때는 리니아를 마음대로 써먹어 주십시오."

"냐아! 아빠는 딸의 정조를 뭐라고 생각하는 거냐!"

화를 내며 주먹을 휘두르는 리니아에게 규에스는 날카로운 눈빛을 보내더니 으르렁거리며 소리쳤다.

"입 다물어라. 돌디어족이라면 그 몸으로 은혜를 갚아라."

"우, 우우…. 아, 알았다냐…. 내가 잘못했다냐…."

리니아는 순식간에 움츠러들어서 내 뒤로 숨었다. 숨는 건 좋은데, 가슴을 대고 누르진 마. 나는 너를 발정기에 어쩔 생각이 없으니까.

"아무튼 성수님을 돌볼 사람은 필요하겠고, 우리에게 리니아의 빚을 갚아줄 만한 여유도 없습니다. 데리고 돌아가 주십시오."

"알겠습니다."

돌보미라. 레오에게 그런 건 필요 없겠지만, 돌디어족에게도 사명이 있다. 옆에서 돌보고 싶다면 거절할 이유도 없다.

모처럼 용병단도 궤도에 올랐으니까, 나로서도 지금 리니아가 마을에 돌아가면 곤란하다.

"하지만 리니아 혼자라면 나도 불안합니다."

"그렇겠죠."

"보스, 거기서 동의하지 않았으면 좋겠다냐…."

리니아가 한심한 눈치로 말했지만, 나도 규에스의 마음을 이해한다.

리니아는 딱히 글러먹은 타입은 아니지만, 최근 꽤나 글러먹은 쪽으로 기울고 있다.

"누구 한 명… 그렇군요, 여기에 있는 미니토나나 테르세나 중 한 명을 돌보미로 데려가는 건 어떨까요."

그 말에 미니토나와 테르세나가 앞으로 나섰다.

두 사람 다 수족의 전사다운 모습이었다.

가죽갑옷에 두꺼운 검. 단련된 몸에 커다란 가슴. 어렸을 적부터 가슴은 컸지만, 그게 더 커졌다. 왕가슴을 좋아하는 사람이라면 수족에게 껌뻑 넘어가겠군.

"내가 가겠다냐."

"아뇨, 제가 가겠습니다."

"내가 검술도 낫고 머리도 좋다냐."

"거짓말입니다. 우리는 잔포트의 학교에 다녔지만, 성적은 제가 좋았습니다."

그렇게 성수님의 돌보미를 맡고 싶은 걸까.

15년이나 이 땅을 떠나면 족장이 될 가능성은 거의 사라질 것 같은데.

아니면 족장이 되는 것보다도 성수님의 돌보미 쪽이 명예로운 걸까.

"마술 성적은 테르세나가 위였지만, 그 이외는 내가 위였다냐."

"그렇지 않아, 거짓말쟁이 토나."

"거짓말은 테르세나가 하고 있다냐."

아, 그리고 보니.

"프루세나는 아직 돌아오지 않았습니까?"

그렇게 말한 순간 규에스의 얼굴에 쓰디쓴 빛이 번졌다.

이쪽입니다, 라며 안내받은 장소는 마을 구석에 있는 건물이었다.

나에게는 그리운 건물이다. 실로 그립다. 나도 여기서 일정 기간 지낸 적이 있다.

꽤나 아늑했다. 중간부터 원숭이 얼굴의 중년과 룸 쉐어했지만, 그래도 지내기 좋았다. 특히나 시큐리티가 완벽해서… 이건 됐나.

말하자면 감옥이다.

리니아는 이 감옥에 안 좋은 경험이 있는지 안에는 들어오지 않았다.

"……."

프루세나는 꽤나 풀어진 느낌으로 안쪽 침대에 누워 있었다.

나와 달리 옷을 홀딱 벗기지는 않았지만, 꽤 노출이 많은 모습이었다.

색기고 뭐고 없는 회색 셔츠에 긴 바지.

그런 차림으로 쇠창살에 등을 돌리고, 바지 안에 손을 집어넣어 엉덩이 부분을 벅벅 긁고 있었다. 정말로 여자답지 못한 모습이다.

"어이, 프루세나, 일어나라."

"으음, 더는 못 먹어…."

규에스의 부름에 그녀는 한심한 잠꼬대로 대답하면서 꼬리를 살랑살랑 흔들었다.

"밥 시간이다."

"…아앗!"

그리고 그런 한심한 말에 낚여서 꿈틀 떨더니 몸을 일으켰다.

"후아…."

쭈욱 기지개를 켜자, 가슴이 얇은 셔츠를 들어올렸다.

여전히 크다. 빵빵하다. 눈에 해롭다. 해독이 안 먹히는 종류의 독이다.

"어라? 밥 냄새가 안 나네."

그녀는 코를 벌름거리면서 졸린 눈으로 주위를 둘러보았다. 그리고 이쪽을 보았다.

"프루세나, 면회다."

프루세나는 감옥 안에서 놀란 얼굴을 하고 있었다.

하지만 내 모습을 보고 눈을 크게 뜨더니 쇠창살에 달라붙었다.

"보스! 아니야! 나는 억울해! 도와줘!"

나는 쇠창살을 붙들고 그렇게 소리치는 프루세나를 보고 얼떨떨해졌고, 규에스는 깊은 한숨을 내쉬었다.

제9화   말린 고기 절도 사건

사건은 열흘 정도 전, 우기의 돌디어족 마을에서 일어났다.

식량고에 보관 중이던 레인포스 리자드의 말린 고기가 누군가에 의해 살해…가 아니라, 누군가의 입 안으로 사라졌다.

곧바로 돌디어족의 전사단이 조사를 시작했다.

조사 결과, 용의자로 부상한 것은 한 여전사.

프루세나 아돌디어.

그녀는 반년 전에 돌디어 마을에 돌아온, 아돌디어족 족장의 딸이다.

라노아 마법대학 졸업이라는 휘황찬란한 경력으로 귀환한 그녀는,

"나는 사명을 위해 돌아온 족장 후보야. 리니아는 패배자고."

그렇게 선언하면서 돌디어족 전사단에 입단했다.

여기서 말하는 족장이란 데돌디어, 아돌디어를 필두로 하는, 돌디어라는 이름이 붙는 종족을 다스리는 우두머리들의 정점에 서는 존재다.

다만 되고 싶다고 해서 쉽게 될 수 있는 게 아니다.

족장이 되기 위해서는 상응하는 실력과 전사들의 신뢰, 그리고 선대 족장이 은퇴할 때까지 전사장을 맡아야만 한다.

프루세나는 전사장이 되기에 충분한 경력과 능력을 겸비하였다. 다만 전사단에 들어가기 전에 십여 년의 세월 동안 고향을 비웠던 프루세나는 전사단에게 아무래도 낯선 얼굴이었다.

그렇기에 현재 족장인 규에스는 그녀에게 연수 기간을 주었다. 마을 안의 일과 단원의 얼굴과 냄새를 다 기억했을 무렵에는 전사장이 되고, 나중에는 족장…이라는 입장에 둔 것이다.

엘리트 코스라고 해도 과언이 아니겠지.

고도의 치유 마술을 다루는 프루세나는 순식간에 전사들의 신뢰를 얻었다.

규에스도 이거면 충분하겠다고 판단하여, 이번 우기가 끝나면 남편을 정해 주고 전사장으로 삼겠다고 선언했다.

그리고 사건이 일어났다.

사건 당일 심야, 프루세나는 식량고에서 당직을 서고 있었다.

식량고에는 우기에 대비하여 대량의 식량이 보관되어 있기 때문에, 밤이 되면 2인 1조로 경비를 선다.

함께 당직을 서던 자는 카나루나라는 이름의 아돌디어 씨족의 여전사였다.

그날, 카나루나는 몸이 조금 안 좋았다.

전날에 출몰한 마물을 격퇴할 때에 다친 곳이 곪았던 것이다. 본인은 대수롭지 않다고 우겼지만, '당직을 교대했을 때에는 얼굴이 새파랬다'고 주간 경비 담당도 증언하였다.

프루세나는 그런 그녀에게 차기 전사장답게 '너는 돌아가서 쉬어, 책임은 내가 진다'고 지시를 내렸다. 카나루나는 그 말에 따라서 수면실에서 쉬기로 했다.

잠깐 눈만 붙일 생각이었지만, 다친 몸을 치유하려는 본능인지 카나루나는 완전히 푹 잠들었다고 한다.

그리고 다음날 아침. 교대요원인 한 전사가 창고에 도착했다. 하지만 그가 왔을 때에 창고 앞에 있어야 할 경비가 한 명도 없었다. 이상하게 여긴 그가 창고 안을 들여다보자… 거기에는 마구잡이로 먹어치운 식량과 입가에 음식 부스러기를 묻히고 만족스럽게 배를 두드리며 잠든 프루세나의 모습이 있었다고 한다.

프루세나는 현행범으로 체포.

이 돌디어 마을에서 우기 때 식량을 훔치는 것은 중죄다.

전사들의 평가는 일변하였고, 전사장 이야기는 소멸. 당연하지만 족장 이야기도 소멸.

감옥에 들어가는 신세가 되었다.

하지만 용의자인 프루세나는 주장했다.

"그날, 나는 뒤에서 얻어맞아 정신을 잃었고, 정신을 차렸을 때에는 식량고 안에 있었어!"

"나를 함정에 빠뜨린 녀석이 있어! 망할 놈이야! 보스, 부탁이야! 진범을 찾아줘!"

"분명 내가 족장이 되는 걸 싫어하는 녀석이 있어! 미니토나와 테르세나가 수상해!"

"애초에 이상하잖아. 혹시 내가 범인이면 이렇게 바로 들킬 수법을 취할 리가 없어! 카나루나를 돌려보낸 것도 너무 노골적이고, 양도 안 들키게 조금씩 먹을 거야!"

프루세나는 자신의 결백을 필사적으로 주장하였다.

나도 경험이 있지만, 수족이라는 종족은 첫인상으로 괜한 누명을 씌우는 게 특기다.

혹시 정말로 그녀가 저지른 게 아니라면 나는 그걸 도와주고 싶다.

그렇게 생각하면서 수사에 나서보았다.

돌디어 마을에는 데돌디어족과 아돌디어족이 섞여서 살고 있다.

성수님을 키우고 지키기 위한 마을이기에 전사가 많지만, 양육을 위해 사용되기도 해서 기혼자나 아이도 많다. 약 500명의 인구가 나무 위에서 살고 있다.

우기의 대삼림은 나무 밑에 급류가 흐르기 때문에 이른바 육지의 외딴 섬.

외부인의 소행일 가능성은 지극히 낮겠지.

나처럼 이동 가능한 자가 그렇게 많을 것으로 보이지 않는다.

용의자 프루세나의 말에 따르자면, 마을 안의 누군가가 그녀를 함정에 빠뜨렸다는 선이 농후하겠지.

나는 서둘러서 조수인 야스와 규에스 경감의 도움을 받으며 사건 관계자의 증언과 증거를 모았다.

"그렇게 됐으니 가자, 야스."

"야스라는 게 누구냐?"

"너 말이야, 리니아. 어느 나라에서는 조수를 야스라고 부르지."

"어, 그래….."

규에스는 경감이라고 불러도 딱히 뭐라고 하지 않았고, "소용없다고 생각하는데."라고 중얼거리고 한숨을 내쉬면서도 따라와 주었다.

[제1목격자, 전사 기메르의 증언]

"자네인가, 제1목격자는?"

"네."

나는 그 청년을 보았을 때, 기시감을 느꼈다. 왠지 어디서 본 듯한 느낌이 들었다.

물어볼까.

[기메르→ 묻는다→ 옛날일]

"자네, 어디서 만났던가?"

"네, 10년 전에 물에 빠진 저를 구해 주셨습니다."

아하, 과연. 그러고 보면 10년 전에 우기의 대삼림에서 루이젤드와 함께 소년을 구한 적이 있었다.

그때 꼬리를 흔들던 소년인가. 그립군.

아니, 그건 일단 넘어가자. 사건이 중요하다.

"열흘 전, 프루세나가 음식을 훔쳐 먹는 현장은 어떤 느낌이었지?"

"어, 리자드 고기 상자가 열려 있고, 프루세나 씨가 그 앞에서 자고 있었습니다. 빵빵한 배를 껴안고 행복하게 '더는 못먹어'라면서."

그 광경이 바로 상상되는 것은 방금 전에 보았기 때문일까.

"…즉, 프루세나가 실제로 말린 고기를 먹는 모습을 목격한자는 없다?"

"네. 하지만 프루세나 씨의 이 사이에 고기가 끼어 있었고, 근처에 떨어진 부스러기에서는 프루세나 씨의 타액 냄새도 났습니다."

돌디어족의 수사방법은 독특하다.

사건에 수사할 때 냄새를 맡는 것으로 시비를 가린다.

그들은 자신들의 코에 절대적인 신뢰를 가졌다.

그런 그들이 '타액의 냄새가 검출되었다'라고 말한다면, 증거는 충분한 것이다.

하지만 그 수사방법에는 구멍이 있다.

"프루세나의 배는 빵빵했다···. 하지만 그 배 속에 말린 고기가 들어 있었는지는 알 수 없지. 아닌가?"

"아뇨, 트림에서는 리자드 고기 냄새가 났습니다. 저도 먹어본 적이 있으니까 틀림없습니다."

구멍은 없었다.

배 속에서 냄새가 났다. 그렇다면 거의 확실히 프루세나는 고기를 먹었다는 소리다. 커다란 가위로 절개하여 위장에 직접 고기를 쑤셔넣은 게 아니라면야.

"달리 아무것도 없었나? 예를 들어··· 프루세나 이외의 누군가의 발자국이라든가."

"발자국도, 냄새도, 털도 떨어져 있지 않았습니다."

과연. 적어도 진범의 공작은 완벽하단 소리다.

[야간 당직 카나루나의 증언]

"카나루나 씨, 당직날, 프루세나는 어떤 모습이었습니까?"

"음, '아침부터 아무것도 안 먹었어, 배고파'라고 거듭 말했습니다."

당일의 프루세나는 아주 배고픈 상태였던 모양이다.

하지만 이상할 것도 없겠지. 내가 아는 프루세나는 밥 때가 아니라도 뭔가를 먹고 있었다.

말린 고기나 훈제고기, 때로는 날고기도. 그런 그녀가 아무것도 먹지 않았다….

어떤 의도를 느낀다.

"왜 아무것도 안 먹었을까요?"

"전날 마물 퇴치 때, 상당한 수의 부상자가 나왔습니다."

보고서에도 적혀 있었는데, 사건 전날에 대규모의 마물 집단이 나타났다고 한다.

비전투원들 중에는 부상자가 나오지 않았지만, 전투단은 상당한 피해를 입었다고 들었다.

"호오."

"프루세나는 이 마을에서 유일한 상급 치유 마술사니까요. 큰 부상을 입은 자를 치료하느라 여기저기 뛰어다녔습니다. 결국 마력 고갈로 쓰러져서…."

프루세나는 마력 고갈로 쓰러졌다.

나도 경험이 있지만, 마력이 떨어지면 의식을 잃고 반나절 내지 꼬박 하루 동안 일어나지 못한다.

프루세나도 그런 식으로 기절하고… 일어났을 때에는 당직 시간이었다.

그녀는 그대로 먹지도 마시지도 못하고 당직 임무에 섰다는 소리다.

"그녀에게 뭔가 먹인다는 선택지는 없었습니까?"

"규정이니까요."

우기의 돌디어 마을에서는 기본적으로 규정시간 외의 식사나 간식이 금지되어 있다.

확실하게 석 달 동안 먹을 수 있도록 식량을 엄중히 관리하는 것이다.

"프루세나가 당직을 쉰다는 선택지는?"

"전날에 나타난 마물의 숫자가 많아서 많은 수의 전사가 드러누웠습니다. 사람이 부족했습니다. 프루세나를 쉬게 해 주고 싶었습니다만, '배가 고플 뿐이야'라면서 근무에 나왔습니다."

과연, 족장이 된다는 사명감도 있었겠지만, 참 훌륭한 마음가짐이다.

이것저것 이유를 붙여서 놀리려고 했던 과거의 내게 들려주고 싶다.

"그리고 그 사건이 일어났다."

"네. 하다못해 제가 뭔가 먹을 걸 찾아왔으면…. 지금도 그렇게 생각합니다."

그런 이야기를 들어보면 정상참작의 여지는 있을 것 같은데.

아니, 프루세나는 안 먹었다고 주장하지만.

[야스의 의견]

"야스…가 아니라 리니아, 너는 지금 이야기를 듣고 어떻게 생각하지?"

일단 조수에게도 물어보자. 그녀는 프루세나의 친구다.

"그 녀석이라면 저지를 줄 알았다냐."

"흠."

"프루세나는 예전부터 배가 고프면 근처에 있는 것을 훔쳐 먹는 버릇이 있다냥. 재학 중에 내가 간식으로 먹으려던 말린 생선을 빼앗긴 적도 있다냥."

전과가 있나….

이렇게 자세한 이야기를 들어보니, 한 명의 증언이 명백히 이상하다는 것을 알았다.

거짓말을 하는 자가 한 명 있는 모양이다.

누구일까.

[→프루세나]

그래, 프루세나다.

그 녀석만큼은 자기 행동을 인정하지 않는다. 뒤에서 얻어맞 았네 어쩌네 한다.

다시 프루세나에게 돌아가서 이야기를 들어보자.

[이동→마을 외곽→감옥]

[프루세나→묻는다→사건]

"프루세나. 정말로 안 한 거야? 내 눈을 보고 말해."

"정말이야, 보스. 믿어줘…."

프루세나는 눈을 반짝반짝 빛내면서 손을 모았다. 하지만 꼬리가 수상하게 움직였다.

한 번 떠보도록 할까.

"나는 너를 변호하고 여기서 꺼낼 수 있어."

"역시나 보스!"

"하지만 혹시 여기서 나온 뒤에 네가 거짓말을 했다고 판단되면, 나는 너에게 앞으로 1년 동안 고기를 못 먹게 할 생각이야."

"무무무, 물론 진짜야."

"하지만 신에게 맹세할 수 있을까?"

"매, 맹세해…!"

프루세나의 시선이 이리저리 흔들렸다.

이 녀석은 수상하다. 이건 거짓말을 하는 녀석의 눈이다.

"나는 내 신을 모욕한 녀석을 절대로 용서하지 않아."

나는 쇠창살 너머로 프루세나의 머리를 덥석 붙잡고 눈을 보면서 물었다.

"정말로 신에게 맹세할 수 있습니까?"

내가 경건한 인간이라는 사실은 프루세나도 잘 알고 있을 것이다.

그녀는 새파란 얼굴로 부들부들 몸을 떨었다. 꼬리를 다리 사이로 숨기고, 그 끝을 두 손으로 움켜쥐었다.

"어때?"

"내, 내가 먹었어…."

쉽게 자백했다.

이렇게 사건은 해결되었다.

범인은 역시 프루세나 아돌디어였다.

그녀는 자기 죄를 인정하고 싶지 않은 나머지, 있지도 않은 제삼자를 날조하여 그 녀석에게 죄를 덮어씌우려고 했다. 참 뻔뻔스럽기도 하지.

하지만 그녀도 고기의 마성에 사로잡힌 희생자 중 한 명이었을지도 모른다.

"규에스 씨, 번거롭게 해 드렸습니다."

"아니…. 그보다 프루세나로 괜찮겠습니까?"

규에스는 일련의 흐름을 얼떨떨하게 지켜보았지만, 일이 다 끝나자 그렇게 물어왔다.

"무슨 말씀입니까?"

"우리 마을에서 성수님의 돌보미를 한 명 데려간다는 이야기 말입니다."

어서 데려가라는 듯한 얼굴.

어? 아니, 나는 프루세나를 돌보미로 데려가겠다는 소리는 한 번도 안 했는데.

아, 하지만 프루세나 이야기를 꺼낸 건 나였고, 흐름상 그랬을지도….

"정말로 괜찮겠습니까?"

"괜찮지 않습니다."

물론 필요없습니다.

프루세나가 우리 집에 드나들게 되면 또 분명 바람피운다는 의심을 산다.

실피나 록시에게 둘째를 갖게 하고 싶은데, 이런 바보 때문에 집안이 뒤집히는 건 사양이다.

그게 아니라도 우리 집의 고기를 다 먹어치워서, 아이샤나 리랴도 얼굴을 찌푸릴 것 같고.

쌍수 들고 기뻐할 건 에리스 정도겠지.

그럴 거면 더 성실하고, 바람기 관련으로 의심사지 않을 사람이 좋다. 그래…. 전사 기메르 정도면 좋지 않을까?

"그렇습니까, 그럼 역시 미니토나나 테르세나 중 한 명으로 하겠습니까?"

"아뇨, 두 사람은 족장 후보죠? 또 다른 사람을…."

규에스와 이야기하면서 감옥 밖으로 나갔다.

"아, 기다려! 보스, 두고 가지 마! 내보내줘! 나도 데려가달라고! 고기를 못 먹는 생활은 싫어!"

뒤에서 들려오는 목소리를 무시하면서.

"냐하하하하하!"

밖에서 기다리던 리니아가 웃으면서 드디어 안에 들어왔다.

그녀는 지금까지 감옥 안에 들어오지 않았다. 아무래도 여기에 알몸으로 갇혔던 경험이 있는지, 그때의 굴욕적인 기억이 되살아나니까 싫다면서 완강히 거절했다.

"여어, 프루세나, 꼴 좋다냐!"

"리, 리니아?! 아까부터 냄새는 났지만! 왜 여기에 있어!"

리니아는 어느 틈에 선글라스를 끼고 있었다.

일할 때 사용하는 것이다. 달러 마크가 된 눈을 숨기기 위한 것.

"왜? 후후… 모르겠냐?"

리니아는 그렇게 말하면서 내 팔을 붙잡고 가슴에 껴안았다. 닿는다고.

아아, 안 돼, 발정의 냄새가 난다….

"서, 설마 리니아… 보, 보스랑…?"

프루세나는 코를 킁킁거리며 얼굴에 전율을 띠었다.

리니아가 히죽 입가를 일그러뜨렸다. 기분 나쁜 웃음이군.

"그렇다냐…. 아아, 떠오른다냐, 그 정열적인 밤. 나는 침실에서 보스에게 공주님처럼 안겨서…. 아아, 더는 말 못 한다냐! 다만 나는 그날 보스 때문에 실컷 울었다냐."

안아서 방 밖에 버렸지. 휙 하고. 그 뒤에 그녀는 에리스의 방에서 훌쩍훌쩍 울었다. 아슬아슬하게 거짓말은 아니로군.

"그, 그럴 수가, 보스… 피츠와 록시에게 미안하다면서 우리에게 눈길도 주지 않았는데!"

"냐하, 프루세나의 매력이 부족했던 건 아니냐? 나 혼자가 된 순간 이랬으니까. 으음, 아슬라 귀족인 그레이랫 가문의 핏 줄은 정말 대단했다냐. 처음에는 늑골이 부러질 뻔했으니까냐."

"느, 늑골…! 어, 얼마나 과격한 교미를!"

에리스랑 처음 잤을 때 말이군. 그녀는 자고 있는 동안 상대를 졸라 죽이는 게 아닐까 싶을 정도로 힘을 줄 때가 있다.

나도 당했다. 레오도 당했다. 리니아도 당했다. 리니아는 다음 날 아침에 울상을 하면서 실피에게 치유 마술을 걸어달라고 했던 모양이다. 응, 아직까지는 거짓말이 아니다.

"리, 리니아는, 보, 보스의 아내가 되었어?"

"아니, 아내는 아니다냐…. 하지만 노예 같은 거다냐."

"노예?!"

프루세나가 새빨간 얼굴로 입을 눌렀다. 응, 노예… 틀린 말은 아니지만.

"뭐, 제법 괜찮은 신분이다냐. 노예라고 해도 일도 맡게 되었고, 부하도 50명 정도 있다냐. 프루세나처럼 감옥에 들어갈 일도 없고, 보스네 집의 총애를 받을 수 있고. 아, 하지만 돌디어 족장의 힘이 더 나은 신분일까냐? 프루세나는 이제 족장이 될 수 없겠지만… 냐하하하하!"

시끄러운 웃음소리가 울렸다.

"리니아!"

프루세나는 새빨간 얼굴로 쇠창살을 철컹철컹 흔들었다.

하지만 그 손에서는 차츰 힘이 빠지고, 프루세나는 힘없이 바닥에 무릎을 꿇었다.

"훌쩍…. 너무해. 그날은 정말로 바빠서, 아침부터 아무것도 못 먹었어…. 내가 먹은 건, 기껏해야, 내가 한 번에 먹는 거랑 비슷한 양이었어. 해치운 마물을 가공하면, 충분히 보충할 수 있었어…."

감옥 바닥에 주저앉아서 훌쩍훌쩍 울었다.

그때 리니아가 내게서 떨어졌다.

"하아~ 만족했다냐…."

왠지 만족스러운 얼굴이었다. 참 못된 녀석이로군….

하지만 프루세나에게도 정상참작의 여지는 있는 것 같은데. 이야기를 들어보니, 심야부터 새벽까지 계속 마물의 습격이 있었다. 피해가 컸던 것은 당일 경비를 섰던 이의 책임이겠지. 그리고 그 뒤처리는 치유 마술사인 프루세나에게 돌아왔다. 프루세나는 마물을 쫓아낸 뒤에 필사적으로 치유 마술을 썼다. 덕분에 목숨을 건진 사람도 많을 것이다.

하지만 프루세나도 결국 마력이 바닥나서 쓰러졌다.

일어난 뒤에는 밥 먹을 짬도 없이 경비…. 힘들 만하다.

어쩔 수 없는 부분도 있지 않을까.

물론 도둑질을 한 것은 사실이다. 하루 동안 꼬박 굶고서 야간 경비를 섰다고 해서 음식을 훔쳐도 되는 건 아니다. 지난 생의 세계에서도 경찰관의 범죄 사실이 드러난 시점에서 엘리트 코스에서 제외된다.

정상참작의 여지가 있다고 해도 범죄는 범죄. 마을의 규정을 깨뜨렸다.

전사장, 족장이 될 수 없는 것도 어쩔 수 없겠지.

"그래서, 보스, 아빠."

리니아는 거기서 나와 규에스 쪽을 돌아보고 진지한 얼굴을 하였다.

"부탁이 있습니다냐."

고개를 숙였다. 45도 각도로.

"…프루세나를 성수님의 돌보미로 삼아주었으면 합니다냐."

리니아는 고개를 들고 강한 시선을 나와 규에스에게 보냈다. 나는 그 시선을 받고 자세를 바로 했다.

"우리는 먼 이국땅에서 족장이 되기 위해서 노력했다냐. 누구보다도 노력했다는 자신이 있다냐. 그러지 않으면 수석 같은 건 못 됐어. 나는 마지막에 프루세나에게 져서 길을 양보했지만, 그래도 그건 프루세나가 족장으로 어울린다고 생각했으니까 납득했다냐. 그걸 단 한 번의 실수로 다 날려 버린다니, 너무한다냐."

리니아는 거기서 잠시 숨을 돌리고 규에스를 올려다보았다.

"찬스가 필요하다냐. 앞으로 5년, 아니… 10년 동안. 프루세나가 성수님을 잘 돌보면, 역할을 완수하고 보스의 딸을 데리고 돌아오면, 이번 죄를 없던 걸로 해 달라냐. 족장을 시키라고는 안 하겠지만, 그만한 지위에 앉혀달라냐."

말이 안 되는 이야기다.

리니아 자신도 자기 역할을 내던지고 상인이 되었다. 이런 걸 부탁할 입장이 아니다.

애초에 이 죄도 프루세나의 자제심이 부족해서 생겼다.

분명히 듣기로는 정상참작의 여지는 있는 것 같다. 하지만… 저지른 짓임은 틀림없다. 그것을 지금까지 노력했다는 이유로 없애달라는 건 너무 뻔뻔하다.

그런 건 말이 안 된다.

"그럴 수는 없다."

규에스도 그렇게 말했다. 과거에 저질렀던 짓은 사라지지 않고, 지울 수도 없다.

당연하다.

하지만. 하지만 내 개인적인 감정으로 말하자면.

노력이란 것은 보상받았으면 좋겠다.

프루세나는 열심히 노력했다.

매일 고기를 씹으면서 열심히 수업을 받았다.

치유 마술 수업을 함께 들었으니까 나는 그녀가 얼마나 노력했는지 잘 안다.

틀림없이 그녀는 남들보다 배는 노력했다. 그러니까 애초에 마술에 친숙하지 않은 수족인데도 수석을 따냈다.

노력을 했으면 보상을 받았으면 싶다. 그게 내 바람이다.

나는 노력했으니까 보상을 받고 싶다. 그렇게 생각하는 것에 불과하다.

"규에스 씨, 나도 부탁해도 되겠습니까?"

"어? 보스?"

하지만 혹시 내가 누군가에게 보상을 주는 입장이라면, 최대한 해 주고 싶다.

"……."

규에스는 떨떠름한 표정이었지만 곧 고개를 들었다.

"…알겠습니다. 그렇게 하지요."

예전의 규에스라면 여기서 고집스럽게 고개를 내저었을지도 모른다.

아무래도 레오의 돌보미는 명예로운 일인 모양이고, 그런 일을 도둑에게 맡길 수도 없다. 게다가 그 역할을 다하면 죄를 없애준다? 도저히 말이 되지 않는다. 프루세나에게 득밖에 없다.

실제로 나도 내 판단이 옳다고 생각하지 않는다. 분명 잘못되었다.

그러니까 이건 괜한 억지 같은 것이다.

"리니아, 프루세나, 임무를 확실히 다해라. 알겠지?"

"예!"

"예!"

그렇게 말하며 함께 고개를 숙이는 두 사람. 그걸 보고 나는 생각했다.

역시 이 녀석들은 둘이 함께 있는 편이 좋다고.

돌아가는 길은 뗏목으로 성검가도로 나가서 석비가 있는 근처로 이동, 피리를 불어서 아르만피를 소환한 후 공중성채를 경유하여 돌아왔다.

"그리운 곳이네. 예전에 내가 정점을 차지했던 도시, 또 여기에 돌아오게 될 줄이야….."

프루세나는 마법도시 샤리아의 성벽이 보이자 감개무량하게 중얼거렸다.

그래, 그녀는 돌아왔다.

제2의 고향이라고 할 수 있는 마법도시 샤리아로.

"아, 프루세나. 깜박하고 말 안 한 게 있다냐."

"뭔데? 지금 조금 센티멘털한 기분이야. 짧게 말해 줘."

"내가 도와줬으니까 너는 한동안 내 밑이다냐."

"뭐?"

리니아의 부하가 되어서.

제10화 또 한 명의 노예 전편

그 처참한 말린 고기 살인 사건으로부터 며칠이 경과했다.

프루세나는 우리와 함께 마법도시 샤리아로 돌아와서 에리스에게 사랑받게 되고, 용병단 간부 중 한 명으로 이름을 올리게 되었지만… 일단 거기에 대해서는 넘어가고.

나는 그날 평소처럼 자노바와 함께 마도갑옷의 개량 작업을 하고 있었다.

'2호 개량형'을 마이너 체인지하면서 한층 강력한 3호와 4호의 개발.

아이디어는 샘물처럼 솟아나지만, 그중 태반은 실현 불가능하든가 실현 곤란. 좀처럼 진척이 없는 개발이지만, 누군가와 함께 하나의 일을 차근차근 계속한다는 것은 즐겁기 때문에 오늘도 즐겁게 자노바와 얼굴을 맞대고 설계도를 노려보고 있었다.

그럴 때의 일이었다.

"아무래도 줄리가 뭔가 숨기고 있는 것 같아서 말이죠."

자노바가 그런 말을 꺼낸 것은.

"숨겨? 줄리가?"

"그렇습니다. 저 몰래 살금살금 뭔가를 하고 있는 듯합니다."

"헤에."

자노바가 인형 이외의 문제로 고민하는 것도 드물군.

게다가 줄리 문제라니.

그녀와 함께 생활하게 된 지 오래되었으니까, 자노바의 마음속에서 줄리의 존재가 커진 걸까.

"살금살금이라고?"

"최근에는 혼자 시장까지 나갑니다. 뭘 사왔냐고 물어봐도 대답을 하지 않습니다. 게다가 최근까지 만들었던 인형도 보여주지 않고, 제가 안 보는 곳에서 몰래 뭔가를 만드는 모양입니다. 하지만 뭘 만드는 거냐고 물어봐도 시치미만 뗄 뿐이라…"

"뭐, 줄리도 나이를 먹었으니까 그럴 시기 아닌가?"

얼마 전에 줄리의 몸에 변화가 있었다. 몸의 변화는 마음의 변화로도 이어진다. 즉, 줄리도 슬슬 나이가 들어서 사춘기다.

자노바는 어렸을 적부터 함께 있었다고 해도 남자니까, 알려지면 창피한 일도 있겠지.

팬티 색깔이라든가.

"어떻게 해야 할까요."

"내버려둘 수밖에 없지 않아?"

사춘기는 누구에게든 온다.

아이에서 어른으로 차츰 변화하는 시기다.

변화하는 거니까, 주위도 접하는 방법을 바꿔야만 한다. 아이를 대하는 것에서 어른을 대하는 것으로. 그때 주위가 억지로 같은 식으로 접하면 순식간에 반항기다.

물론 바로 최적의 방법을 찾을 수는 없다.

사람과 사람이 접하는 방법에 정석은 없다.

시간을 들이면서 천천히 다시 다가갈 필요가 있다.

"흐음, 노예라면 억지로 말을 듣게 하는 것도 괜찮겠습니다만….”

“억지로 그럴 생각이야?”

“아뇨, 줄리는 제 밑에 있다지만, 실제로는 스승님의 노예입니다. 제게 그럴 권한은 없지요. 뭐, 스승님이 하라고 하신다면 반대하지 않겠습니다만….”

그렇게 말하면서도 자노바의 시선은 이리저리 떠돌았다.

내 노예라는 이유를 댔지만, 가령 자기 노예였더라도 억지로 복종시키고 싶지 않은 모양이다.

그렇겠지, 나도 그래.

“뭐, 너무 못된 짓을 하거나 큰 문제를 일으키지 않는다면 괜찮지 않나?”

“음, 완성된 인형을 제게 보여주지 않는 것은 큰 문제입니다만….”

“그도 그런가…. 으음, 뭣하면 진저 씨에게 의논해 보는 게 어때?”

남자에게는 말할 수 없는 거라도, 여자에게라면 할 수 있다. 남자라면 꺼낼 수 없는 이야기도, 여자라면 꺼낼 수 있다.

그 나이 또래의 여자가 상대라면 그럴 수도 있겠지. 아마도.

“음? 오오, 그렇군요! 진저라면 잘 말해 주겠지요!”

하지만 그래, 줄리가 사춘기인가…. 빠르군.

우리 루시도 곧 이런 시기가 오는 걸까.

최근에는 아빠를 피하는 것도 줄어들었고, 양호한 관계를 쌓고 있다.

하지만 언젠가 진짜로 싫어하거나 싫은 표정을 하는 걸까….

아빠 팬티랑 같이 빨지 마! 라든가, 아빠 다음으로 목욕하는
건 싫어! 라든가.

우우…. 상상만 해도 위가 아프다.

억지로 같이 목욕하자고 안 할 테니까, 하다못해 식사 정도
는 함께 해 주세요….

"그런데 스승님, 다른 이야기입니다만."

"음?"

"상자에 흥미는 없습니까?"

"상자?"

상자라고 하면 뭐야, 라이브하우스?

아니, 라이브만이 아니라 사람이 모이는 장소를 그렇게 말하
던가.

최근에는 용병단도 생겨서 사람이 모이는 기회도 늘어났으
니까, 그런 지식은 얻어두는 편이 좋다. 흥미가 있어.

…아니, 그럴 리가 없지. 다름 아닌 자노바니까 보석상자나
그런 종류의 이야기겠지. 그런 상자도 아주 공들여 만드는 경
우가 있으니까.

페르기우스의 성에서 본 보물상자는 정말 호화찬란했고.

안은 텅 비었지만.

"음, 사실은 좋은 장인을 찾아서 말이지요. 스승님께도 꼭

보여드리고 싶었습니다."

솔직히 상자 그 자체에는 별로 흥미가 없는데….

하지만 자노바가 그런 장인을 내게 소개해 주는 것도 드문 일이다.

"어떤 상자야?"

"아주 기막힌 장식이 된 상자입니다. 그만한 상자는 저도 그리 본 적이 없습니다. 그럴 것이… 음, 이 이상은 보면서 말씀 드리지요!"

오오, 자노바는 인형이라면 뭐든지 칭찬하는 편인데, 그 이외의 것이라면 꽤나 평가가 짤 때가 많다. 그런 남자가 이런 식으로 칭찬하다니.

조금 흥미가 생겼다.

"그럼 잠깐 가 볼까."

"스승님이라면 그렇게 말씀해 주실 거라 생각했습니다."

그렇게 말하자, 자노바가 활짝 웃었다.

그 가게는 공방거리의 오지에 있었다.

몇 번지인지는 모르겠다. 그 정도로 안쪽이다.

공방거리는 상업지구와 비교해서 사람들도 적고, 건물도 수수해서 특징이 없으며, 길은 복잡해서 헤매기 쉽다.

얼마 없는 통행인도 성격 까다로운 기술자가 많고, 웃음과는 거리가 먼 이들이 활보했다.

어린아이라면 순식간에 불안해져서 울음을 터뜨릴지도 모르겠다.

자노바는 그런 공방거리를 쓸데없이 어슬렁거리는 일도 없이, 자기 앞마당인 것처럼 이동하였다.

삼거리나 오거리처럼 복잡한 길목을 돌아서, 작은 계단을 내려가더니 어느 틈에 긴 계단을 올라가고, 세탁물이 대량으로 널린 골목을 지나고, 보라색 연기를 내뿜는 공방을 가로질렀다.

그렇게 도착한 곳은 한 가게였다.

가게 크기는 작은 민가 정도.

결코 크지 않고 간판도 없었다.

굴뚝에서 희미하게 연기가 오르고 있으니까, 사람이 있다는 것만큼은 알 수 있었다.

여기가 무슨 가게라고 생각하는 사람은 별로 없겠지.

"여기입니다."

자노바가 가게 문을 열자, 내방자의 존재를 알리는 종소리가 땡그렁 울렸다.

가게 안은 어둑어둑했다.

광원이 될 만한 것은 창문에서 들어오는 햇살뿐이었다.

게다가 장식 없는 진열장이 잡다하게 자리 잡았기 때문에 가게 안은 그늘졌다.

하지만 상품은 창문에서 들어오는 그 빛만으로도 충분히 확인할 수 있었다.

상품. 선반 위에 진열된 것은 잘 차려입은 여자 인형들이었다.

이른바 비스크돌과 비슷할까. 겉모습이 비슷할 뿐이지, 이건 나무로 만들었지만.

인형은 화려하게 장식된 나무상자 안에 담겨서 정성스럽게 진열되어 있었다.

인형도 상자도 가게 안의 분위기나 간소한 진열장에 어울리지 않을 만큼 정교하게 만들어졌다.

이게 자노바가 말한 상자인가.

"어떻습니까, 스승님."

"그래. 분명히 좋은 상자야."

"그렇죠?"

솔직히 인형 본체보다도 상자 쪽이 더 잘 만들어졌다.

각각의 인형의 개성에 맞춘 목재를 사용하여 정성스럽게 조각한 뒤에, 보석이나 비싼 천으로 장식을 달았다. 마치 정교한 침대 모형 같다. 물론 같은 거라고는 하나도 없이 모두 오더 메이드다.

다만 무기질한 비스크돌은 현실미 있는 상자 안에서 좀 붕떠보였다.

이 인형이 아니라 내가 만든 피규어를 놓는 편이 상자가 더 살아날 것 같았다.

마치 인형보다 상자를 더 아끼는 듯한 모습이었다.

"응?"

또한 잘 살펴보니, 상자에 작은 글자로 이름이 적혀 있는 게 보였다.

레이라, 아비, 소피아, 클라라, 프랜시느, 나탈리.

"자노바, 이 이름은?"

"인형의 이름입니다."

"그렇군."

우리가 만든 피규어에는 이름을 붙이는 일이 없다. 모델이 있는 것이니까.

하지만 지난 생의 세계에서는 비스크돌이나 테디베어에 이름을 붙이는 케이스가 많았다. 그렇게 이름이 붙은 인형은 대부분의 경우 오랫동안 사랑받았다.

인형이 상자에 비해 완성도가 떨어진다고 해서 결코 상자를 사랑하는 것은 아니겠지. 그래, 자기 딸이 조금 못 생겼다고 해서 사랑하지 않는 부모가 있을까.

물론 우리 집 딸은 보석세공처럼 예쁘지만.

"제작자를 소개해 드리죠."

내가 이런저런 생각을 하는 동안에 자노바가 인형들 사이를 빠져나가듯이 가게 안으로 들어갔다.

다급히 뒤를 쫓아서 진열장을 지나가자, 다소 분위기가 다른 공간이 나왔다.

창문이 하나. 거기서 들어오는 빛 아래에는 커다란 작업책상이 하나.

책상 위에는 나도 잘 아는 여러 도구가 놓여 있었다.

목재, 점토, 꼬치, 아이언 호엘의 수염, 연필, 줄칼, 인두, 조각칼, 끌….

어느 것이고 인형을 만들 때 사용하는 것이다.

아무래도 여기는 점포인 동시에 공방이기도 한 모양이다.

그리고 그 공방에는 한 남자가 있었다.

남자는 책상 앞에 앉아서 우리에게 등을 돌린 채로 열심히 뭔가를 만들고 있었다.

자노바는 그가 우리의 내방을 알아차리지 못했다는 것을 이해하고 근처에 있던 벨을 손에 들고 세 번 울렸다.

딸랑딸랑딸랑.

청량한 금속음이 울리자, 그는 움찔 몸을 떨었다.

그리고 천천히 일어서더니 우리 쪽을 돌아보았다.

"누구지?"

자노바와 비슷할 정도로 큰 키.

날카로운 눈, 바짝 마른 뺨, 푸석푸석한 머리, 거친 손.

그는 그 커다란 눈으로 주위를 둘러보고, 벨을 울린 이를 발견했다.

그 인물이 자기가 아는 이라는 것을 깨닫자, 그는 입을 크게 벌리더니 크고 높은 목소리로 말했다.

"이거, 이거! 자노바 님 아니십니까!"

"으음, 또 왔습니다, 벨프리트 님!"

"당신이라면 대환영입니다! 오늘은 어떠한 용건으로?!"

큰 목소리, 외모도 왠지 비슷하다. 게다가 꽤나 사이좋은 모습이다.

혹시 생이별한 형제나 그런 걸까.

"오늘은 지난번에 말했던 내 스승님을 소개해 드릴까 해서."

"오오, 바로 그! 그 아름다운 아이들의 친부모를?!"

"그렇지요!"

자노바는 그렇게 말하더니, 내 쪽을 돌아보며 그를 가리켰다.

"스승님, 이쪽은 이 공방의 주인인 벨프리트 님입니다. 가게 안에 진열된, 수많은 훌륭한 '침대'를 만든 유능한 장인입니다."

칭찬에도 평소보다 다소 경의가 담겨 있었다.

이렇게 소개받으면 기분도 좋겠지….

"그리고 벨프리트 님, 이쪽이 내 스승이자 위대한 대마술사이기도 하신 루데우스 그레이랫 님입니다. 세상에 둘도 없는 인형을 만드신 위인이고, 후대까지 길이 전해질 만한 존재이십니다. 아무쪼록 신경 써 주시기를."

나를 소개할 때는 경의를 있는 대로 담아서 오히려 불안할 정도도.

후대까지 전해지지 않아도 괜찮아.

어차피 아내를 여럿 둔 호색한 놈이라는 소리를 들을 테고….

"소문은 익히 들었습니다! 마술사로서 일류일 뿐만 아니라 이쪽 방면으로도 조예가 깊으시다고!"

"아뇨, 자노바와 비교하면 무지합니다."

"무슨 겸손을!"

너무 과대평가라서 곤란하다.

평소부터 예술품 수집에 여념이 없는 자노바나 페르기우스와 비교하면 정말로 이만저만 무지한 게 아닌데.

내게 있는 것은 그저 지난 생에서 이어진 피규어 지식이다. 그것도 얕은 축.

"그렇긴 해도, 여기 상자는 대단하군요. 처음 봤을 때…."

"'침대'입니다."

아주 강한 어조로 내 말을 가로막았다.

"제 딸들의 침소입니다. 부디 '침대'라고 불러주세요."

그 점에 어떤 고집이 있는 모양이다.

"침대란 말이죠. 예. 분명히 침대라고 부르기에 어울리는 작품이지요."

"언젠가 합작을 부탁드릴지도 모르니까, 호칭만큼은 아무쪼록 주의를."

"어어, 예."

뭐, 상자를 침대라고 부르는 정도야 괜찮지만.

자노바를 보니 왠지 미안한 표정이었다.

이 녀석도 호칭으로 화내는 쪽인가. 그렇긴 해도 이 녀석도 상자라고 불렀던 것 같은데….

아무튼 성격이 까다로운 모양이지만, 그의 기술과 '침대'에 대한 애정은 일류다.

언젠가 정말로 합작을 할 날이 올지도 모른다.

비싼 그림을 비싼 액자에 넣듯이, 고급 인형도 고급 상자에 넣어야 한다.

루이젤드 인형의 계획에 비싼 상자는 필요 없으니까, 또 다른 것, 이를테면 페르기우스에게 선물할 거라든가 아슬라 왕국 귀족에게 팔 것이라든가.

쓸 길은 얼마든지 있다.

"벨프리트 님, 당신이 얼마나 뛰어난 장인이라도 스승님께 그러한…."

"아니아니, 자노바, 괜찮아. 그런 마음은 중요해."

자노바는 불만인 눈치였지만, 그에게 인형을 넣어둘 상자는 '침대'다.

인형이 쾌적하게 잠들 수 있게 하려는 마음으로 만드니까 좋은 것을 만들 수 있다.

"합작이라고 해서 말인데."

그때 벨프리트가 뭔가 떠오른 것처럼 자노바 쪽을 보았다.

"지난번에 자노바 님의 전속 인형사가 가게에 왔지요."

전속 인형사…?

"줄리가?"

아, 줄리 이야기인가.

아직 어리고 미숙하다는 인상이 사라지지 않으니까, '전속 인형사'라는 프로 같은 말에는 위화감이 있군.

하지만 그녀의 기술은 꽤나 높은 레벨까지 왔다.

마술 이외의 부분은 이미 나를 초월했다.

이 세계의 수준으로 봐도 이미 훌륭한 인형사라고 해도 좋은 레벨이다.

"줄리에게는 딱히 뭘 사오라고 시킨 적이 없습니다만….."

"그리고 그 줄리 씨가 말이죠, 바로, 바로!"

자노바의 반응을 무시하면서 벨프리트는 말을 이었다.

게다가 아무래도 기억을 되살리면서 흥분한 듯했다.

어쩌면 이 녀석은 진성 로리콤이고, 줄리가 뭔가 실수한 것을 목격한 걸까.

취미는 맞을 것 같지만, 우리 집 딸들 근처로는 못 오게 하고 싶군.

"줄리가 어쨌습니까?"

"바로, 바로… 아아, 말로는 표현할 수가 없군요!"

의아하게 여기는 자노바와 흥분하는 벨프리트.

나는 자노바와 시선을 주고받았다.

일단 내가 물어보자. 맡겨줘. 이렇게 보여도 최근에는 회사의 얼굴로서 여러 사람에게 정보를 캐내거나 심문으로 절도 사건의 범인을 파헤치고 있어.

"차분하게 말씀해 주세요. 줄리는 뭘 하러 여기에 왔습니까?"

"인형을 가져왔습니다."

"인형을."

내 질문과는 다른 대답이지만, 뭐, 그건 됐어.

"예. 지금까지 본 적 없는 인형이었습니다. 훌륭한… 정말로 훌륭한, 지고의 작품을!"

나와 자노바는 또 서로의 얼굴을 보았다.

지금까지 줄리가 만든 작품은 모두 우리에게 보여주었다.

그 대부분은 자노바가 보관을 맡아서, 창고에 소중히 보관되어 있다. 거기서 꺼내려면 자노바의 허가가 필요할 텐데….

하지만 아까 자노바도 말했지. 최근 만든 인형을 보여주지 않는다고.

"아아, 떠올리기만 해도 몸이 떨립니다…. 이 손을 보십시오. 환희로 떨리고 있습니다!"

벨프리트의 손이 부들부들 떨렸다.

그는 환희라고 말했지만, 무슨 위험한 약이라도 한 걸로밖에 보이지 않았다.

"이 기쁨, 이 감동, 이 마음을 작품에! 그런 마음으로 작업해서! 이걸 봐주시지요!"

벨프리트는 재빨리 책상 쪽으로 달려가더니 뭔가를 손에 들고 돌아왔다.

그것은 상자였다. 아니, 이 가게에서는 침대라고 말해야만 했던가.

하얀색. 곳곳을 금으로 장식하였다.

천도 고급스러운 것을 사용해서, 엷은 핑크색인 것이 흰색 바탕과 잘 맞았다.

보석은 없지만, 그게 오히려 기품을 느끼게 했다. 왕궁의 고급 침대 같은 분위기를 자아내었다.

"그 아이의 침대입니다! 이만큼 창작의욕을 자극받은 적은 지금까지 손꼽을 정도밖에 없었지요…! 아니, 아아, 며칠 사이에 이렇게까지 만든 것은 그야말로 처음!"

잘 만들어졌군. 틀림없이 이 침대는 완성도가 높다.

최근 여러 곳에서 좋은 것을 보았으니까 왠지 모르게 알겠다.

걸작이다.

진열대에 놓인 것들보다 더 뛰어나다.

왕궁에 있어도 이상하지 않을 정도의 작품. 분명 페르기우스가 보더라도 인정하겠지.

"허허! 자노바 님도 참 심술궂으시긴. 그 정도의 작품을 아껴놓고 계셨으니까요."

"흐음, 나도 모르는 일입니다만…."

자노바가 그러면서 내 쪽을 돌아보았다.

이야기의 흐름을 잘 모르겠지만, 어쨌든 줄리가 이곳에 인형을 가져왔다는 소리겠지.

그리고 그 인형의 완성도에 벨프리트는 흥분하여, 부탁하지도 않았는데 침대를 만들고 있다.

그런 느낌인가.

하지만 자노바는 줄리에게 그런 명령을 한 기억이 없다.

그렇다면 줄리의 독단일까. 하지만 왜?

"줄리는 뭣 때문에 인형을 가져왔습니까? 무슨 말 없었습니까?"

"글쎄요…. 인형을 본 순간 흥분해서 용건까지는 못 들었습니다. 다만 이 가게에 인형을 가져오는 사람의 대부분은 자신의 귀여운 딸에게 편안히 쉴 침대를 선물하기 위해서입니다. 그녀도 그럴 생각 아니었을까요?"

자기 인형에게 침대를 선물하기 위해서.

으음, 그런 사람은 별로 없으리라고 생각하는데. 이 가게에서는 그런 마니악한 손님밖에 오지 않는 걸까. 그리고 줄리도 그런 마니악한 손님일까.

"딸을 시집보낼 때도 침대가 있는 편이 상대편도 기뻐하니까요."

자노바가 이쪽을 보면서 거들 듯이 그렇게 말했다.

시집보낼 때… 상대편….

아, 그런가. 상자에 담아서 파는 편이 인형 자체도 더 비싸게 팔리나. 그렇군.

"그렇습니다. 그러니까 그걸 나한테 보내려는 건가 싶어서 라노아 금화 200닢을 불러보았습니다만… 으음, 도망쳐 버리더군요."

"라노아 금화 200닢…."

"아아! 루데우스 님, 그런 눈으로 보지 말아 주시지요. 알고 있습니다. 그 정도의 작품을 고작 200닢으로 후려친 것을 한심하게 여기시는 거지요? 하지만 그때의 제 수중에는 그 정도밖에 없었습니다! 하지만 지금이라면 라노아 금화 300닢! 아니, 350닢이라도 내고말고요!"

오히려 그렇게 비싸게 사려고 한 것에 놀랐는데.

하지만 결국 줄리는 인형을 팔려고 한 걸까.

자기가 만든 인형을.

"뭘 위해 인형을 팔려고 했지…?"

그렇게 중얼거리자, 벨프리트는 무슨 소리냐는 듯이 입을 열었다.

"돈은 많을 수록 좋은 거 아니었습니까?"

"쓰기에 달렸지요. 지금 줄리가 돈이 부족할 일은 없다…고 들었는데."

그렇게 말하며 자노바를 보았다.

자노바가 사정이 힘들어져서 돈이 필요해졌을지도 모른다.

예를 들어서 자노바가 엄청난 빚을 졌다든가.

"예, 최근에는 기술도 향상되었기에 급료도 넉넉하게 주고 있습니다."

일단 줄리에게 급료를 주기로 결정한 것은 나다.

자노바는 노예에게 급료를 주자는 말에 놀랐지만, 딱히 반대하지 않았다.

줄리는 그만한 결과를 보여주었으니까 당연하겠지.

"흐음…. 분명히 줄리 님은 노예였지요. 그럼 스스로를 사려고 했다든가?"

그렇게 말하는 벨프리트.

"스스로를?"

"예."

노예는 기본적으로 돈으로 사고 팔린다. 돈으로 살 수 있고, 돈으로 팔려간다.

인권은 나라나 소유자에 따라 다르다. 노예를 소중히 여기는 나라, 함부로 대하는 소유자, 가지각색이다.

노예가 되는 건 간단하다. 돈이 없다는 이유로 노예상인에게 가면 바로 노예가 될 수 있다.

죽는 것보다는 누군가의 소유물이 되는 게 낫다고 생각하는 이도 많다.

특히나 여기 북방대지는 전체적으로 빈곤하고 기후도 혹독하다. 제대로 된 일자리를 얻지 못하면 아사나 동사가 기다린다.

노예가 되는 건 간단. 사실 노예를 그만두는 것도 간단하다. '말로는 쉽다'라는 말이 붙겠지만.

돈에 팔렸으니까 돈으로 사면 된다.

돈을 모아서 스스로를 구입한다. 그러면 자유의 몸이 된다.

액수가 얼마나 필요한지는 나라나 노예를 사용한 햇수, 노예에게 쓴 금액에 따라 다양하고, 노예가 돈을 버는 것을 인정하지 않는 나라도 있지만….

애초에 줄리를 구입한 금액은 아주 쌌다. 여러 기술을 가르쳤다고 해도, 라노아 금화 200닢이나 되면 거스름이 남겠지.

나로서는 놔주고 싶지 않은데….

그런 것보다 마음에 걸리는 게 하나.

"줄리가 말없이 그런 짓을 하다니…."

자노바가 고개 숙이고 말했다. 그 탓에 그늘이 져서 그 표정이 보이지 않았다.

쇼크를 느끼는 건 이해한다.

나도 자노바도 줄리에게는 잘 대해 줬다고 생각한다.

안 좋은 상태의 줄리에게 식사를 제공하고 옷을 주고 따뜻한 잠자리를 주고, 교육을 시켜서 기술을 익히게 하고, 급료도 주었다.

우리에게는 목적이 있었다. 신의 아이인 자노바의 손이 되어서 그가 원하는 작품을 만들고, 루이젤드 인형을 양산하게 한다는 목적이. 그 목적을 위해서 조금 깐깐하게 군 적은 있지만… 그래도 안 좋게 대하지는 않았다고 생각한다.

물론 줄리가 바란다면 노예에서 해방시켜 주는 것도 문제없다.

하지만 말없이 뒤에서 그렇게 움직였다는 건 쇼크다.

우리를 전혀 신용하지 않는다는 소리잖아?

"…아니."

하지만 노예로 있는 것은 역시 괴롭겠지.

나는 노예가 된 적이 없어서 가볍게 생각하는 면도 있지만, 최근의 리니아를 보면 왠지 모르게 상상이 간다.

자기 몸을 자기 의사로 마음대로 할 수 없다는 스트레스.

하고 싶은 말도 할 수 없고, 하고 싶은 일도 할 수 없다.

"줄리에게는 잘 대해 준다고 했지만, 역시 계속 노예로 있는 건 괴로웠을지도 몰라."

최근 줄리는 또 조금 어른이 되었다.

구체적으로 말해서 어른의 몸이 되었다.

그 점이 그녀 자신, 스스로에 대해서 여러모로 생각하는 계기가 되었을지도 모른다.

이대로 있어도 될까, 그저 인형만 만들어도 될까, 앞으로는 어떻게 될까…. 그런 불안도 생기겠지.

어쩌면 한창 나이의 남자의 노예로 있는 것에 대한 공포심 같은 것도 생겼을지 모른다. 아무리 상대가 자노바라고 해도.

주인과 노예라는 관계라면 지난번처럼 간단히 옷을 벗길 수 있고.

아무리 줄리가 아직 어리다고 해도 부끄럽고 무섭겠지.

"그렇다고 해도 우리의 꿈은 어떻게 됩니까? 줄리를 키우느라 스승님도 상당한 노력과 비용을 지불하지 않았습니까?"

내가 지불한 것은 자노바가 지불한 것과 비교하면 미미하다.

오히려 자노바가 얼마나 지불했는지가 걱정이다.

돈만이 아니라 정신적으로도, 시간적으로도.

"그렇더라도 줄리도 어디까지나 살아 있는 사람이야. 혹시 진짜로 노예에서 벗어나고 싶다면 그걸 억지로 막아서는 안 될 것 같아."

"으음….."

자노바는 팔짱을 끼고 생각에 잠겼다.

잠시 동안 그렇게 끙끙거렸다.

자노바로서는 납득할 수 없겠지.

내가 말하니까 이렇게 고민해 주는 거지, 그가 인형을 포기할 수 있을 리가 없다.

자, 어떻게 설득해야 할까.

최근 자리프의 의수 덕분에 자노바도 평범하게 물건을 만지작거릴 수 있게 되었고, 정 뭐하면 노예에서 풀어준 뒤에 정식으로 일을 의뢰해도 좋다.

그런 느낌으로 갈까.

"음…."

그렇게 생각했는데, 자노바는 뭔가 깨달은 얼굴로 이쪽을 보았다.

"그렇군요."

자노바는 선뜻 그렇게 말했다.

"줄리도 많이 애써 주었지요. 그럼 소원을 들어주지 않는 것도 박정할지 모릅니다."

조금 의외네. 다름 아닌 자노바니까 더 물고 늘어질 줄 알았다.

자기를 위해 매일 열심히 인형을 만들어 주는 존재가 없어지는 거잖아?

아니, 아무리 자노바가 인형을 좋아한다고 해도, 계속 함께 지냈던 아이를 단순한 제조기계처럼 보지는 않나. 죽은 자기 동생과 비슷한 이름까지 붙였고.

"좋아. 아무튼 방으로 돌아가자. 줄리에게 진의를 물어봐야지."

줄리가 무슨 생각을 하는가. 일단은 그게 중요하다.

혹시 자노바에게 아무 말도 없이 지금의 입장에서 빠져나가고 싶다고 바란다면, 조금 꾸짖어야만 할지도 모르지.

말하기 힘든 일이지만, 말해야만 하는 일이라고 생각하니까.

그렇게 생각하면서 우리는 자노바의 방으로 돌아가기로 했다.

마차를 타고 십여 분. 우리는 자노바의 방으로 돌아왔다.

그리고 왜인지 벨프리트도 따라왔다.

"그 인형을 다시 한번 보고 싶습니다."

그렇게 말했지만, 뭔가 짤랑짤랑 소리 나는 자루를 가져온 것을 보면 인형을 입수하기를 포기하지 않은 모양이다.

그렇게 잘 만들어진 인형을 자노바가 양도할 것 같진 않은데….

하지만 벨프리트가 최고라고 생각하는 것을 자노바가 좋게 생각하지 않을 가능성은 있다.

사람의 취미는 제각각이니까.

어찌 되었든 원하는 것이라면 잘 교섭하고 금액을 지불하려는 마음은 존중하자.

그는 괴짜 같이 보이지만, 상인으로서는 제대로 된 부류다.

"지금 돌아왔다!"

자노바가 방 문을 열었다. 자기 방이니까 노크는 없다.

방의 모습은 변함없었다. 자노바의 연인인 알몸의 구리 여인상도 지금은 모습이 보이지 않았다.

물론 줄리나 진저가 옷을 갈아입다가 비명을 지르는 일도 없었다.

아니, 그런데 줄리의 모습이 보이지 않았다.

"돌아오셨습니까! 마스터!"

그렇게 생각하는데 안쪽 방에서 줄리가 튀어나왔다.

손에는 돌을 깎기 위한 강철 조각칼이 쥐어져 있었다. 입구 바로 앞에 있는 작업책상이 아니라 안쪽에서 작업했던 걸까. 아니면 안쪽 방에 뭔가를 숨겼을까….

나도 순간적으로 그렇게 이해했으니까 자노바도 알아차렸겠지.

하지만 줄리의 표정을 보니 전혀 당황하는 기색이 없었다.

오히려 평소보다 훨씬 기쁜 듯한 얼굴이었다.

혹시 자노바 몰래 노예라는 입장에서 빠져나가려고 하면서 이런 미소를 지을 수 있다면… 여자란 무섭다는 말을 할 수밖에 없겠지.

"아."

그때 그 미소가 어두워졌다.

벨프리트를 본 순간 '아차' 하는 표정으로 변하고 한 걸음 뒤로 물러났다.

오오, 이 표정은 뭐지?

혹시 벨프리트를 보고 '비밀을 아는 녀석이 왔다'라고 생각한 걸까?

"여어, 줄리 님. 지난번에는 실례를…."

벨프리트가 끈적한 미소를 보이자, 줄리는 몸을 떨면서 도움을 청하듯이 자노바를 보았다.

"흠."

자노바는 그 시선을 받고 줄리 쪽으로 다가갔다.

몇 걸음. 순식간에 줄리의 눈앞에 도착한 후 줄리를 바라보았다.

줄리는 불안한 얼굴로 자노바를 올려다보고….

"줄리. 너는 우리의 노예를 그만두고 싶나?"

그 한마디에 줄리는 크게 눈을 크게 떴다.

제11화　또 한 명의 노예　후편

줄리엣의 반생은 절망으로 채색되어 있었다.

그녀는 드워프 부부 사이에서 태어났다.

성철의 바잘과 아름다운 설릉의 리리테라의 자식.

그것이 철들었을 무렵의 그녀의 '이름'이었다. 드워프는 일
곱 살이 될 때까지 정식 이름을 붙이지 않는 게 보통이니까 이
상할 것은 없다. 물론 양친에게는 '내 딸'이라든가 '내 사랑하
는 아이'라고 불렸으니까, 줄리로서는 의문스럽게 생각한 적
없었다.

그리고 바잘과 리리테라 말인데.

이 두 사람은 보통 드워프와는 조금 달랐다.

평범한 드워프는 미리스 대륙에 있는 대삼림의 남쪽, 산기슭
주변에 산다.

광석을 캐고, 그렇게 캔 광석으로 무구를 만들고. 그 무구로
사냥을 나가고, 무구를 팔아서 식료품을 사는, 그런 소박한 종
족이다.

하지만 줄리의 양친은 세상을 여행하면서 각지에서 얻은 재

료나 소재로 무구나 장식품을 만들어서 파는 생활을 하였다.

그들이 왜 고향을 떠나 그런 생활을 하였는지는 줄리도 모른다.

어떻게 할 수 없는 사정이 있었을까, 아니면 치기 끝에 고향을 뛰쳐나온 걸까….

다만 확실한 게 적어도 하나는 있다.

그들의 생활은 결코 편하지 않았다는 점이다.

뿐만 아니라 줄리가 태어났을 때에는 이미 생활이 파탄 직전에 몰려 있었다고 할 수 있다.

빚으로 빚을 갚고, 또 다른 빚을 갚기 위해서 일하지만 큰 이익은 나오지 않아서 빚이 커져만 갈 뿐.

딱히 그들의 실력이 나빴던 건 아니다.

장사의 재주와 선견지명이 없었던 것이다.

그들은 좋은 물건을 만들면 비싸게 팔 수 있다고 믿으며, 빚을 지면서 좋은 재료를 무리하게 구입하여 물건을 만들고 그걸 팔려고 했다.

하지만 길가의 노점에서 파는 상품을 비싸게 사주는 이는 거의 없다.

팔릴 때까지 시간이 걸리고, 그동안 이자가 늘어나는 탓도 있어서 매상은 적자, 잘해야 본전. 거기에 생활비나 기타 등등을 생각하면 실질적으로 적자.

용케 그런 생활을 몇 년이나 계속했다고 생각하는 이도 있겠지.

하지만 그들은 자급자족하는 기술도 있었고, 때로는 자잘한 빚을 떼어먹고 이웃나라로 이동하는 등 교활한 수단도 서슴지 않았다.

살아남는 데에 필사적인 몇 년.

결코 행복하지 않았다.

줄리의 가장 오래된 기억은 자기가 잠든 침대 옆에서 양친이 등을 옹크리고 뭔가를 만드는 모습이었다.

작고 어두운 오두막 안. 양초 한 줄기의 빛을 반씩 나누듯이 바잘과 리리테라는 이마를 맞대고 손을 조금씩 움직였다. 바깥바람이 줄리의 뺨을 어루만져서 울면, 리리테라가 쓴웃음을 지으며 줄리를 돌아보고 안아서 달래주었다.

그때의 리리테라의 울 것 같은 얼굴과 바잘의 미안해하는 얼굴은 아직 줄리의 뇌리에 새겨져 있다.

줄리는 양친이 웃는 것을 한 번도 본 적이 없었다.

그런 기억의 몇 년 뒤, 바로 결정적인 파탄이 찾아왔다.

빚을 너무 많이 진 탓에 대금업자 그룹의 블랙리스트에 올라서 돈을 빌릴 수 없어진 것이다. 뭘 만들기 위한 재료를 살 돈도 없고, 자급자족하려고 해도 북방대지의 겨울은 혹독했다.

일가족이 나란히 목을 맬까, 노예가 되어 살아남을까.

그 양자선택에 쫓긴 그들은 후자를 택했다.

그래도 바잘과 리리테라는 아직 행복한 편이었겠지.

드워프의 건장한 육체와 대장장이로 확실한 실력을 가진 바잘은 금방 팔렸다.

뛰어난 손재주로 장식품 제작이나 수리가 가능하고, 애를 낳고 돌본 경험이 있는 리리테라도 얼마 후에 팔렸다.

생이별하게 되었지만 죽는 일은 없었다. 아직 필요로 하는 사람이 있었다.

가족 중에서 제일 불운했던 것은 줄리다.

아직 어리고 재주도 없고, 말도 제대로 못 한다.

그녀를 필요로 하는 이는 없고, 사겠다는 사람은 나타나지 않았다.

노예시장의 구석에서 고개 숙인 채로 서 있는 나날이 계속되었다.

그렇게 되면 노예상인도 입장이 난처해진다.

노예라고 해도 살아 있는 사람이다. 재고로 계속 두고 있으려면 밥을 먹이고 따뜻한 곳에서 재우면서 건강을 유지시켜야만 한다.

다행이었던 것은 바잘 부부를 맡은 노예상인 페브리트가 노예상인 중에서 큰손에 속한다는 점일까. 그는 시장 중에서도 좋은 자리를 차지한 몸으로, 상품의 품질에도 자신감과 신뢰가 있었다. 그렇기에 안 팔릴 것 같은 상품인데도 줄리를 함부로 버리지 않고 잘 가둬두며 관리하였다.

하지만 거기에도 한계는 있었다.

불량재고에 계속 시간과 노력을 쓸 만큼 페브리트도 한가하지 않았다.

차츰 줄리의 관리가 소홀해지고, 마지막에는 매장에 내놓지도 않게 되었다.

줄리는 어린 나이에도, 자기를 필요로 하는 사람이 없다는 것을 이해하고 있었다.

이미 양친이 자기를 버렸음을 이해했다.

이대로 추운 우리 안에서 굶주림과 추위에 괴로워하면서 죽을 거라고 이해하였다.

하지만 그걸 싫다고 생각하지는 않았다.

좋은 추억이라고는 하나도 없었다.

태어났을 때부터 가난해서 계속 배를 곯아왔다.

쓴 풀과 썩기 직전의 고기로 끓인 수프로 배를 채우고, 양친을 방해하지 않도록 구석에서 아무것도 하지 않고 멍하니 하루를 보내는 나날이었다.

좋은 추억이 딱 하나 있다면, 양친의 상품이 팔려서 괜찮은 돈이 들어왔을 때 아주 조금 마시게 해 준 술 정도였을까. 불순물이 많이 섞인 질 낮은 것이었지만, 드워프인 줄리로서는 처음 먹어보는 그것이 맛있었다.

줄리에게 살아갈 희망은 없었다.

행복해지는 망상도 할 수 없었다. 어떻게 해야 행복해질지도 몰랐다.

그러니까 두 남자가 자기 앞에 나타났을 때에도 좋은 상상을 하지 않았다.

분명 앞으로 안 좋은 일이 일어날 거라고 생각했다.

'넌 그냥 죽고 싶어?'

그렇기에 그들 중 하나가 그렇게 물었을 때 줄리는 생각했다.

그렇다, 고.

나는 이제 죽고 싶다고.

'뭣하면 이대로 끝내 줄까.'

그 남자가 그렇게 말했을 때, 줄리는 '이제야 끝나는가'라고 생각했다.

춥고 굶주리고 어두운 인생이 끝난다고.

그는 무표정했다.

줄리가 한순간이라도 고개를 끄덕였으면 당장이라도 죽여줄 거라고 느껴질 만큼, 정말로 무시무시하게 느껴질 만큼, 얼굴에 아무것도 드러나지 않았다.

진심이 담긴 눈이었다.

하지만 그 눈을 보니 줄리는 왠지 기분이 이상해졌다.

마치 그가 '아직 더 노력할 수 있잖아?'라고 말한 것처럼 느껴졌다.

물론 실제로 그렇게 말했으면 고개를 내저으며 '더 이상은 무리'라고 대답했을 것이다.

하지만 그는 아무 말도 없이 가만히 줄리를 바라보았다.

줄리는 생각한 게 아니었다.

그저 자연스럽게 입에서 대답이 새어나왔다.

'…죽기 싫어.'

살고 싶다고 강하게 염원할 만한 기억은 줄리에게 단 하나도 존재하지 않았다.

하지만 죽고 싶다고 생각한 건 아니었다.

죽고 싶지는 않았다.

그 뒤에 몸을 씻고, 그때까지 입어본 적도 없는 비싼 옷과 그때까지 먹은 어떠한 식사보다도 맛있고 따뜻한 수프와, 그리고….

'네 이름은 오늘부터 줄리엣이다.'

이름을 받았다.

이름을 듣고 줄리는 웃었다.

줄리 자신도 그때 왜 웃었는지 모른다.

다만 나중에 생각하면, 그때 태어난 이후로 계속되었던 괴로운 뭔가가 끝났다는 감각이 들어서 안도했던 거라고 여겨졌다.

노예생활.

그건 줄리가 생각했던 것과는 크게 달랐다.

줄리에게는 상상할 만한 경험이 없었지만, 노예시장에서 다른 노예들이 한탄하는 것을 보고 들었기에 괴로운 나날이 계속될 거라고 생각하였다.

자노바의 시중을 들면서 흙 마술과 인형 제작의 기술을 배우는 나날.

배워야 할 것은 많고, 지시받는 일도 많고, 약속이나 결정사항을 못 지키면 꾸지람을 듣고, 작은 몸에게는 힘겨운 일도 있었다. 또한 학교에서는 노예 대접이기에, 자노바가 없는 곳에서는 다른 학생들이 못되게 구는 일도 있었다.

하지만 그 생활이 노예가 되기 전보다 나쁘다고는 할 수 없었다.

밥도 꼬박꼬박 먹을 수 있고, 따뜻한 물도 쓸 수 있고, 따뜻한 잠자리도 있었다.

무엇보다도 주인인 자노바가 잘 대해 주었다.

그는 화내는 일은 있어도 결코 소리치지 않고 끈기 있게, 알기 쉽게 줄리를 대해 줬다.

말도 거의 통하지 않는데 말이다.

"너는 내 것이 아니라 스승님의 노예다."

그것이 처음 몇 달 동안 그의 입버릇이었다.

실제로 그렇게 생각했던 거겠지.

그는 빌린 물건을 다루듯이 줄리를 대하였다.

물론 빌린 물건이라고 해도 손님은 아니고 어디까지나 노예로서, 어디까지나 고용인이나 하인으로서, 조심스럽게 대했다.

줄리는 할 줄 아는 게 없는 아이였지만, 자노바는 싫은 얼굴 한 번 하지 않고 뭐든지 가르쳐 주었다.

청소하는 법, 인형 다루는 법, 세탁하는 법, 인형 정리하는 법, 세탁물 개는 법, 식사 매너, 인형 씻기는 법…. 자노바는 왕족이었지만, 자기 살림을 거의 다 챙길 줄 알았다.

덕분에 줄리는 곧바로 자노바를 거들 수 있게 되었다.

그리고 말과 기술.

이것은 루데우스가 주체적으로 가르쳐 주었다.

루데우스 또한 줄리에게 이것저것 가르칠 때면 결코 소리치는 법이 없었다.

줄리가 단어나 문법을 틀려서 기죽었을 때에도 거칠게 말하지 않고, 어디를 모르는 건지 차근차근 찾아주었다. 다 기억할 때까지 며칠이든 계속한다는 엄한 면도 있었지만.

솔직히 말해서, 줄리는 처음에 루데우스가 꺼림칙했다.

어렸을 적에 양친에게 들은 옛날이야기 속의 존재와 비슷하기도 했지만, 첫 대면 때 그가 했던 말이 인상에 강하게 남아 있었다. 그는 언제든지 줄리의 모든 것을 끝낼 수 있다.

그가 마음만 먹으면 지금 생활을 끝낼 수도 있다.

그렇게 생각하니 줄리는 그의 앞에서 일거수일투족을 함부로 할 수 없었다.

그렇다고 해도 그것도 처음뿐.

실제로는 실수를 해도 무슨 일이 나는 것도 아니고, 오히려 걱정하며 웃어 주었다.

차츰 긴장은 풀리고, 줄리도 마음을 놓게 되었다.

마음을 놓을 수 있게 된 것은 자노바의 존재가 있기 때문이겠지.

그는 함께 식사를 하고, 근처에서 자고, 아프거나 다치거나 몸이 안 좋을 때면 바로 루데우스나 치유 술사를 불러 주었다.

지난번에 처음으로 생리가 왔을 때도 이해하지 못하는 대로 애써 주었다.

당황하고 초조해하면서 어떻게든 하려고 해 주었다.

마치 진짜 남동생이나 여동생에게 그러듯이.

그에게 진짜 동생이 있을지, 혹시 있다면 어떤 인물이었을지, 줄리는 모른다.

자노바는 그런 것을 말하려고 하지 않았다.

대신 자노바는 언제나처럼 시장에서 본 인형이나 지금 가진 인형의 대단함에 대해 말했다.

그 모습은 정말로 즐거워 보였다.

지금까지 대화상대가 없었던 탓도 있겠지만, 좋아하는 것에 대해 이야기를 하는 것은 역시 즐겁다.

그리고 가족이나 예전의 가정에 대해서는 말하지 않았다. 즐겁지 않기 때문이겠지.

줄리도 노예가 되기 전의 생활에 대해서는 별로 떠올리고 싶지 않았다.

자노바는 매일 밤마다, 혹은 낮 동안에도 계속 인형 이야기를 해 주었다. 자노바의 지식은 깊고 다채로우며 정확했다. 그러니 줄리도 차츰 그쪽으로 해박해졌다.

줄리가 배운 지식이나 기술을 보여주면 자노바는 아주 기뻐하고 칭찬해 주었기에, 줄리도 기쁜 마음으로 배웠다.

진저가 온 뒤에는 예의작법이나 복장, 말 씀씀이 쪽으로 엄해졌지만, 생활이 크게 변한 것은 아니었다. 그것은 진저가 줄리를 노예가 아니라 어디까지나 자노바를 모시는 동료로 대해 주었기 때문이겠지.

그런 생활 속에서 줄리는 중요한 것을 받았다.

그것은 '인형 제작'이라는 일이다.

인형 제작은 결코 스스로 원한 일이 아니다. 어디까지나 노예로서 주인에게 명령받았을 뿐인 일이다.

하지만 솔직히 말해서 즐거웠다.

기술면에서는 자노바가… 뭐, 자노바는 서툴렀지만 뭐든지 가르쳐 주었고, 도구는 원하면 뭐든지 마련해 주었다.

기술을 하나씩 습득하고 조금씩 실력이 늘었다.

실력이 늘면 늘수록 원하던 대로 만들 수 있게 되었다.

인형을 완성시키면 자노바는 예외 없이 기뻐하고, 특히나 좋은 인형이 나오면 상으로 비싼 술을 사 주었다.

드워프인 줄리에게 술은 생명수다.

짧은 손발이 훈훈해지고, 마음은 가벼워진다.

어렸을 적에 한없이 절망했을 때의 기억이 흐려지고, 즐거운 지금을 실감하게 해 주었다.

그런 감각이 내일로 이어지는 기력으로 바뀌고, 또 새로운 인형을 만들기 시작하는 모티베이션으로 변하였다.

자신의 기술이 느는 것과 자기가 만든 것을 남이 기뻐해 준다는 고양감.

그런 감각은 태어나서 처음이라서, 줄리를 인형 제작에 빠지게 하였다.

열심히 인형을 만들고 자노바에게 보여준다.

그는 보통 기뻐하지만, 때로는 엄하게 지적했다.

지적을 받으면 다음 작품에서는 주의를 기울이거나 조금 더 손을 써본다.

다음 작품은 또 조금 나아지거나 나빠진다.

그런 매일이 반복되고 반복되어 지나간다.

아주 즐겁고 안심할 수 있는 매일이었다.

줄리는 그런 생활을 준 자노바와 루데우스에게 크게 감사하고 있었다.

바라건대 계속 그들의 곁에 있으면서 계속 인형을 만들고 싶다는 마음이었다.

어느 틈에 인형 제작은 줄리의 아이덴티티가 되었다.

그런 매일을 보내던 어느 날의 일이었다.

줄리는 평소처럼 인형 하나를 완성시켰다.

하지만 그 완성된 인형은 평소와 조금 달랐다.

크게 다른 것도 아니라 아주 약간.

실제로 크게 다를 리가 없었다. 왜냐면 그 인형은 평소와 같은 수순으로 만들었기 때문이다. 흙 마술로 소체를 만들고, 키우거나 깎아서 크기를 조절하고, 작은 나이프로 깎아서 형태를 다듬고, 마술로 정교하게 표면을 갈아내는 식의 공정이다.

하지만 완성된 단계에서 줄리는 깨달았다.

위화감.

그래, 그 인형은 너무나도 위화감이 **없었다**.

그 인형은 너무나도 군더더기가 **없었다**.

줄리 정도의 기술이라면 만드는 도중에 어딘가 남거나 부족한 부분이 생긴다.

인간을 그대로 옮기는 모습으로 만드는 게 아니라 미니어처, 그것도 데포르메한 것을 만드니까 당연하다.

하지만 그 인형은 그런 것이 없었다. 없는 것처럼 보였다.

전체의 밸런스가 잘 잡혔고, 손발은 자연스러운 곡선을 그리고, 표면은 매끈하게 다듬어졌으며 세부를 봐도 잡스러운 곳이 없었다.

그리고 무엇보다도 쓱 보았을 때 자연스럽게 '아름답다'라는 감상이 떠올랐다.

왜 그렇게 되었는지는 모른다.

하지만 줄리는 이 기묘한 감각을 느껴본 적이 있었다.

자노바가 자기 방의 창고 제일 안쪽에 숨겨둔 인형들. 그것들을 보았을 때에 느낀 감각과 흡사했다.

그 작품은 말하자면… '걸작'이다.

그렇게 깨달았을 때 줄리의 마음속 깊은 곳에서 형용할 수 없는 감동이 치솟았다.

설마 이 정도의 물건을 만들 수 있을 줄이야. 자신이 '걸작'이라고 불리는 레벨의 물건을 만드는 것은 아직 더 먼 훗날이라고만 생각했다. 아무리 세월이 흘러도 못 만들지도 모른다고 생각했다.

그런데, 이렇게, 이렇게 갑자기….

간단했던 건 아니었다. 이 인형을 만들 때에도 상당한 시간이 걸렸다. 마술을 구사했으니까 일반적인 제작보다는 훨씬 빠르겠지만, 그래도 한 달.

아니, 인형을 만들기 시작한 뒤로 지금까지 배운 지식과 시간을 모두 사용하여 만들었다고도 할 수 있다.

하지만 이 정도 완성도가 되리라고는 생각도 하지 않았다.

이런 게 나올 줄은 생각도 하지 않았다.

재현하라고 해도 어렵겠지.

하지만 이건 분명히 자신의 손으로 만든 것이다.

그런 감동에 젖었던 줄리는 문득 어떤 사람의 얼굴을 떠올렸다.

길쭉한 얼굴에 안경을 끼고, 딱히 대단할 거라고는 없는 중년 남성의 얼굴이다.

'마스터에게 보여드려야 해.'

줄리는 자연스럽게 그렇게 생각했다.

자노바에게 보여주고 싶다. 이 인형을 본 순간 크게 소리 지르고 기뻐하며 방을 뛰어다니겠지.

그리고 줄리를 더 칭찬해 줄 게 틀림없다.

'얼른 보여드려야 해!'

그런 생각에 줄리는 인형을 손에 든 채로 자노바에게 뛰어가려고 했다.

분명히 지금 자노바는 마도갑옷의 조정을 위해 교외에 있을 것이다.

지금 뛰어가면 엇갈릴 일은 없겠지.

"……."

하지만 방을 나가기 직전에 줄리의 움직임은 멎었다.

손에 든 것은 인형 본체뿐.

잘 만들어졌다. 틀림없이 잘 만들어졌다. 걸작이라고 온몸의 세포가 가르쳐 주었다.

하지만 이대로 보여줘도 괜찮을까.

자노바는 기뻐해 주겠지.

하지만. 돌이켜보면 자노바가 보여주었던 걸작들은 모두 아름다운 천이 깔린 나무상자에 담겨 있었다.

자노바는 며칠에 한 번씩 그것들을 열고 상태를 확인하지만, 뚜껑을 덮고 끈을 매어둔 그 나무상자들을 열 때의 두근거리던 표정. 그 안에 담긴 인형이 보일 때의 풀어진 얼굴. 부드러운 손길로 그것을 들어 책상에 놓고 바라보면서 흘리는 그 한숨.

상자. 그 존재 또한 걸작의 완성도를 더 올려줄 것이다.

줄리는 자기 일터인 책상 주위를 둘러보았다. 인형을 제작하기 위한 도구는 다 갖추어져 있다.

하지만 상자 같은 건 없다. 재료도 없다. 애초에 소재를 자기 마술로 만들어서 제작하는 것이 루데우스식 제작법이라서, 재료라고 할 것은 거의 없었다.

하지만 다른 건 있었다.

하얀 삼베자루였다.

그걸 들어보자 쩔렁 소리가 났고 가벼우면서도 확실한 무게감이 전해졌다.

안에 들어있는 것은 라노아 왕국의 동화와 은화였다.

줄리는 자노바에게 급료를 받고 있다. 언제부터 받았는지는 기억하지 않지만, 뭔가 급하게 돈이 필요해질 때를 위한 것이라면서 최근에는 넉넉히 받게 되었다.

진저는 "줄리에게 돈을 줄 필요는 없겠지요."라면서 씁쓸한 얼굴을 했지만, 자노바는 개의치 않았다.

그런 고집스러운 모습을 보면 아마도 그랜드마스터＝루데우스가 뭔가 말했겠지.

아무튼 줄리는 생각했다.

지금이 바로 그때라고.

줄리는 그 돈을 가지고 공방거리로 향했다.

목적지는 바로 벨프리트의 가게였다.

줄리는 자노바를 따라서 몇 차례 벨프리트의 가게를 간 적이 있었다.

자노바가 그곳의 상품을 인정했던 것도 잘 기억한다.

하지만 일은 줄리의 예상대로 흘러가지 않았다.

비쌌다.

벨프리트의 가게에 진열된 상품은 줄리의 급료로는 도저히 살 수 없는 가격이었다.

애초에 귀족용 상품이란 그런 것이다. 줄리는 다소 쇼크를 받았지만 포기하지 않고 벨프리트와 교섭하려고 했다.

자노바는 벨프리트의 단골이다.

벨프리트가 만드는 인형은 구입하지 않았지만, 그가 만든 '침대'는 크게 칭찬하면서 자기가 가진 인형을 가져와서 벨프리트에게 전용 '침대'를 만들게 하였다.

그때 벨프리트는 인형의 완성도가 좋으면 좋을수록 가격을 싸게 불렀다.

그러니까 나의 이 인형이라면… 어쩌면 수중의 돈으로 어떻게 될 만큼 싸게 해 주지 않을까, 라고 생각했다.

하지만 이것도 실패로 끝났다.

아니, 그 생각 자체는 옳았다고 할 수 있다.

왜냐면 줄리가 가져온 인형을 본 순간 벨프리트가 크게 흥분하였다.

기성을 지르면서 가게 안으로 달려가서 커다란 자루에 금화를 가득 담고 돌아오더니 꼭 좀 양도해 달라고 줄리를 채근하였다.

"자, 그 아이의 침대를 만들어 주지. 내 곁에서 따뜻하고 포근하게 일생을 보낼 수 있는 침대를! 침대를 만들 수 있는 나야말로 그 아이의 지배자로 어울린다! 재워 주마, 잠들게 해 주마, 그 아름다운 여자를 유일무이한 침대에서! 자! 자! 자!"

눈을 부릅뜨고 입가에서 침을 흘리며 다가오는 벨프리트.

여기에는 아무리 줄리라도 공포를 느꼈다.

재빨리 그를 밀치고 도망쳤다.

그는 당연하게도 쫓아왔다. 줄리는 온몸으로 두려움을 느끼면서 도망쳤다.

도중에 선반에 부딪쳐서 상품이 흩어졌다. 한눈 팔지 않고 그 자리에서 도망쳤다.

벨프리트도 한눈 팔지 않고 쫓아왔다.

영문 모를 소리를 지르면서 쫓아오는 중년 남성. 무서웠다.

간신히 뿌리치고 방에 돌아왔지만, 줄리는 가쁜 숨을 몰아쉬면서 한동안 공포로 몸을 떨었다.

지금도 문을 걷어차면서 벨프리트가 들어올지 모른다고 생각했다.

하지만 결국 그날은 그런 일이 없었고, 자노바가 돌아와서 진정할 수 있었다.

아무튼 더 이상 그 가게에는 갈 수 없다. 어떻게 할까.

그날 밤에 여러모로 생각한 줄리는 어떤 사실을 깨달았다.

과거에 루데우스가 했던 말이었다.

―없으면 만들면 돼.

줄리는 과연 그게 어디서 들은 말인지 떠올리지 못했다.

하지만 애초부터 줄리를 노예로 사들인 이유도 거기에 가까운 것이었다.

그리고 지금의 줄리에게는 흙 마술과 마술로 만든 소재를 깎아내고 다듬기 위한 도구가 갖추어져 있다.

줄리는 다음날부터 그것들을 써서 상자를 만들기 시작했다.

흙 마술로 대략적인 형태를 만들고, 그걸 마술과 도구를 사용하여 깎아내었다.

수천, 수만 번 거듭하여 얻은 경험은 대상이 인형이 아니라 상자라고 해도 발휘되었다.

다만 역시 만드는 물건이 다르면 수순도, 요구 기술도 다르다.

시간이 며칠 지나도 아직 상자는 완성에 이르지 않았다.

완성도는 7할 정도일까.

하지만 반대로 말하자면 처음 만드는 것을 며칠 만에 7할이나 했으니까 꽤나 빠른 진척이겠지.

줄리는 상자를 만들면서 어떤 기억을 떠올렸다.

그것은 아직 어렸을 적의 기억. 작은 집과 어둑어둑한 양초 불빛 속의 부모님의 모습이었다.

솔직히 말해서 줄리는 양친에 대해 좋은 기억이 없다.

돈 때문에 자주 고함을 질렀고, 슬픈 얼굴도 자주 했다.

하지만 열심히 노력하긴 했다.

밤마다 하나뿐인 양초를 켜고 뭔가를 만들었다. 낮에는 호쾌하게 소리치는 아버지도, 밤이면 조용히 사슬 같은 것을 짰다.

기억에 강하게 남은 것은 어머니가 조각하던 나무 장식이었다.

백합꽃을 재빨리, 하지만 아름답게 깎아내었다.

그 백합 장식을 어디에 달았는지까지는 기억하지 못한다.

하지만 그 꽃만큼은 기억에 강하게 남았다.

그 기억을 더듬듯이 줄리는 상자에 백합꽃을 조각했다.

줄리는 서서히 완성에 가까워지는 상자를 보며 매일이 즐거웠다.

자노바는 기뻐해 줄까. 어떤 식으로 기뻐해 줄까. 평소처럼 크게 소리치면서 기뻐할까. 아니면 입을 반달처럼 크게 벌리며 조용히 기뻐할까.

그걸 생각하는 것만으로 줄리의 가슴은 뛰었다.

거듭 말하지만 줄리는 감사하고 있다.

자노바와 루데우스에게.

만족하고 있다.

지금의 생활에.

이렇게 계속하고 싶다.

그렇게 바랐다.

"줄리. 너는 우리의 노예를 그만두고 싶나?"

그렇기에 그 말은 줄리의 마음에 깊이 꽂혔다.

자노바가 벨프리트를 데리고 왔을 때에는 안 좋은 예감이 들었다.

벨프리트는 자노바가 신뢰하는 기술자다.

그런데 그를 밀치고 도망쳤다. 선반도 쓰러뜨렸고, 어쩌면 상품도 몇 개 망가졌을지도 모른다. 생각해 보니 실례되기 그지없는 짓이다.

처음에는 그것 때문에 꾸지람을 들을 줄 알았다.

이제까지 호통을 들은 적은 없었지만, 꾸지람을 들은 적은 몇 번 있었다. 줄리가 잘못했을 때에는 특히나 심한 꾸지람을 들었다. 어떤 잘못을 했는지를 이해하고, 다음에 같은 상황이 되거든 어떻게 할지 생각하게 하고, 때로는 벌도 받았다.

줄리는 야단을 맞으면 필사적으로 그것을 수정하려고 했다.

실제로 필사적으로 노력하면 어지간한 문제는 대개 고칠 수 있었고, 그러면 자노바와 루데우스는 줄리를 용서해 주었다.

왜 그렇게 필사적이었는가.

그야 뻔하다. 생각할 것도 없다.

"……."

줄리는 생각했다.

벨프리트의 가게에서 저지른 짓 때문에 자노바가 진짜로 화났다고.

혹시 그 아름다운 상품들이 망가졌다면 자노바는 엄청나게 화내겠지.

귀족이 비싸게 구입할 만한 상품이니까 큰 손실도 나왔겠지.

그것은 분명 줄리를 팔아도 메우지 못할 정도의 손실이다.

그 일은 줄리의 생각 이상으로 큰일이었고, 이야기는 루데우스에게까지 전해져서 줄리를 해고하라는 이야기로까지 발전했다…고 생각했다.

혹시 자노바 혼자였으면.

혹시 벨프리트 공방에서의 일이 없었으면.

혹시 그 자리에 루데우스가 없었으면.

줄리도 차분히 생각하고, 방금 전에 자노바가 한 말을 부정할 수 있었을지도 모른다.

하지만 무리였다.

줄리는 눈앞이 새하얗게 되어서 빙글빙글 도는 머리로 어떻게든 생각했다.

어떻게 해야 할까.

나는 무슨 잘못을 한 걸까.

그 생각 끝에 도달한 것은 벨프리트가 가게에서 보여준 태도와 말했던 가격이었다.

줄리는 한 줄기 희망에 매달리듯이 방으로 돌아갔다.

시야는 좁아지고, 다리는 꼬이고, 손은 떨렸지만, 간신히 침대 밑에 숨겨두었던 것을 꺼냈다.

인형이다.

줄리가 만든 걸작. 벨프리트가 미치도록 탐내는 인형이다.

그것을 꾸욱 손에 쥐고, 줄리는 다시 자노바에게로 돌아왔다.

그리고 자노바의 곁을 지나쳐서 벨프리트의 앞에 무릎 꿇었다.

"이건 드리겠습니다. 그러니까, 그러니까 용서해 주세요!"

그 얼굴은 눈물과 콧물로 엉망이었다.

일단 그의 분노를 풀어야 한다. 그렇게 생각했기에 나온 행동이었다.

"……"

그 행동에 놀란 것은 다름아닌 루데우스와 자노바였다.

루데우스로서도 이 정도의 과도한 반응이 나올 줄은 생각하지 않았다.

노예를 그만두고 싶다는 말은 아무래도 하기 힘들지도 모르지만, 그건 끈기 있게 시간을 들여 대화해야 한다고 생각했는데 자노바가 너무 단도직입적으로 말을 꺼내지 않았나…라고 생각하고 있었다.

그런데 갑자기 이야기가 이런 식으로 전개되었다. 당황하지 않을 수 없다.

하지만 당황하지 않는 이도 있었다.

벨프리트였다.

아무튼 여러 이야기가 정리된 뒤에 교섭하려고 했던 그는 갑자기 눈앞에 바쳐진 인형에 쌍수를 들며 기뻐했다.

"응? 오오! 받아도 되는 겁니까! 그럼 사양하지 않고!"

그대로 손을 인형으로 뻗…

"잠깐."

다가 옆에서 나타난 손에게 붙잡혔다.

"어떻게 된 거지?"

루데우스였다.

그의 표정에서는 이미 당황이나 놀라움이 사라지고, 경계와 분노가 드러나 있었다.

"왜 줄리가 울면서 용서를 비는 거지?"

"그, 글쎄요…. 저도 잘 모르겠습니다만."

"잘 모르지만, 너는 노리던 인형을 공짜로 손에 넣어서 만족이냐? 아주 입맛 도는 시나리오잖아, 어이."

"뭐, 분명히 그렇게 보면… 저에게… 저기, 루데우스 님? 힘이, 저기, 아픕니다만."

자리프의 의수로 강화된 루데우스의 완력은 엄청나서, 벨프리트의 손은 꿈쩍도 하지 않았다.

게다가 조금씩 힘이 강해지고 있어서 벨프리트의 이마에 식은땀이 흐르기 시작했다.

"아무리 자노바가 아끼는 기술자라고 해도, 나이 어린 소녀를 속여서 인형을 빼앗아도 될 이유는 없다고, 이 자식아."

"그러니까 저로서는 전혀… 저기, 자노바 님도 한 말씀을."

두 사람은 자노바 쪽을 보았다.

자노바는 방금 전부터 정지해 있었다.

줄리가 손에 든 인형에 시선을 고정하고 정지해 있었다. 꿈쩍도 하지 않았다.

루데우스가 "자노바…? 주, 죽었나!"라고 생각했는지는 확실치 않다.

하지만 죽지 않은 건 확실했다.

왜냐면 자노바는 천천히, 마치 시간의 흐름 그 자체가 느려진 듯한 속도로 움직였기 때문이다.

줄리를 향해서.

"……."

루데우스와 벨프리트는 그 느릿느릿한 움직임에 말을 잃고, 마른침을 삼키며 지켜보았다.

　자노바의 표정에 귀기 어린 느낌이 있었기 때문이다.

　단적으로 말하자면 무서웠다.

　줄리도 자노바의 분위기를 알아차렸겠지.

　자노바를 보고 작은 목소리로 말했다.

　"…죄송합니다."

　그 순간 자노바가 움직였다.

　스윽 줄리의 앞에 무릎 꿇었다.

　그리고 그녀의 손…이 아니라 그녀의 손에 들린 인형으로 손을 뻗어서 아슬아슬하게 닿지 않는 위치에서 멈추었다.

　"마스터…."

　"훌륭하다."

　자노바가 혼잣말처럼 말했다.

　말은 그걸로 끝나지 않았다.

　마치 강물처럼 자노바의 입에서 감상이 흘러나왔다.

　"이렇게… 이렇게 훌륭할 수가. 이것은… 이것은… 오오… 말로 표현할 수 없다! 머리끝부터 발 끝에 이르기까지 아름답다…. 어디가 아름답냐고 하면 어렵군. 자세, 손가락 끝, 옷의 주름…! 모든 것이 차원이 높으면서도 완벽하게 정리되었다! 오오오!"

　자노바가 감동의 목소리를 높이며 줄리의 인형을 보았다.

지금 당장이라도 손에 들고 사방팔방에서 보고 싶겠지.

하지만 그 손은 아슬아슬한 위치에서 멈춘 채로 부들부들 떨며 허공을 맴돌았다.

만지고 싶지만 만질 수 없다.

마치 신성한 뭔가를 만지기 두려워하는 듯한 움직임으로 자노바는 말을 쥐어짜냈다.

"그런데, 줄리…! 대체 왜냐!"

"예?"

"왜 나한테 보여주지 않고 벨프리트 따위에게 넘기려고 했지! 내가 무슨 짓을 했나?! 지금까지는 모든 작품을 내게 보여주지 않았나!"

자노바는 울고 있었다.

굵은 눈물을 흘리고 있었다.

과연 그것은 인형이 손에 들어오지 않는 것을 한탄하는 눈물일까.

아니면 줄리에게 배신당했다고 슬퍼하는 눈물일까.

루데우스는 '전자가 6할 정도?'라는 생각을 했지만, 그건 일단 제쳐두자.

"역시 노예에서 해방되기 위한 자금을 만들려는 것인가? 그럼 왜 일단 내게 말하지 않는 거야. 이 인형이라면 나는 금화 300닢을 내놓지! …아니, 당장은 준비할 수 없지만, 그래도 반드시 준비하겠다! 나는 준비한다! 반드시! 그걸 모를 네가 아니겠지!"

"어, 어어, 마스터, 저기."

"아니면 내가 권력으로 인형을 빼앗으려 할 줄 알았나? 그렇겠지, 돌이켜보면 나는 이제까지 네가 만든 인형에 제대로 된 대가를 지불하지 않았다. 노예니까, 아직 미숙하니까, 그런 이유를 대긴 했지만, 최근의 작품은 금전을 지불해야 마땅한 완성도였음에도 불구하고!"

자노바는 한탄하면서 자기 머리를 싸쥐고 천장을 올려다보았다.

"오오, 미안하다, 미안하구나, 줄리! 사죄하지, 얼마든지 고개를 숙이지. 벨프리트와 같은 금액은 준비할 수 없지만, 대신 주인으로서 네 소망을 이루어주마! 그러니 제발, 제발 그 인형을 내게….."

그 박력은 벨프리트와 통하는 바가 있었다.

하지만 줄리는 공포를 느끼지 않았다.

자노바가 인형이 아니라 줄리에게 마음 써주는 것을 알았기 때문이다.

결코 화내는 것이 아니라는 사실도 알았기 때문이다.

줄리를 쫓아내려는 게 아니라는 사실도 알았기 때문이다.

그걸 안 순간 줄리의 가슴 속에서 치솟는 게 있었다.

그것은 줄리의 눈에 맺힌 눈물을 밀어냈다. 방금 전과는 조금 다른, 따뜻한 눈물이 줄리의 뺨을 타고 흘렀다.

그러니까 줄리는 말했다.

자노바의 요망을 거절할 이유는 처음부터 없었다.

"예. 알겠습니다. 마스터."

말하면서 훌쩍훌쩍 콧소리를 내고서 줄리는 웃었다.

"오오, 고맙다, 줄리!"

자노바도 웃었다.

자노바와 줄리 사이에 다소 기묘한, 하지만 따뜻한 분위기가 흘렀다.

그 때 옆에서 지켜보던 이가 말했다.

"애초에 왜 이렇게 되었는지…. 누가 좀 설명해 줘…."

루데우스라는 그 남자의 힘 빠진 말에 자노바와 줄리는 서로 놀란 얼굴을 했다.

오해는 곧 풀렸다.

일의 전말을 들은 루데우스와 자노바는 가슴을 쓸어내렸고, 줄리 또한 안도한 얼굴을 하였다.

벨프리트는 사죄를 하고, 인형을 아쉬운 눈길로 보면서 돌아갔다.

루데우스도 착각에서 나온 실수에는 관용적이다. 벨프리트를 흔쾌히 용서하고, 팔을 너무 세게 쥐었던 것을 사과한 뒤에 쓴웃음을 지으며 집으로 돌아갔다.

그들과 엇갈리듯이 돌아온 진저는 이야기를 듣더니 "노예라고 생각하기 힘들 만큼 좋은 대우와 교육을 베풀었습니다. 해방되려고 말없이 행동할 리가 없겠죠. 그렇게 의심하는 것은 신하에 대한 모욕입니다."라며 자노바를 꾸짖었다.

물론 자노바는 그런 설교를 거의 흘려 들었다.

왜냐면 줄리에게서 받은 인형을 바라보느라 바빴기 때문이다.

방 중앙에 받침대를 설치하고 그 위에 인형을 올려놓은 뒤로 주위를 빙글빙글 돌면서 여러 각도로 인형을 바라보았다.

때로는 풀어진 얼굴로, 때로는 한숨을 내쉬며, 때로는 히죽히죽 웃으면서.

최고의 시간이었다.

설교 따윈 마이동풍이다.

줄리는 그런 자노바를 바라보고 있었다.

어딘가 안도한 듯한 미소를 짓고, 살짝 얼굴을 붉히면서 자노바를 보고 있었다.

"줄리."

잠시 뒤에 자노바는 문득 줄리 쪽을 바라보며 말했다.

"훌륭한 인형, 고맙다. 이만한 기술을 익혔을 줄은 몰랐구나."

"예! 우연의 산물이라서 비슷한 정도의 것은 좀처럼 만들 수 없으리라 생각합니다만⋯."

"무슨 소릴. 이 인형의 대단함은 연구와 노력이 낳은 것이다. 모든 것이 꼼꼼하고, 모든 것이 아름답다. 확실히 우연이 낳은 부분도 있지만, 절반은 네 힘에 의한 것이다."

"…감사합니다. 앞으로도 열심히 하겠습니다."

"음, 음. 그리고 줄리. 방금 전에 내가 한 말에 거짓은 없다. 바라는 바가 있거든 말해 보아라. 내가 할 수 있는 일이라면 들어주지."

"저기… 조금 더 생각해 보겠습니다."

기쁜 듯이 인형을 칭찬하는 자노바.

부끄러운 듯이 그것을 받아들이는 줄리.

"자노바 님이 인형을 사랑하시는 것이라면 알고 있습니다만, 슬슬 식사 시간입니다. 줄리, 준비를 거드세요."

"아, 예!"

두 사람의 공간은 영원히 계속되는가 싶었지만, 진저가 그걸 싹둑 잘랐다. 완전히 무시당하고 있어서 조금 재미없어졌겠지.

줄리는 시키는 대로 식사 준비를 거들기 시작했다. 항상 보던 광경이다.

자노바는 그것들을 보면서 눈을 가늘게 떴다.

줄리가 있고 진저가 있다.

왕족으로서의 화려한 생활과는 거리가 있는 소박한 생활.

하지만 하루 종일 좋아하는 인형을 만지작거려도 잔소리를 듣지 않고, 좋아하는 인형을 만드는 이가 옆에 있고, 정기적으로 새로운 인형을 만질 수 있는 생활.

그야말로 이상적인 생활이었다.

'이런 생활이 계속 이어지면 좋겠는데….'

인형을 앞에 두고 자노바는 그렇게 생각했다.

"음?"

그때 자노바는 입구 옆에 놓여 있는 종이봉투의 존재를 알아차렸다.

자노바가 나간 동안에 줄리가 받은 것이겠지.

자노바는 별생각 없이 그것을 손에 들고 발신인을 확인했다.

"흠…."

자노바의 얼굴에서 표정이 사라졌다.

자노바는 그대로 봉투를 뜯고 안에 담긴 내용물을 확인했다.

고급스러운 종이 한 장. 거기에 적힌 문장을 읽고,

"…계속 이어질 리도 없나."

그렇게 중얼거렸다.

그의 손에서 흘러내린 봉투에는 실론 왕국의 문장이 찍혀 있었다.

제12화 다음 싸움

짹짹 하고 참새 울음소리가 들려와서 나는 눈을 떴다.

"으음… 아침인가."

쭈욱 기지개를 켜자 등골이 뚜둑뚜둑 소리를 내고 하품이 나왔다.

"후아아…."

옆을 보니 아침햇살을 받아 반짝반짝 빛나는 파랑머리 소녀가 자고 있다.

록시다. 신이라고 해도 좋다.

또 그 옆에는 파랑머리 아이가 자고 있다.

신과 인간 사이의 자식 페르세우스.

가 아니라 내 딸 라라다.

또 그 안쪽. 침대 밑에는 하얀 털구슬이 뭉쳐 있었다.

성수 레오다. 수족에게 정식으로 이쪽에서 사는 허가를 받아내서 한층 거만한 얼굴을 하게 된 것 같다. 아마 리니아와 프루세나가 꾸벅거리니까 그렇게 거만해졌겠지.

그렇긴 해도 꽤나 라라를 따른다고 생각했는데….

라라가 구세주라니. 충격적이긴 하지만, 어느 정도 예측하기도 하였다.

하지만 내 자식이 특별하단 말이지. 우쭐해질 것 같지만, 너무 태도로 드러내지 않도록 하자.

아이에게 우열을 매기면 안 된다. 루시가 슬퍼하는 얼굴은 보고 싶지 않다.

"으음…. 아, 좋은 아침입니다, 루디…."

록시가 눈을 떴다.

졸린 눈을 비비면서 몸을 일으켰다. 라라에게 모유를 주느라 드러난 가슴이 백일하에 드러났다.

이런, 이상한 눈으로 보면 안 된다. 아아, 하지만 나의 사악한 눈이 거기로 빨려들 듯이, 오오, 신이시여, 도와주소서.

"어라? 왜 라라가…? 루디가 데려왔습니까?"

록시는 자기 옆에 잠든 딸을 졸린 눈으로 내려다보았다.

고개를 갸웃거리면서도 그 머리를 쓰다듬었다.

"어제 자기가 데려온 걸 기억 못 하나요?"

"…글쎄요."

어제는 한바탕 불사른 뒤에 둘이서 자고 있는데 라라가 어쩐 일로 시끄럽게 울었다.

록시는 졸린 얼굴로 비틀비틀 일어나서 라라를 침실까지 데려온 뒤에 기저귀를 갈고 모유를 먹이고 재운 뒤에 자기도 잠들었다.

그때 레오도 당연하다는 듯이 따라왔는데… 기억 못 한다면 됐어.

"…후암."

록시는 졸린 얼굴인 채로 하품을.

"나는 아침 훈련을 다녀오겠습니다."

"그래요. 저는 오늘 휴일이니까 라라랑 같이 조금 더 자겠습니다."

그렇게 말하면서 록시는 풀썩 침대로 쓰러졌다.

"예, 잘 자요."

"잘 자요."

곧바로 숨소리를 내기 시작하는 록시를 두고 나는 침실을 나섰다.

옷을 갈아입은 뒤에 복도로 나가서.

생각하는 바가 있었기에 실피의 방 문을 열었다.

실피는 아직 자고 있었다. 루시와 함께 색색 기분 좋은 숨소리를 내며 자고 있었다.

루시도 일단 자기 방이 있지만, 잘 때는 실피와 함께다.

가끔은 침실에서 부모자식 셋이서 나란히 자는 편이 좋을지도 모르겠군.

하지만 나는 아무래도 성욕이 강해서 같이 자면 해 버리니까….

철들기 시작한 자식 앞에서 그럴 수도 없겠지.

아무튼 나는 행복한 광경에 만족하고 문을 닫았다.

내친김에 에리스의 방도 엿보았다. 에리스는 일찍 일어나는 편이니까 이미 일어났을까.

"우우… 우우…."

그렇게 생각하며 보았는데, 침대 위에 사람의 모습이 있었다.

두 손으로 귀를 누르며 작게 떨고 있었다. 가슴은 크지만, 빨강머리는 아니다. 개의 귀와 개의 꼬리도 있었다.

항상 졸려 보이는 눈이 오늘은 조금 울상이다.

"아, 보스… 좋은 아침이다…."

프루세나였다. 그녀는 그 사건 이후로 우리와 함께 마법도시 샤리아로 돌아왔다.

프루세나가 온 것을 크게 기뻐한 이가 한 명 있었다.

에리스다. 그녀는 프루세나를 보고 "꽤 귀여운 애네!"라면서 혀를 달싹였다.

리니아는 그걸 보고 전율했지만, 프루세나는 반대였다.

"역시나 나네. 단방에 보스의 아내의 눈에 들었어."

커다란 가슴을 펴며 의기양양하게 리니아를 보았다.

리니아는 그런 프루세나의 태도를 본 순간 장난스러운 눈을 하며 그녀를 부추겼다.

"으음, 대단하다냥. 저 광검왕님의 눈에 들다니, 역시나 프루세나다냥. 꼭 좀 본받고 싶다냥."

"우후, 리니아한테는 무리야."

프루세나는 기가 살았다.

꼬리를 흔들며 에리스에게 다가갔고, 에리스는 귀 뒤를 쓰다듬어주고 꼬리를 쓰다듬어주고.

다소 과도하다고 할 수 있는 스킨십임에도, 개에 가깝기 때문인지 꼬리를 흔들며 "나는 죄많은 여자야. 내 매력으로 보스의 여자마저도 포로로 만들었으니까."라면서 중얼거렸다.

나는 쓴웃음을 지었다. 평소라면 귀찮았겠지만, 앞으로의 전개가 보이기에 쓴웃음밖에 나오지 않았다.

에리스는 프루세나의 태도를 보고 이거 괜찮겠다고 생각했겠지.

"혼자 자면 쓸쓸할 테니까, 가끔은 같이 자 줄게!"

라고 제안. 프루세나는 이 제안을 "이걸로 하극상도 시간문제야."라며 승낙.

리니아가 히히힛 웃는 것을 모른 채, 정기적으로 에리스와 함께 밤을 보내게 되었다.

그리고 밤중에 뼈가 부러질 정도의 파워로 안겨서 이 꼴이다.

"우우…. 가슴이, 가슴이 아파…."

나는 괴로워하는 프루세나에게 치유 마술을 걸어주었다.

여전히 가슴이 크지만, 지금의 나는 록시와 밤을 보낸 현자니까 문제없다.

"고마워…."

프루세나의 감사의 말을 들으면서 1층으로 내려가서 그대로 현관으로 이동, 입구 근처에 세워놓은 목도를 손에 들었다.

밖으로 나가자, 현관 앞에서 에리스가 버티고 서 있었다.

팔짱을 끼고 다리를 벌리고 커다란 배를 떠억 내놓고, 문지기라도 서듯이 현관 앞에 서 있었다.

"에리스, 좋은 아침."

"좋은 아침, 루데우스."

오늘의 에리스는 기분이 좋다.

얼굴만 봐도 알겠다. 프루세나를 껴안고 있는 게 꽤나 좋았던 거겠지.

리니아에 프루세나.

두 사람은 현재 용병단의 주둔지에 가까운 장소에 주거지를 마련했다.

크리프와 비슷한 공동주택이지만, 의논이라도 한 것처럼 함께 사는 것을 보면 역시 두 사람은 사이가 좋은 거겠지. 두 사람은 해 질 즈음에 교대로 레오를 살펴보러 와서, 산책을 데리고 나간다. 돌보미라는 건 이름뿐이지만, 우리 집에 상주하다가 또 가족과의 균열이 생기는 것도 안 좋을 테니까 이걸로 만족하자.

에리스는 그런 두 사람을 교대로 침실로 데려가서 껴안고 잔다.

리니아 쪽은 어떻게든 도망치려고 하지만, 에리스에게서는 도망칠 수 없다. 적어도 빚이 있는 동안은.

두 사람이 도움을 청하는 얼굴로 에리스의 침실로 사라지는 것을 보면 조금 질투가 난다.

가끔은 나도 침실로 불러줬으면 좋겠다. 나도 에리스의 하렘의 일원이니 자비가 필요하다. 아이를 낳으면 또 안게 해 주려나.

어라? 뭔가 반대 아냐?

이상하네. 나는 일가의 대들보일 텐데… 뭐, 됐어.

"그런데 뭐 하고 있어?"

"아이 이름을 생각하고 있었어. 역시 씩씩한 이름이 좋아."

그게 아침 댓바람부터 밖에서 할 일인가?

문지기라도 서는 줄 알았어.

"씩씩한 이름이라. 남자라면 그런 이름이 좋을지도."

"아르스나, 알데바란, 칼맨…."

"그건 좀 너무 용맹하지 않아?"

다들 옛날 영웅의 이름이잖아.

어떤 이름이든 좋지만. 너무 오래된 이름이면 괴롭힘 당하지나 않을까.

"루데우스는 생각하고 있어?"

"나는 여자애 이름으로 생각하고 있어. 앨리스나 프랑… 예쁜 이름이 좋겠지 싶어서."

"남자애한테 여자 이름을 붙이려고?"

에리스는 진심으로 고개를 갸웃거렸다.

"혹시 딸이 태어났을 때에 남자 이름을 붙이게 되면 가엾잖아."

"분명히 아들이야!"

에리스는 흥 하고 고개를 돌렸다.

그럼 하다못해 아들이든 딸이든 문제없을 이름으로 생각해 둘까. 마키라든가 카오루…. 아니, 그건 이쪽 세계의 이름이 아니지. 뭐, 이것도 뛰면서 생각할까.

"그럼 좀 뛰고 올게."

"다녀와."

에리스는 최근 들어서는 아무래도 검술 연습도 하지 않게 되었다.

지금이 임신 6개월인가. 임산부라는 자각을 하기 시작했나, 아니면 단순한 본능일까.

어머니라는 느낌은 전혀 없지만, 그래도 에리스는 아이를 낳겠지.

그런 생각을 하면서 나는 아침 트레이닝에 나섰다.

아침식사 때가 되면 가족이 다 모인다.

급사 일을 맡은 리랴와 아이샤.

멍한 얼굴로 의자에 앉은 제니스.

그 옆에 앉는 것은 어쩐 일로 나와 귀가일이 맞았던 노른.

또 그 옆에 새초롬하게 의자에 앉아 다리를 흔드는 루시.

루시에게 다리를 모으고 앉으라고 말하는 실피.

테이블 반대쪽에는 아직 졸린 눈을 하고 라라에게 모유를 주는 록시.

어머니와 마찬가지로 졸린 얼굴로 받아먹는 라라.

평소처럼 씩씩한 얼굴로 앉아서 무릎 위에 프루세나의 머리를 얹고 쓰다듬는 에리스.

축 늘어져서 가만히 당하고 있는 프루세나는 요리가 나오자 꼬리를 흔들며 몸을 일으켰다. 참 단순한 녀석이다.

나는 에리스의 옆에 앉았다. 테이블 끝이니까 상석이라고도 할 수 있다. 상석이라는 개념이 없지만.

하지만 테이블이 커도 이래서는 꽤 비좁게 느껴지는군.

방도 부족하다.

라라도 금방 크겠고.

아니, 그 무렵이면 노른이 집을 나갈 가능성도 있을까?

학교를 졸업한 후에는 어쩔 생각일까.

아이샤는 성인이 된 후에도 이대로 이 집에서 지낼 것 같은데.

"노른."

"예, 뭔가요, 오빠."

"넌 학교를 졸업한 뒤에는 어떻게 할 생각이야?"

그렇게 묻자, 그녀는 놀란 얼굴로 나를 바라보았다.

"아직 생각하진, 않았는데요."

"그런가."

뭐 아직 5학년이고 학생회장. 성인식도 아직이니 거기까지는 생각하지 않았을까.

"저기, 오빠."

"응?"

"혹시, 예를 들자면, 말인데요."

"응."

"모험가가 되고 싶다고 하면 반대할 건가요?"

모험가라.

노른이 모험가. 그녀는 검도 그럭저럭 쓸 수 있고, 5년 동안 마술 실력도 늘었다.

모험가로 생활할 수 있겠지. 그녀도 파울로에게 모험가 이야기를 듣고 동경했던 걸까.

걱정이긴 하다.

다름 아닌 노른이니까 어디서 실수를 저질러서 쉽게 죽을지도 모른다. 또 이런 귀여운 모험가가 있으면 남자도 우르르 몰려들겠고…. 최근 일 때문에 위기에 빠진 모험가를 자주 본 탓인지, 안 좋은 영상만 떠오른다.

"반대는 하지 않겠지만, 걱정은 되네…. 모험가가 되고 싶어?"

"아뇨, 되고 싶은 건 아니에요. 지금 문득 떠올랐을 뿐이지."

노른은 고개를 내저었다.

모험가가 되고 싶은 걸까. 마법대학을 졸업했으면 모험가보다 수입이 좋고 안정된 일자리도 생길 텐데….

아니, 돈보다도 다른 것을 추구하는 걸지도 모른다.

가능하면 존중하고 싶다.

"잘 먹었습니다. 학교로 가 보겠습니다."

"그래, 잘 다녀와."

노른은 다 먹은 뒤에 짐을 손에 들고 자리를 떴다.

록시가 쉬는 날이라도 노른은 학생회 일이 있는 모양이다.

고생이군.

노른은 가족의 배웅을 받으면서 학교로 갔다.

"나는 반대라고나 할까. 노른 언니가 모험가 일을 할 수 있을 것 같지 않고."

노른이 출발한 뒤에 아이샤가 중얼거렸다.

"나는 노른이 하고 싶은 대로 시키고 싶어. 스스로 뭘 하고 싶다고 생각하는 건 중요하고."

"저는 반대입니다. 노른 님은 파울로 님과 제니스 님의 소중한 따님. 어울리는 지위의 분과 결혼하여 안전한 생활을 보내셔야 한다고 생각합니다."

"나는 찬성이야. 노른은 검술 실력이 부족하지만 모험가는 재미있어."

노른이 나간 뒤에 가족들이 이러쿵저러쿵 떠들었다.

물론 이 가족회의로 뭐가 결정되는 건 아니다. 그냥 잡담이다.

"뭐, 모험가라면 어디서든 될 수 있으니까요. 되려고 하면 가족들이 반대하더라도 말없이 집을 나가서 멋대로 시작하리라고 생각합니다."

마지막으로 록시가 꽤나 무게감 있는 말을 한 후 그날 아침 식사는 끝났다.

집을 나가서 일단 아이샤와 프루세나를 용병단 사무소로 보냈다.

프루세나는 부소장이라는 지위에 앉았다. 하는 일은 리니아의 보좌로, 비서라는 느낌이지만 직함은 부소장이다. 소장실에서 검은 옷에 선글라스.

담배는 피우지 않지만, 왠지 재미있어 보인다. 다음에 간부용으로 모자라도 사다줄까.

"그럼 열심히 해."

"옛서, 보스!"

"오늘도 팍팍 벌게!"

"너무 위험한 짓은 하지 않도록."

그렇게 못을 박은 뒤에 아이샤에게서 어깨들…이 아니라 단원들의 리스트를 받았다.

약 50명의 리스트. 그중에서도 특히나 사무 처리에 능한 자를 표시해 놓았다.

이 리스트를 올스테드에게 보여주고 인신의 사도일 가능성이 낮은 자를 픽업해 달라고 할 생각이다.

그 다음은 개별로 면접을 봐서 성실해 보인다 싶은 녀석에게 사무소의 관리나 서류관리를 돕게 한다.

"아니, 그런 일이라면 내가 해도 되잖아…."

아이샤는 그렇게 말했지만, 그럴 수는 없다.

분명히 아이샤라면 대단한 성과를 내놓겠지. 하지만 혹시 만에 하나라도 올스테드를 목격했을 경우. 어쩌면 어떠한 이유로 저주가 발동했을 경우. 아이샤가 올스테드를 적대할 가능성도 있다.

아이샤가 진심으로 내가 올스테드의 부하가 되는 것을 반대하면 아주 움직이기 힘들어질 것 같다.

그녀는 매일 털털하게 살지만, 움직이기 시작하면 성과를 내는 것도 빠르니까. 아이샤가 암약하기 시작했다고 알아차렸을 때에는 올스테드가 바닷속에 가라앉아 있더라, 라는 일이 있을지도 모른다. 아니, 그건 너무 지나친 소리겠지만.

"아이샤에게는 용병단을 부탁할게."

일단 그렇게 말해 두었다.

사무소를 나와서 올스테드를 만나러 갔다.

그에게는 최근 한 달 동안의 내 활동을 말해 두었다. 리니아와 프루세나를 용병단의 우두머리로 삼고, 아이샤를 보좌로 붙인다. 그것에 대해서는 딱히 반대가 없었다.

"지금까지 없었던 일이다, 계속해 봐라."

그러면서 오히려 내 행동을 재미있어 하는 듯한 말을 하였다.

이 사무소에 사무원을 두는 것도 허가가 나왔고, 리스트 안에서 "이 두 사람 중 하나면 되겠지."라면서 선정도 해주었다.

어쩌면 기대하는 걸지도 모른다.

"그렇긴 해도 리니아와 프루세나 문제를 그렇게 처리해도 되는 거였을까요? 역사가 변하는 거 아닙니까?"

"결과적으로 둘 중 누군가가 족장이 된다면 역사는 크게 변하지 않는다."

결과적으로 둘 중 누군가가 족장이 된다면.

이번에 프루세나는 아슬아슬하게 족장 후보의 자리를 지켰다. 리니아는 무시당했지만, 마음만 먹으면 프루세나 대신 족장이 될 수도 있겠지.

뭣하면 내가 진심으로 좀 밀어줘도 좋다.

"네가 관여한 시점에서 대부분 운명이 크게 바뀐다. 고로 확실하다고 장담할 수는 없지만."

귀가 아프군. 하지만 나는 평범하게 살아왔을 뿐인데. 좀 참아줘요.

"그렇긴 해도 내 딸이 구세주일 줄은 몰랐습니다. 올스테드 님은 알고 계셨습니까?"

"아니, 지금까지는 다른 남자가 성수의 파트너였다."

이제까지의 루트에서는 라라가 태어나지 않았던 모양이니 당연하려나.

"하지만 네 이야기를 들어보면 인신이 너와 록시가 맺어지는 것을 적극적으로 피하려고 했던 것을 알 수 있다. 고로 강한 운명을 가졌을 거라고 생각했다."

내 딸이 진짜 구세주를 밀어내고 그 자리에 앉는 형태가 된 걸까.

"참고로 진짜 구세주는 뭘 하는 분입니까?"

"부활한 마신 라플라스를 쓰러뜨리는 남자다."

"과연…. 그쪽 분은 구세주가 되지 않아도 되는 겁니까?"

"괜찮다. 나에게도 라플라스는 죽여야만 하는 상대다. 성수와 그 파트너에게 신세 지기는 하지만… 필요한 말은 아니다."

과거에 몇 차례의 루프에서 라플라스와 싸웠을 때 강력한 아군이 되었다.

하지만 지금은 라플라스 정도야 간단히 이길 수 있으니 필요 없다는 소린가?

"라라도 라플라스와 싸울 운명을 짊어진 걸까요?"

"글쎄. 하지만 인신에게 큰 장애물이 되는 건 틀림없겠지."

라라가 장래 인신을 쓰러뜨리는 데에 중요한 팩터가 된다.

그건 예측에 불과하다. 이번 루프는 올스테드도 모르는 것이 많으니까.

"역시 앞으로 라라는 인신의 표적이 되는 걸까요…."

일단 나에게 걱정인 것은 그 점이다. 귀여운 딸이 찍혔다면 불안하다.

하지만 올스테드는 고개를 내저었다.

"그걸 위해 성수를 불러냈다. 그 동물의 운명은 강하다. 인신도 그리 쉽게 나설 수 없다."

"…흐음."

"게다가 혹시 무슨 일이 있어도 나는 네 가족이 죽게 놔둘 생각이 없다. 안심해라."

올스테드가 이렇게까지 말해 준다면 일단 안심하기로 하자.

나는 내가 할 수 있는 일을 하자.

지금까지처럼, 찾아올 '다음 싸움'에 대비하는 거다.

라라의 일은 아직 불안하지만, 불안한 마음만으로는 아무것도 해결되지 않으니까.

"알겠습니다…."

좋아, 마음을 다잡고 가 보자.

사무소를 나와서 학교로 갔다.

자노바와 크리프의 연구는 진척이 있으려나.

마도갑옷도 조금 더 연비가 좋아지면 좋겠는데….

이대로는 나밖에 쓸 수 없으니까….

아니, 너무 연비가 좋아져서 아무나 쓸 수 있게 된 결과, 인신 쪽에게 노획되어도 곤란한가.

그럼 어느 쪽부터 갈까.

내 예상으로 크리프는 아침부터 엘리나리제와 둘째를 만드느라 애쓰고 있을 것 같다.

그 두 사람은 어째서인지 아침부터 하는 경우가 많다. 아침에 한 번 하고 밤까지 충전해서 밤에 또 하고, 자고 있는 동안에 충전. 그런 사이클을 보내는 거겠지.

크리프의 힘이 다 떨어지는 날이 머지않았을지도 모르겠다.

그럼 평소처럼 자노바에게 얼굴을 내밀까. 일단 자노바를 만나서 마도갑옷의 연구 성과와 실험. 그 다음에 용병단에 대해 말하고 점원을 모집하는 계획을 의논. 그게 끝나면 점심을 먹고 크리프에게 간다.

또 시험작이 나왔으면 그걸 올스테드에게 가져간다.

그런 흐름으로 가자.

그런 간단한 계획을 세우고 연구동에 들어갔다.

"이런 바보가!"

갑자기 고함소리가 들려왔다. 내가 어리석은 것을 부정할 생각은 없지만, 너무 심하다.

바보라고 하는 쪽이 바보입니다.

"너도 알고 있겠지?!"

알고 있다. 농담으로 말하긴 했지만, 나를 향해 한 말이 아니라는 건 안다.

목소리의 주인을 찾아보니, 금방 발견되었다. 층계참에서 다섯 명의 남녀가 다투고 있었다.

모두 내 지인이다.

"죽으러 가는 거나 마찬가지 아닌가!"

방금 전부터 소리치는 것은 크리프다. 크리프는 자노바의 멱살을 붙잡고 험악한 표정으로 소리치고 있었다. 그의 뒤에는 엘리나리제가 복잡한 얼굴로 아이를 안고 있었다.

자노바는 크리프를 차가운 눈으로 내려다보면서 미동도 하지 않았다.

뒤에 서 있는 진저는 힘없이, 크리프에게 매달리는 듯한 눈을 하고 있었다.

옆에 있는 줄리는 당장이라도 울 것 같은 눈으로 자노바를 올려다보고 있었다.

싸움…치고는 좀 이상하다. 무슨 일 있었나.

이거야 원, 어제에 이어서 또 이상한 오해가 아니었으면 좋겠는데….

"자노바, 크리프!"

계단을 올라가서 말을 걸자, 두 사람이 놀라서 이쪽을 돌아보았다.

도움을 청하는 듯한 크리프의 얼굴과 달리 자노바는 무표정했다.

자노바가 이렇게 벌레 보는 얼굴로 나를 보는 건 처음이다. 하지만 전에 한 번 그런 적이 있었던 것도 같은데. 그게 언제였더라….

"스승님, 마침 잘 오셨습니다. 이제 뵈러 갈까 하고 있었습니다."

"루데우스, 마침 잘 왔다. 너도 자노바를 설득해 줘!"

두 사람은 동시에 입을 열었다.

자노바는 무뚝뚝한 얼굴로 다소 난폭하게 크리프를 밀어냈다. 그리 힘을 넣은 걸로 보이지 않았지만, 신의 아이의 괴력에 크리프는 균형을 잃고 주저앉았다.

자노바는 그걸 보고 순간 미안한 얼굴을 했지만, 사과하지 않고 내게 다가왔다.

나보다 다소 높은 위치에 있는 눈이 꿰뚫는 듯한 시선을 보내왔다.

"…무슨 일 있었어?"

"줄리를 부탁드릴까 해서. 제 돈으로 샀습니다만, 원래 스승님의 노예고요."

자노바는 담담하게 말했다.

줄리는 당장이라도 울 것… 아니, 이미 울고 있었다. 지금 말에 뚝뚝 눈물을 흘리기 시작했다.

눈물이 흐르기 시작하자, 줄리는 옷자락을 꾹 움켜쥐고 고개 숙였다.

눈물이 멎지 않고 바닥에 뚝뚝 떨어졌다. 어깨는 떨리고, 오열도 들려왔다.

"소원… 들어준다고…."라는 목소리도 조그맣게 들려왔다.

가엾게도. 자노바, 너 또 이상한 착각이었으면 가만 안 둔다. 두 번 다시 인형을 안 만들어줄 거니까.

"줄리를 두고 어디를 가려는데?"

"본국입니다. 귀환 칙명이 나왔기에."

칙명… 그렇다면 국왕의 지시인가.

하지만 그럼 왜 크리프가 저렇게 반대하지? 반년만 더 있으면 졸업이니까 기다리라는 소리도 아닌 것 같고.

"제 동생인 팩스가 쿠데타에 성공했답니다. 아바마마와 형님을 죽이고 왕위를 차지했다고 합니다."

"…뭐?"

팩스라면 리랴를 붙잡았던 그 제7왕자? 아니, 제6왕자였나?

그 녀석이 쿠데타에 성공해서… 왕위? 왕이 되었단 소리?

"내란으로 피폐해진 틈에 다른 나라가 공격해 올 것 같으니까, 저를 불러들여서 방비를 굳히려는 듯합니다. 그러니 잠깐 다녀오겠습니다."

자노바는 편의점이라도 다녀온다는 듯이 가벼운 어조로 그렇게 말했다.

하지만 그 말에 왠지 모르게 깨달았다.

'다음 싸움'은 내 생각 이상으로 빨리 찾아왔다고.

18권 끝

무직전생 ~ 이세계에 갔으면 최선을 다한다 ~ **18**

2019년 6월 10일 초판 발행
2023년 11월 30일 5쇄 발행

저자	리후진 나 마고노테
일러스트	시로타카
옮긴이	한신남

발행인	정동훈
편집인	여영아
편집 팀장	황정아
편집	노혜림

발행처	(주)학산문화사
등록	1995년 7월 1일
등록번호	제3-632호
주소	서울특별시 동작구 상도로 282 학산빌딩
편집부	02-828-8838
영업부	02-828-8986

ISBN 979-11-348-1456-4 04830
ISBN 979-11-256-0603-1 (세트)

값 9,000원